U0810210

人只是宇宙中会思考的虫子

虫 | 科幻中国

WORMS

DEEP IMPACT
深度撞击

刘慈欣 等著

北京理工大学出版社
BEIJING INSTITUTE OF TECHNOLOGY PRESS

深空卷

人类的征途是星辰大海

Our journey is to the ocean of stars.

目录

张旭

星海迷影

行星级生命体

一

“光辉号”退出曲速飞行，帆索剧烈抖动，十二面巨大的光帆铺天盖地，拖着飞船急驰，宛如深渊里乘风飞行的蒲公英。

此刻，我正闲坐在指令舱里，慢条斯理地喝着饮料，饶有兴致地看船长和船员们作减速前的准备工作。我是银星矿业集团公司的高级督查，专职负责检查集团最重要的生产项目。此次远航，我专为理查德·查比斯而来，他的情况令人担忧。

飞船姿态翻转在即，指令舱中的机器人围上来，没收了我剩下的饮料，七手八脚地把我牢牢固定在太空椅上，然后扣上了防护罩。很快，深蓝色的减速液充盈了防护罩狭小的空间，减速液将确保我不受飞船剧烈减速带来的伤害。我讨厌机器人的粗鲁，但我享受在减速液里漂浮的感觉，全身暖洋洋的，没有压力，我猜在母亲子宫里应该就是这种感觉。

减速阶段，飞船将完全由自动驾驶系统来操纵。“光辉号”飞得很稳，自动驾驶系统小心控制着光帆操作面的卷曲度，产生出垂直于船身的微小力矩，飞船在前进方向上翻转了180度。依然是满帆，飞船向前方发出厚重的减速光，船速在变慢。减速过程将持续三天，之后“光辉号”就会收起光帆，进入查比斯云——那片银星矿业集团的专属之地。

查比斯星系位于银河系南十字臂外侧，距著名的M246恒星矿区不到两光年。一百年前，那里曾经发生过一次惨烈的生产事故，矿场设备全毁，管理人员失踪，银星矿业集团因此元气大伤。然而塞翁失马焉知非福，一艘救援飞船在搜索中意外地发现了查比斯星系，从此银星矿业集团拥有了另一个聚宝盆。

查比斯星系是以发现者的名字命名的，他就是理查德·查比斯的爷爷，也是集团公司的合伙人之一。查比斯云虽然被称作云，其实不如说是包裹在星系外围的尘埃壳，厚达几千千米，均匀覆盖在中央恒星的日球层顶，遮蔽了整个星系。这种尘埃很奇特，它受到的引力与来自太阳风的压力使其能按自身体积大小层次分明地排列起来，在受到外力扰动时能迅速调整自身位置，使云团密度始终保持均衡。这种尘埃堪称自然界里发现的最黑物质，如果把查比斯云尘埃收集起来装在透明瓶子里，会使人产生瓶内空间消失的错觉，因此它成了宇宙间最难观测的物质之一。这也是导致查比斯星系很晚才被发现的主要原因。

几天后，船长叫醒我，告知我目的地就要到了。由于查比斯星系的日球层半径很短，一通过查比斯云，就到了距离主恒星很近的地方，相当于太阳到木星的距离。主恒星又大又亮，它的突然现身总会让人感到震撼。

二

“光辉号”关闭光压发动机，收回光帆，查比斯云就在眼前。宇宙中迤逦壮观的星群被遮住了踪迹，“光辉号”如临深渊。

船长下令展开防御力场，作好进入前的最后准备。船身颤抖，“光辉号”恍若发出哀鸣，飞船像一枚锋利的钢针刺入查比斯云团。狭长的船首在舷窗视野里消失了，防御力场与尘埃发生激烈摩擦，闪耀着夺目的辉光，照得驾驶室宛如白昼。

不久，“光辉号”从墨染的查比斯云中一冲而出，犹如海豚跃出海面，温暖祥和的阳光洒进驾驶舱，我们进入了一个灿烂的新世界。

中央恒星就在航道正前方，此刻它有半个满月大小，吹出柔和的粒子风，温柔地照亮星系空间，很像人类故乡的太阳，只不过这恒星比太阳要大很多。查比斯星系共有八颗行星，挤在仅有太阳到木星距离那么宽的轨道面里。其中四颗是近日岩质行星，其余是巨型气体行星。八颗行星的公转速度飞快，恰好能与主恒星巨大的引力相抗衡，才不至于坠入恒星。漆黑的天幕里，八颗星颜色各异，如熠熠放光的宝石，不时可以看到从四颗气体行星周围抛射出的发丝状明亮物质，那是太阳风从行星气壳上层剥离的气体，正是这些来自不同行星的气体在高能粒子的作用下形成了遮蔽天日的查比斯尘埃。

此刻最让人惊叹的当属查比斯恒星环。这是一条罕见的高密度小行星带，位于第三与第五行星之间，与第四行星轨道交叉，呈银色，质地细腻，其幅宽极其辽阔，总质量是太阳系小行星带的上亿倍！有了它，主恒星看上去像一颗放大的带环行星。宽广的环面上每隔一段距离，就会出现一个圆形空洞，这些空洞面积大小不一，有的非常显眼，有的已经缩小变淡，它们是第四行星轨道与星环定期交汇撞击造成的。为此，我们的目的地第四行星，有了一个当之无愧的绰号——“星环打孔器”。

与另外三颗近日行星不同，第四行星非常活跃。通过不断吞噬星环物质，该行星始终处于质量增长阶段，同时由于恒星的强大引力不断反复拉扯，挤压行星地幔，在其内部蓄积了巨大能量，行星深处孕育着珍稀的“查比斯金属”。

对这种贵重金属的渴望，是我们跨越半个银河系来此的唯一动力。银星矿业集团拥有此地长达千年的独家开采权，受银河政府保护。集团的大型矿船停泊在近地轨道上，只要不是在交汇期，矿船就可以稳定地生产查比斯金属。多年来，“光辉号”每隔半年造访一次，带来物资补给，运走查比斯金属。而这次我将留下和理查德一起工作，直到有人来替换我。

“光辉号”停进矿船码头，负责人理查德·查比斯在码头迎接我们。祖先的功业令他本可以尽情享受人生，可四十年前，他偏偏要来这里驻矿。此地虽景色壮美，但人迹罕至，他的举动令人无法理解，真是名副其实的“怪人”。从今年起，这个怪人似乎怠慢了工作，集团无奈，不得不派我来监督他。理查德身形消瘦，沉默寡言，神情寂寥，像极了他那当年在此地失踪的爷爷。我们的到来没能激起他的热情，想必他已经知道了我此行的目的。

码头上，“光辉号”卸下小山似的生产材料和生活补给品，机器人们则小心谨慎地给“光辉号”装上第四行星半年来的全部产量——五百锭“查比斯金属”，每锭一公斤。这些金属价值巨万，宛如连城之璧。

“光辉号”归程紧，船长不敢耽搁，简单告别之后，便匆匆踏上归程。

站在码头的给养堆上，我和理查德目送着“光辉号”渐渐变成一个小亮点，直至消失。

与我不同，理查德是土生土长的地球人，由于继承了爷爷老查理在集团里的大量股份，公司高层在处理他的问题上顾虑很多。最佳办法就是把他调走，但必须征得理查德本人同意。那些家伙甚至希望理查德最好能步他爷爷的后尘，某天在这片星域里永远消失，那样问题就彻底解决了……当然这是潜台词，不能明说。

晚饭时，我试探他，“理查德，我佩服你的奉献精神，但我想不通查比斯星系有什么好，这么多年难道你没想过回去？”

“你的意思我明白，我给你交个底，这里有我的事业，这里有我的亲人，在找到我爷爷的确切下落之前，我是不会走的。”

我顿时恍然，原来是这个原因。

三

时间流逝，我逐渐对理查德有了些了解。此人学者习性，不喜交流，但人还不赖。我们分工明确，相安无事，我接过了矿场管理工作，理查德则可以继续他的第四行星地质学研究和寻找老查理的工作。我俩虽生活在一条船上，却来往很少。

一天，我按计划到地面检查，在去码头的路上，我刚从培养舱那片郁郁葱葱的热带雨林里探出头来，就发现材料实验室的大门敞开着。多日不见的理查德正聚精会神地盯着金属检测仪做“抽丝”实验。

查比斯金属是一种奇特的物质，非常珍贵，且储量有限，这也是银星集团能长时间拥有它的独家经营权的原因之一。核桃大小的纯铁悬浮在真空反应炉里，磁场带动铁球高速旋转，四束激光炙烤着铁块，铁球迅速融化成铁水，在离心力与磁力的共同控制下，铁水在空中摊成薄薄一片。接着从薄片边缘飘出一根若有若无、熔融态的细丝，细丝被无形的手牵引着从出料口环状装置中心穿过。环状装置是查比斯金属射枪，它会把极小质量的查比斯金属原子射入熔融铁丝内部。熔融细丝发生了奇迹般的变化，发丝般粗细的熔丝迅速膨胀变粗，一段暗红色金属材料从出料口冒出来，进入纯铁的查比斯金属与铁原子发生作用，铁原子被查比斯金属原子重新组织起来，在微观尺度上形成一股股具有稳定支撑的套索结构，这些套索相互纠结缠绕，支撑起庞大的空间。一根细到吹口气都会断的细铁丝，加了点查比斯金属，就变成了人类最坚韧的造物之一。

实验结束了，悬浮在质检仪里的片状铁水再度冷却收缩，一颗光亮的铁球“当啷”一声掉到供料盘里。理查德这时才发现了我。刚刚的实验结果令他十分满意，看着出料口上的钢条，理查德脸上露出难得的笑容，“这段金属材料极其坚韧，能使它一直存在到宇宙寿终正寝的那一天。”

“铁合查比斯金属。”我走上前去，取下钢条，松开手，闪着暗红色光泽的钢条立即飘了起来。我一把抓住快要飞走的钢条，感叹道：“真轻啊！”

“一根这样的钢索能独自承受住巨型太空城为制造人造重力自旋而产生的离心力，同时使用三根，不仅能有效稳定太空城的对称结构，还能提供超高的安全冗余度。”理查德说。

“真不愧是星际时代的精华。”我说。

“找我有事？”理查德问。

“没事，我碰巧路过而已。”

“祝你一路顺风，我还有事，失陪了。”

四

第四行星的体积比地球大一倍，但平均密度较低，重力是地球的一点五倍。它有一个很小的固态金属核，拥有不算稳定的弱小磁场。薄薄的地壳漂浮在熔岩海上，在炙热洋流的驱动下不停移动。虽然整个星球内部处于高熔融状态，但岩浆的挥发成分极少，基本无气体溢出，仅有的一点气体也被主恒星刮来的太阳风吹散，其地表近似真空。

我在行星暗面着陆。夜空清澈，我的巨型矿船高悬天际，显得精致美丽。此刻，恒星环的景色当属最美。如今是安全生产期，第四行星距离星环虽近，但绝无碰撞之虞，在墨色天穹里，星环如太空里修建的白色道路直通天际，长不知几千万里，从南至北贯穿苍穹。我仰望太空，震惊于星环那细腻的质地和质朴的颜色，震惊于它静逸伟岸的雄姿和大自然无所不在的秩序。恒星光照亮星环的丝丝纹理，组成结构纤毫毕现：鳞状的是岩，羽状的是冰，黑色的是间隙；一排排，一道道，排列着，簇拥着。星环上不时出现的暗斑，是与第四行星交汇时留下的痕迹。我估计，如果得不到物质补充，星环迟早会被第四行星蚕食殆尽。但此刻，星环正把光洒向地面，苍茫的第四行星地表一片圣洁的光芒。

不远就是 P451 号矿场，这里地势平坦，到处是岩浆岩。我看过理查德的模拟数据，第四行星穿越查比斯星环时，猛烈的撞击将粉碎薄薄的岩石地壳，由于没有大气层，撞击产生的碎屑，除少量进入轨道空间回归星环外，其余物质会在重力的作用下迅速坠落地面。与此同时，广泛破碎的地壳在重力和岩浆对流的双重作用下迅速下沉，黏滞性极低的岩浆涌上地表，被重力摊平，冷却凝结。这是一颗永远拥有全新地壳的星球，大部分地方平整得超过篮球场。在地壳更新的过程中，查比斯金属被从地核极深处翻上来，形成新矿。美中不足的是，这种金属下沉得很快，只有接近熔岩层的那一部分地壳才具有开采价值。

在平地上赶路，轮式车辆是最佳选择，登陆艇放下六只钛金属轮子，在大地上无声地飞驰。不久，地平线上出现了几支高大的塔尖，随着距离缩短，我看清了它们硕大的底部框架。我穿好了外骨骼动力服，它会帮我在高于地球重力的环境下自由活动。

P451 号矿场到了，我走出舱门，一台代号 R17 的维护机器人迎了上来。它知道我是新主管，代表“兴奋”的指示灯闪个不停。夜很凉，矿场周围的温度却很高，整个矿场依靠地热生存，来自星环的循环水通过管道流经地下的热岩，变成高压蒸汽后驱动发电机。矿塔高五十米，基部被巨大的钢钉牢牢地固定住，中央垂吊着一根粗大的空心陶瓷钻杆，通体洁白温润，在星环光照耀下反射着象牙般的光泽。钻杆直插地面，贯穿地壳薄薄的底部，由挖掘机器人组成的工作队通过钻杆进入地壳深处开采查比斯金属，在矿塔下面挖掘出一个方圆数十平方千米的地下迷宫，这些蚂蚁一般的挖掘机器人拖曳着满载的封闭矿车在矿塔底部的分选熔炼车间卸货，然后再拖着装满废料的矿车返回地下回填矿坑，以防止岩浆熔穿地壳造成人造火山或由此引起的地表下陷。

我接连视察了几座矿塔，理查德制定的生产流程几乎无懈可击，整个矿场在机器人的维护下完美地运转着。R17 还在我耳边聒噪着，说它们很累，管理着四百多个矿场，整天没日没夜地加班……

我一边心不在焉地听着，一边仰望天空。我看见天空中有微弱的灯光闪动，一个小光点从矿船上分离出来，向远方的地平线坠去。那肯定是理查德，最近他似乎把寻找老查理的区域重新锁定在了第四行星……但对于他的努力，我并不看好。

我狠狠瞪了 R17 一眼，我讨厌爱诉苦的机器人。

五

我们虽有两个人，但我只能唱独角戏。详尽的考察印证了公司的推测，目前矿场的数量还远未达到管理极限。按照我的估算，以现有的冶炼提纯能力，矿船上的设备足以再支撑一千个新矿场的运作。在扩大生产方面，理查德有意放了水。我给集团打了报告，着重强调自从我来以后，查比斯星系各方面的工作形势均一片大好，也不用担心理查德，他没给我惹麻烦，只是不想走。在报告的最后，我附上了扩大生产的详细调研报告。

一个月后，理查德终于主动找我了，这让我受宠若惊。

他拿着一张电子生产通报，气冲冲地走进我的办公室。这张通报是我早晨收到的，我已经看了，都是集团在生产调度上的新安排，没什么特别的内容。

“他们要扩大生产，第一批设备下周就要启程了！”理查德喊道。

“我知道，这是我的建议，有什么问题吗？”我有些诧异。

“当然有！”理查德显得颇为生气。

“别忘了，你搞科研，我管生产，井水不犯河水，我没做错吧？”我耸耸肩，一脸无辜。

“第四行星的物质循环非常独特，我的研究表明，大量开采查比斯金属会对循环过程带来影响，盲目扩大生产，可能会引发地质灾难！”他大声疾呼。

“你放心吧，我有分寸，我们的原则是循序渐进……”

话音未落，矿船一阵晃动，报警器凄厉地响起来。一台负责监控地面矿场的机器人跌跌撞撞地跑进来。

“不好了！下面发生了大地震，整个地壳都在动，震级太大，简直前所未见！矿场损失严重！”那个机器人几乎是在哀号。

“地震？”我的脸色非常难看，理查德刚警告过我可能有意外发生。

难道是因为我？可我还什么都没做，施工船队甚至还没出发呢……大约过了漫长的十秒钟，我才回过神来，不可能是因为我的增产计划，看来是我神经过敏了。

理查德也愣了，他惊愕于第四行星用地震印证了他的预言。他紧锁双眉，似乎正沉浸在某种理论的反复推演之中，看样子，也许他的结论是悲剧性的。

“不，太快了，我要去看看到底发生了什么事！可能另有原因！”理查德顾不上跟我说话，急匆匆地走了。

我无意叫住他，如今矿场的实际负责人是我，而我又刚刚跟集团公司夸下海口。虽然天灾无法抗拒，但现在是我人生中少有的机会。人生漫长，机会难求，此刻关系到我未来的运途。

“矿场情况怎样了？”我大声喝问机器人。

“已经有一半矿场失去了联系，其余矿场的情况也很糟，失联矿场的数量还在增加……”机器人带着颤音回答，它们都很怕我。

我心急如焚，无法安心继续待在轨道上，我决定下去看看。

六

我带上几个维护机器人动身了。

还没等着陆，我就被眼前的情景惊呆了。登陆艇所过之处，满目狼藉，曾经光洁平整的大地千疮百孔、沟壑纵横，汹涌的岩浆从缝隙里涌出地面，大地的无数伤口令人触目惊心！矿塔林立的地方，转眼变成了熔岩的汪洋，不少倒下的陶瓷钻杆凌乱地漂浮在岩浆波涛里，像一蓬蓬随波逐流的枯草。有的钻杆上还趴着守矿机器人——虽是机器人，可它们也有求生的欲望……

这里已不再是景色壮美的天堂，而变成了火的炼狱和魔鬼的故乡。

为了更真切地观察受损情况，我飞得很低，几乎贴着地面。来自行星内部的另一波震动发生了，熔岩海摇晃着身体向天空甩出岩浆，登陆艇底部传来被击中的声音，岩浆转瞬冷却，黏在艇底，新增的重量使艇身摇晃起来。几个机器人恐惧地抱成一团，哆哆嗦嗦抖个不停。我警告它们不要抱在一起，这样会严重干扰登陆艇的平衡。

我费了好大劲才稳住艇身，重新飞了起来。矿场都完蛋了，价值千亿的基础设施化为乌有……理查德也在这时传来坏信息：地面上的大批监控仪器失联或被损毁。行星表面情况对我们来讲已经变得不透明了，为了安全，我必须立刻返航。

回去的路很难走！此刻矿船早已脱离了原先的轨道，进入机动轨道，几十个等离子推进发动机一起不要命地咆哮着，托举着矿船巨大的身躯向高轨道猛冲。理查德发现随着灾难的演进，第四行星的重力分布突然变得不均衡起来，而且有愈演愈烈的趋势，矿船留在低轨道上非常危险，一不小心就可能掉进重力陷阱！要知道矿船是个庞然大物，一旦丧失高度，想再飞起来可就难了！他果断启动了所有能用的发动机，拼命提升矿船的高度和速度。

我在登陆艇里焦急地盯着矿船那庞大的身影，看得见，可就是接近不了。刚才几番低飞让我失去了过多的燃料，我必须赶上矿船。我转过身去，狞笑着看着那几台已经无处可用的机器人。

“你们几个，给我从登陆艇上滚出去，别忘了把门关好！”我对它们下达了命令。

机器人们都在“心”里骂我，可它们的身体却不折不扣地执行了我的命令。不一会儿，气闸室传出砰的一声响，那是气闸室开门时气体冲出船舱发出的声音，随即监视器侦测到一大堆物体脱离飞船。飞船顺利提速，我离矿船越来越近了。

理查德正在主控室等我。

七

主控室。第四行星庞大的身影高悬窗外，它伤痕累累，好像一枚被红色蛋清淹没的巨卵。大型显示墙正不停地切换着画面，那是遍布整个查比斯星系里的探测器传回的实时监控画面。理查德背对着我，坐在舷窗前向外凝望，他听见我回来，转回身，相对于我的焦灼，他倒平静了，一副既来之则安之的神情。

“不是我们的原因！”他对我说。

“当然不是！承蒙你多年来对第四行星手下留情，我们的开发规模不过是给它挠痒痒！这是天灾，跟我们有什么关系！”我有点气急败坏。

“这才是天大的麻烦！”

我没听懂，但明显感觉到理查德话里有话。

“你看——”理查德用右手作了个手势，监控墙上纷乱的画面消失了，偌大的墙壁一片漆黑，整个主控室为之一暗。

“你瞧屏幕中央。”理查德提醒我。

屏幕中央有一块淡灰色斑点，面积不大，恍若有东西在其中闪烁。随着时间的推移，那处灰色的边缘仿佛活了一样，蠢蠢蠕动，它的面积慢慢缩小，最后消失不见，只留下一块纯黑的墙壁。

“这是什么？”我问道。

“天球6号区域方向上的查比斯云，震前探测器传回的图像。”

“你的意思是……？”

“有东西进来了。”

我立即明白了，由于查比斯云特殊的物理特性，几乎能阻隔大部分光辐射，从而使整个星系与外部隔绝。为此，集团公司在查比斯云内侧布置了数以万计的小型探测器来监视进出查比斯星系的飞船，这些探测器就是预警系统的眼睛。灰斑能够在探测器的视野里呈现出一定的面积，说明这块区域非常大，几乎有上万平方千米。灰色说明该处的查比斯云尘埃的密度下降，灰色边缘的蠕动，是查比斯云尘埃自行调整填充空洞造成的。要知道，即使是一千艘“光辉号”这样的大型货船同时穿过查比斯云，也不会造成如此巨大的尘埃洞。

“应该是路过的小行星。”我肯定地说。

广袤的太空里时常会有流浪的小行星逡巡，查比斯云的范围很大，偶尔有一两颗这样的小行星过境也勉强说得过去。

“来者速度快，质量大，穿越的时候似乎带走了大量查比斯云尘埃，与辐射明显的飞船差别很大，因此探测器没能把它从宇宙背景图像中分离出来。”理查德说。

“但愿不会撞上我们。”不速之客虽令我担心，但我还无法把它与当前的糟糕情况相提并论。

“我猜它和第四行星是一类东西。”

理查德轻描淡写的一句话，把我撂在了云雾里。他是科学家，不会说出太不着边际的话，我等待他说下去。

“我爷爷当年发现第四行星时，它也是一片火海，因为地壳破碎，船载分光计通过熔岩的火光，发现了查比斯金属。后来他辞去了集团的管理工作，一心致力于第四行星的地质研究，同时兼管理矿场，一共干了五十多年。”理查德停了停，“直到他老人家失踪……”

我猜不出理查德为何在这个节骨眼上主动提起这事，平时他根本不屑和我说，但“它也是一片火海”这句话，不禁让我多了一分联想。

“难道你有线索？”我问。

“失踪前，他曾经给我父亲去过一封信，那时我还小。多年后我父亲因事故去世，我在他留下的一大堆电子文件里找到了这封信，信里说第四行星是一个神秘的星球，并对第四行星的本质进行了大胆的猜测。”理查德说。

我的好奇心完全被勾起来了，没想到理查德今天跟我说了这么多。

“信里说，第四行星是某种生命体。从那时起，第四行星的秘密一直诱惑着我，加上我还要寻找爷爷的下落，所以我就主动请缨来了查比斯星系。”理查德缓缓地说。

“生命体？！”我说。

“对，是活的非碳基生命体！”理查德回应道。

“这就是你警告我不要盲目扩大生产规模的根本原因？”我恍然，但又愕然。我们这个时代，“宇宙间不存在非碳基生命”已有定论，贸然挑战这个结论肯定会遭人嘲笑，况且这生命体还有如星球般巨大。

“是的，这是个无法在短时间内证实的颠覆性发现。”理查德说。

“你原本不想告诉我的，对吧？”我说。

“因为你既不会相信，也不会在这里待很久。现在我告诉你，是因为它来了。”理查德指着监视屏幕，“第四行星的同类，也许是天敌，第四行星已经作出了应激反应。”

“我承认不明物体是一个潜在的安全威胁，但我不认为正在发生的灾难与它有联系。”我说。

“你错了！”理查德说。

“证据呢？”我反问。

“探测器最初记录到查比斯云圈异动，距现在只有六个小时，当时讯号还在路上，我们还无从知道，我再让你看看今天的地面监控数据。”理查德说。

理查德又作了个手势，开启了一个信息窗口，五颜六色的波形图不停变化，振幅随着时间的推进越来越大，窗口上的坐标系被迅速放大，整个监控记录的起始时间是五小时二十八分钟之前。

“这是地壳相变压力、地幔物质流变、地壳流体温度、地震反射波数据的综合分析，还有……所有异常数据记录出现在云圈异动三十二分钟以后，几乎与收到探测器传回的异常图像数据的时间同步。这是超级地震爆发的前兆，我发现第四行星内部几乎在极短时间里就变得一团糟，大地震随即就爆发了，而那些看似不可能的地面监控数据都被主计算机视为仪器采样错误，给处理掉了，因此耽误了发出警报的时间。”理查德说。

“该不会是巧合吧？”我问。

“你看云圈异常与地面异常二者的时间差，这个数值非常关键。”理查德提示我。

“有三十二分钟！刚好是光线从云圈走到第四行星所需的时间，也是视频讯号从探测器传到矿船信息采集系统所需的时间。你是说，那些异常的地质数据和其他无用数据一股脑儿拥进了信息存储器，还没等信息处理系统作出正确判断，第四行星就已经开始有所反应了……”我若有所思地说。

为了否定理查德的理论，我必须先假设他是对的，然后再逐条驳倒他。如果第四行星真是一个活的生命体，那就意味着它有着非常敏锐的感官，甚至在效率上打败了我们遍布查比斯星系的监视系统，但这似乎不可能……

话音未落，我感到一阵天旋地转，矿船好像被人在外面狠狠地推了一把！我下意识地绷紧全身肌肉——撞船了！我们身边摆放的小物件噼里啪啦地飞到天花板上，甚至砸坏了两盏顶灯，顶灯爆发出一小团烟雾，碎片转瞬飞散。我听到隔壁几个舱室也传来巨响，不知是什么设备摔到了天花板上。

千钧一发之际，安装在鞋里的陀螺仪感受到异常变化，及时启动磁力装置，把我和理查德牢牢固定在地板上。我俩惊恐地向舷窗外面望去，发现一直保持稳定的景物发生了变化，第四行星正在窗户里慢慢漂移，不久就要移出窗户的可视范围了——这说明矿船的姿态和轨道发生了变化。

“主机！汇报情况！”理查德吼道。

“飞船获得额外加速度 4，飞行姿态前倾 60 度，自旋角速度增加 720 度 / 分。”

“稳定飞行姿态，计算飞行轨道！”理查德命令。

又是一阵吱吱嘎嘎的晃动，飞船外似乎掠过一阵气体，那是矢量发动机在调整飞行姿态，要漂走的第四行星又缓缓地回到舷窗中央。飞船里的人工重力也正常了，控制室里下起了杂物雨，我和理查德缩着头提防被掉落的物件砸到，最后随着从隔壁舱室里传来的几声巨响，飞船终于恢复了平静。

主控室满目狼藉，我大声招呼机器人们过来收拾。

“抱歉！培养舱的营养液倾覆了，我们正在回收液体！”几个机器人大声叫道。它们终于逮到一个反抗我命令的机会了，主控室暂时的凌乱确实无法和上百吨植物培养液的损失相提并论。

“第四行星爆发了瞬时磁暴，我们搭上了一个强有力的磁力电梯，现在矿船轨道比刚才提高了五十千米。”主机大声汇报。

“不合常理啊，第四行星的磁场弱得可怜，怎么会……”理查德喃喃自语。

“地磁场正在……吱吱……吱吱……吱吱……”主机突然发出一阵刺耳无意义的噪声，接着沉默了。

“主机！回话！”理查德大叫。

中央电脑没有回应。

八

矿船静了下来，几乎所有设备都同时断了电，就连头上的灯闪了几下也熄灭了，舱内一片昏暗，第四行星暗红色的幽光从舷窗射了进来。我和理查德面面相觑，脚下伸展出两道长长的影子。墙壁上的监控画面停留在半幅没有渲染描绘完的第四行星磁力图上，显示屏可以在断电的模式下保留图像，画面显示磁场强度达到100……天晓得后面还有多少个零，天知道哪里来的这股强大的能量。

“机器人！”我向舱外大喊，没有任何回音，只有我的声音在飞船里回荡。

“见鬼！一定是刚才意外加速损坏了供电系统。”我说这话的时候心惊肉跳，在太空里失去能源就意味着死亡。

“不对！你听。”理查德示意我。我静下心来，慢慢地，一种十分细小的噪声闯进我的耳膜。平时这种细微的声音淹没在飞船设备纷乱的噪声里，大概只有现在才能听清楚。那是一种类似流水的声音，是能源舱聚变反应堆运转的声音。

“不像是能源系统的问题，况且机器人的电能储备为十五天。即使断电，短时间内机器人还是应该响应我们的，肯定是主机控制系统出问题了！糟了，难道是它？”理查德走到控制台前，尝试重新启动电力供应。

“谁？”我惊讶地问。

“幽灵程序！”理查德说。

“什么程序？”

“幽灵电波！幽灵程序！你叫它什么都行！也许通过‘它’，我们成了第四行星的耳朵和眼睛。”理查德一字一顿地说。

我本就很难相信“第四行星具有生命”这一概念，如今理查德说我们可能是第四行星的眼睛和耳朵，还冒出来个“幽灵程序”来，简直令我不知其所云。

“第四行星内部呈现异动的时间比我们接收到空间探测器传回异常监控画面的时间只晚了一点，因此我猜测是‘幽灵程序’先于主机信息系统，率先完成了信息扫描，随即它向第四行星表面发送了一条似乎毫无意义的电波，今天通信日志的第二百四十八条记录了这条电波的内容，‘滋滋，啵啵啵’不断重复，当时通信天线指向的区域仅仅是一片空地。”理查德说。

“你能说得再明白一点吗？这里还有什么秘密我不知道？”我逼问道。

“好吧，到了这步田地，都告诉你也无妨。其实，我爷爷早就发现了查比斯星系的幽灵电波，通过‘幽灵电波’我又发现了‘幽灵程序’。当年他在奔赴 M246 星系途中，救援飞船接收到了一个微弱但不断重复的信号，大家都怀疑这个信号是失踪的管理员发出的，爷爷驾船前去查看，结果一头撞进查比斯星云，探明电波来源就是第四行星，但没有发现失踪人员。我来查比斯星系后，幽灵电波现象逐渐增多。这电波时隐时现，如不仔细分析，一定会被忽略掉。我曾经怀疑过，这种现象只不过是第四行星活跃的地质运动产生的自然现象。但后来我发现，这电波具有指向性和目的性，好像始终有一个未知的存在一直在悄悄刺探我们。直到一年前，我花了大量时间分析计算机运行记录，终于有了结果。我发现了一段诡异的程序总是在呼应幽灵电波，我叫它‘幽灵程序’。它似乎拥有很高的智能，能于系统之外自辟蹊径，神出鬼没，十分狡猾，总是在不经意间冒出头来，但从不引起故障，所以很难发觉，主机甚至一直质疑我的发现。‘它’经常光顾信息收集系统，每当幽灵程序活跃的时候，幽灵电波就增多，同时第四行星的内部活动也会增多，其中存在明显的因果联系。我耗费了大量精力，就是为了抓住这段幽灵程序，想看看它到底是什么东西！”理查德接着说。

“后来怎样了？”

“后来，集团公司就把你派来了。”

“难道断电是‘幽灵程序’引起的？”我急切地问。

“有这个可能，但那样就太可怕了，我还要核实一下。不过我认同爷爷的假设，我认为第四行星可能与我们建立起了一种共生关系，就像牛椋鸟和美洲野牛。我们开采第四行星的矿藏，同时第四行星利用我们的资源为它站岗放哨。否则，通信日志的第二百四十八条记录的那段幽灵电波从何而来？第四行星灾变为何与发现不明天体在时间上如此巧合？这是非常明确的因果关系！我反对扩大生产规模增加查比斯金属的开采量，就是出于这种顾虑。我害怕打破这种共生关系。但现在看来，一切都是多余的，第四行星已经对更高级别的威胁作出了反应，城门失火殃及池鱼了。”

飞船断电，机器人失灵，共生关系。实在太惊悚了！无论如何，排除供电故障才是当务之急，总不能等死吧。

我跨过地上凌乱的物件，去取检修工具。在平时，电力维修检查这些事，都是机器人的活儿，可如今我必须亲自出马了。

九

还没等我走出控制室，通道里传来一个冰冷的声音：“请不要离开控制室。”

这声音听上去既熟悉又陌生，我早就熟悉了这种金属声带发出的略带谄媚的音色，但现在声音里的谄媚不见了，取而代之的是冷森森不可抗拒的感觉。

金属脚步声响，五台平日照顾我们工作起居的机器人从黑洞洞的通道里走过来，一字排开，拦在我面前。星光透过舷窗照在机器人们的面具上，它们淡红色的镀膜眼睛紧盯我和理查德的一举一动。

我当场愣住，原来刚才机器人不仅无视我的命令，还暗中偷听我和理查德的谈话。

“重复一遍，不要离开控制室，我会尽力保证你们的安全。”

一台机器人说道。

“放屁！刚才叫你们为什么不吱声？都死到哪里去了？还不快去检查供电系统！”我气不打一处来，大吼道。

嘭！我眼前金星飞舞，向后跌倒，右眼白光闪烁，眼眶火辣辣地疼。

我让机器人揍了。

“不要着急，电马上就来。”打我的机器人不动声色地说。

果然，飞船上的设备好像一起约好一般，同时发出通电启动的声音。嗡嗡声吱吱声不绝于耳。控制台上、墙壁上、天花板上、墙角里各种指示灯闪个不停，巨大的信息监视墙迅速重绘了那幅没完成的磁场图。紧接着头上天花板的照明灯亮了，漆黑一团的甬道也亮起了灯光，照得一切都那么真实。

不！太不真实了！我爬起来，靠在理查德腿上，用手捂着被打肿的眼眶，仰头看着眼前高大的机器人。平日里这些机器人见我都是点头哈腰的，我从未觉得它们如此高大。今天发生的事都太难以理解了，快把我逼疯了。

“你们居然敢打人……”我话还没说完，理查德一把捂住了我的嘴，他小声对我说：“别吱声，真是‘它’，那个幽灵！”

我把到嘴边的话咽了回去。

“你看监视墙。”

我扭头望向监视墙，这才发现监视墙上的画面变了。原来的数据图不见了，取而代之的是成百上千个细小画面，数不尽的窗口层层叠叠，不断相互覆盖，交替闪烁。画面里不是漆黑的查比斯云，而是第四行星、星环与中央恒星的图像。这些图像从各个角度瞄准目标，有的极远，有的极近。

“怎么回事？”我小声问理查德。

“‘它’控制了机器人和空间探测器。”理查德很小声地说。

“‘它’要干什么？”我觉得我被打糊涂了。

“‘它’在找今天早晨闯进星系的那个东西。”理查德回答。

我扭头瞅了瞅机器人，看来“它”并不介意我们谈话。我胆子稍微大了一点，偷瞄了一下控制台上右侧一个罩在玻璃保护罩里的橙色按钮，那是机器人链路开关，只要按下它，这五个机器人马上会处于休克状态。还没等我把目光收回来，我感觉脖子一紧，整个人被拎了起来，重重地扔在一把椅子上。我随即被弹出的安全带捆住，动弹不得。

“老实点，不要作无谓的抵抗！”随即我的右眼又挨了一下，痛得我龇牙咧嘴。

理查德也被捆了起来，但机器人没打他。我开始怀疑，是否平时我对机器人太苛刻，从而遭到了报复。我俩失去自由，成了机器人的囚犯。

十

随着时间的流逝，形势越来越糟，造反的机器人掌握了我们的生杀大权，就连外部空间环境看上去也越来越危险了。这期间，第四行星的磁场又爆发过几次，矿船经历了几次不规则的突然加速，每次加速的时候，飞船里都回荡着悠长的异响。我有理由担心这艘飞船是否能经得起没完没了的折腾。

现在矿船进入了一个冗长的大椭圆轨道，速度飞快。如果再来几次加速，甚至会达到第四行星的第二宇宙速度，挣脱行星引力的束缚，直接进入宇宙空间。

瞬时磁暴也影响到了恒星环，第四行星一侧的恒星环彻底混乱起来，大片大片含铁的石块、水冰、尘埃从星环泛起，引起了连锁反应。安逸祥和的秩序不见了，取而代之的是骚动和混乱，石块与石块相互撞击迸发出闪光，闪光像波纹一样在星环中散开，星环的纹理发生了戏剧性的变化，就像一副被推倒的多米诺骨牌。混乱正以看得见的速度向整个恒星环扩散，很多破碎的石块带着巨大的动能脱离了原有轨道进入开阔的宇宙空间，要不了多久，第四行星及附近空间就将不适于航行，任何航天器都不敢在这样的空间里全速飞行。

相对于外面的混乱，控制室显示墙上的无数个窗口却变得规整起来。每个窗口里都包含了无数个小型监视画面，这些小画面排列得整整齐齐，横看成行，竖看成列。每个画面都是由分布在查比斯星系里不同位置上的独立探测器拍摄的，所有画面的中心都是明亮的主恒星。这些监视画面构成的窗口，状如昆虫复眼，这种组合对光线的强弱变化极为敏感。

“你看出来了吗？”理查德小声问我。

“是复眼矩阵。”我回答。

“它”的智力比我想象的还要可怕。无数个窗体，就是无数只眼睛，应该是对我们全部探测器在面向中央恒星所有角度上的排列组合，这将会极大提升星系内不明物体的侦测概率。不明物体身披隐身尘埃外衣，虽不反射光线，但一定会阻隔光线。只要观察到来自中央恒星光线的强弱变化，就可能确定不明物体的存在。只要把多个不同位置上的探测器检测到的光线变化联系起来，就能得到不明物体在球切面上的运动投影。如果有多个复眼侦测到不明物体在球切面上的运动投影，计算机就能计算出它在三维空间里的运动轨迹。越多探测器探测到光线变化的信号，得到的三维运行轨道就越精确，这是由无数只眼睛共同构建精细立体视觉的过程。虽然信号传输到矿船有延迟，但任何物体都是有惯性的，尤其是体型巨大的物体。一旦发现运动轨迹就足以预估不明物体的准确轨道了。我估计监视墙上密密麻麻的复眼窗口，不过是所有组合里的沧海一粟，更多难以统计的复眼阵列正运行在主计算机亿兆级的内存里。

控制台上很多灯光开始变暗，不少辅助系统的供电指示灯干脆灭掉了。我觉得喘气有些困难，我意识到为了给复眼计算提供更充足的电能，氧气发生系统可能被主机切断了，而植物培养舱里密密麻麻生长的植物也因此断绝了光源，长势良好的作物立即转为耗氧状态，开始与我们争夺宝贵的氧气资源。

不一会儿，主机的散热风扇组也嚎叫起来，看来不管多么先进的计算机都害怕做大规模并行计算。主机发出的热量开始透过墙面、地板、通风管道传导过来，主控室变得越来越热。这么下去，我和理查德很可能会被憋死。

我感到压抑，不得不嚎叫了起来。可是机器人们看都没看我一眼。

“挺住！放松！现在‘它’比我们还紧张。”此时理查德的脸也被热浪烤得红扑扑的，但他显得很镇定。

十一

不知过了多久，复眼窗口停止闪烁，紧接着如雪崩一样纷纷溃散关闭。与此同时，一直咆哮的主机散热风扇发出了最后几声怒吼，像踩刹车一般停了下来。

我被新描绘出来的图像吸引了，这是查比斯星系的三维立体图像。图像的中心有一根树枝样的东西，它从一根粗大的主干上分出三根小叉，这三根小叉还在快速生长，方向所指就是第四行星。“它”终于找到那个不明物体了。树枝样的东西就是闯入者的运动轨迹，不速之客的速度太快了，而且距离我们不远，果然是冲着第四行星而来，不是一个，是三个！

随着主机运算量的下降，空调系统重新获得了足够的电力供应，控制室里温度开始下降。但我更加忧心忡忡，如果不明物体与第四行星发生碰撞，后果难以预料。

磁暴再次爆发，矿船剧烈颠簸。我甚至感谢机器人用安全带把我牢牢捆住，这使我还能活着，避免了被摔得支离破碎的命运。

不久磁暴渐渐平息，矿船却因受力不均而滚动起来，第四行星逐渐退出了舷窗的可视范围。过了一会儿，第四行星才从舷窗的另一侧慢慢显露出来。

眼前的景物我不再熟悉，第四行星不再是一个完美的球体，它变成了一个不均匀的椭球体，一端大些，另一端小些，鲜红色的是外溢的岩浆，有某些东西在稍大一端突出地表，正在抬升。

矿船继续滚动，第四行星开始退出舷窗。

但不久，第四行星又显露出来，新出现的抬升物更加明显了，这是什么？

是因地震或者火山喷发而隆起的高原吗？是新出现的山峰吗？

第四行星再次消失，又再次出现。

如果那些隆起物是山峰，此刻第四行星的造山运动就是以秒来计算的，山峰隆起的速度肯定大大超过了音速，甚至还在加速！可以想象，第四行星地下的岩浆奔腾着，持续释放堪比亿万枚氢弹爆炸的能量，巨大的压力把地壳拱上天空……

但我心中充满疑惑，这次为什么岩浆还没喷出地面？在如此强大压力的作用下，行星那薄薄的、早已千疮百孔的地壳，本应扑地一下炸开，喷出射流状的地心物质，飞溅到太空里，慢慢冷却。

不知过了多久，调姿发动机启动，矿船自转渐渐变慢，直至停住，第四行星又回到舷窗中央。

十二

我们被彻底震撼了，第四行星变换了形态，那是一只暗红色八足巨兽，无声地漂浮在太空里，身体膨大的一端伸出八只堪比山岳粗细的鞭足，由于大量物质转移到鞭足里，第四行星的主体部分略显细长。鞭足崎岖蜿蜒，每只都足有上千千米长，一直伸展至太空轨道，其中一根伸到了矿船附近，如同一支飘荡的滑梯。沿着这根滑梯，我觉得可以一直滑降到行星表面。

第四行星毫无疑问是某种特殊的生命，虽然远离它，我仍然能感觉到它体内蓬勃的力量。这是生命与生命之间的共鸣，这是一种奇异的感觉，难以想象这股力量的源泉来自何方。这股力量不知在地下蕴藏了多久，此刻它爆发出来，跨越空间直达太空，我感到身处的矿船正随着这股力量在一起律动。这股力量不但驱动着第四行星进行了不可思议的形态变化，同时还驱动着磁力，操纵着绵延万里的鞭足。

我们久久地沉默着，终于理查德吐出了一句话："原来这才是查比斯金属的真正用途！"

我愣愣地看着那八只在太空里不停舞动的鞭足，它们反射着恒星灿烂的日光，那是金属的光泽，是查比斯金属特有的暗红色。我终于明白了，查比斯金属构成了第四行星鞭足的管状外壳，凭借该金属的特性，鞭足获得了超强的硬度与韧性，再由行星核心泵入岩浆，赋予其巨大的质量，凭借强大的磁场，赋予其活动能力。我们每年辛辛苦苦从第四行星开采的五百公斤查比斯金属，对它来说根本不值一提。它用一点点代价，就把人类牢牢地吸引在它的身边，任它窥探和利用。

"它们到了！"理查德大喊。

监视墙上描绘出的路径已经延伸到第四行星所在位置，但方向略有改变，三个不速之客好像在竭力避免与第四行星相撞，但是已经来不及了。

三维立体图像消失了，三个不明物体已经抵达第四行星上空。第四行星无须再利用人类的计算机为其提供预警，第四行星在最恰当的时机完成了形态变化，我猜现在是它的巅峰时刻，它能量充沛，力大无穷，信心十足！在它的磁圈里，它明察秋毫，它相信自己能击退一切来犯之敌。

主控室里静悄悄的，我和理查德全神贯注向窗外观望，希望能捕捉到闯入者的一鳞半爪。时间一点一滴过去，外面很平静，什么都没有出现。正当我想放弃的时候，第四行星距离矿船最远的一根鞭足突然动了起来，它闪电般地在太空中划过，仿佛在抽打一只不存在的幽灵。

一股灼热刺目的光芒迸发出来，辐射强度足以烧毁我的视网膜，被动防护系统迅速作出反应，舷窗玻璃变为黑色，隔绝了辐射。

矿船再次抖动起来，矿船的主体结构发出不堪重负的响声，久历磨难的航船再次冲进湍急的河流。仪表显示，防护罩的力场达到了极限，主动防御系统全功率运行。从船体传来的撞击声判断，只有一些细小的碎片击中了矿船，但矿船依然完好，我猜一定是第四行星用它的磁场或者是那根离我们最近的鞭足保护了我们，否则如果爆炸产生的抛射物直接撞到矿船上，单凭防护罩的力场是绝对无法承受的。

紧接着又是两道耀眼的光芒，我似乎听到两声凄厉而绝望的声音从远方传来。那一刻，我相信另外两个入侵者也完了。又是一阵噼啪的撞击声，矿船又开始颠簸。

过了一会儿，舷窗上的黑色慢慢褪去。我向窗外望去，还好，第四行星还在窗口的可视范围里。原本视线良好的太空，到处充斥着肉眼可见的烟尘和漫天飘飞的黑色碎片，我不知道那是些什么东西，第四行星在其中若隐若现。此刻，第四行星的八只鞭足都收缩变短了，它们抱在“胸口”，正全力束缚着某个东西。

胜负已分！电光石火之间，第四行星精准地击溃了来犯之敌，我们甚至没有机会一睹入侵者的真容。

十三

长时间的禁锢，令我手脚麻木，何时才是个头啊……我看了看环伺在身边的机器人，很担心自己的安危。入侵者被击败了，接下来“它”会如何处置我和理查德？

理查德的假设，音犹在耳，如果第四行星是美洲野牛，我们是可爱贴心的牛椋鸟，那么我们或许是安全的。但愿第四行星禁锢我们是出于迫不得已，不久“它”会交还矿船和机器人的控制权，毕竟只有我们才能维持矿船及规模庞大的探测器阵列的正常运转。接下来，相当长的一段时间内，查比斯金属的开采必须停下来，人类将珍惜使用每一点查比斯金属存量，我们会等待第四行星恢复到原有的状态，然后再逐步恢复矿业生产。当然，鉴于第四行星是智能生命，我们不会盲目扩大产量，我们会循序渐进，逐步试探第四行星的反应……这可真是在太岁头上动土！宇宙里没有非碳基生命的论断将就此作古，人类将重新审视生命的定义，人类将以更加和谐的方式与大自然相处。我设想了多个场景，甚至包括以我为首的“代表团”，与“它”展开建设性的对话，商榷我们能够提供的服务和“它”应该付给我们的报酬……这种场面非常具有戏剧性，可以想象一头大象和一群细菌之间的讨价还价，我和理查德将作为传奇的亲历者而永留史册。

就在我胡思乱想之际，两个机器人去而复返。它俩慢吞吞地从外面拽进来两只金属箱子。我一眼就认出了这两只箱子，它们平时就搁在维修间，箱子里各种维修工具一应俱全，“它”到底要干什么？两个机器人打开箱子，把工具搬到外面，胡乱放了一地。

我觉得形势不妙。

“你们想干什么？”理查德终于说话了。

“带你们走！”一个机器人说。

“我猜到了。”理查德说。

“你是个聪明人。”机器人说。

“等等，理查德，你们在说什么？”他们的谈话内容令我恐惧。

“‘它’要杀人灭口了。”理查德平静地对我说。

“什么？你不是说我们和‘它’是共生关系吗？”我五雷轰顶。

“你还没想明白吗？”理查德的语气依然平静。

“这到底是怎么一回事？”

“‘它’的确需要我们的监测网为它提供可靠的预警，可我俩都见过它的真实形态，尤其是见识了那亿万吨的查比斯金属储量，因此形势发生了变化。入侵者被消灭了，而我俩则变成了‘它’最大的威胁。”理查德解释道。

“你是说‘它’不相信人类。”

“是的。”理查德说。

我沉默了，我刚才的估计过于乐观，而现实如此残忍。我努力冷静下来，但理智的分析让我绝望。第四行星，一个始终躲在暗处把我们玩弄于股掌之上的异类。它长时间不动声色地潜伏在矿船系统之中足以看出它的狡猾，它容忍人类在它身上开采查比斯金属足以看出它的阴险，它突施冷箭控制机器人实施绑架，操纵成千上万具探测器足以证明它无与伦比的智慧，它灭杀入侵者的雷霆手段足以看出它的决绝。

这个异类应该非常了解人类。在我们原先的理论中一直认为查比斯金属是微量存在于第四行星的岩浆中，这是被欺骗的结果。可今天第四行星为我们展示了亿万吨查比斯金属储量，这相当于向整个人类展示财富的海洋，它怕这笔财富会激起人类世界的疯狂。

这个精明的家伙要保证自己的绝对安全，它绝不会善罢甘休，它既想利用我们，又提防我们，接下去我该怎么办？我看看理查德，他也一筹莫展了吗？我又想到了理查德的爷爷老查理，眼看“失踪”的命运又要落到我俩的头上。“它”会杀了我们！但刚才“它”还保护了我们……不，我想通了，“它”根本不是在保护我们，“它”是在保护自己的资产。这个阴谋家，“它”留下自己需要的东西，毫不留情地毁掉威胁自己的东西。我绝望了，未来人类和第四行星依然会维持互惠的共生关系，只不过我和理查德的死将成为维持这种关系的先决条件。

“我不想死！”我大喊起来。

“放心吧，我们会照顾好矿船，直到新来的人代替你们。”机器人说。

我浑身颤抖，万没想到我会死在这个荒凉的地方，不久我的名字就要被划归“失踪人口”一类，甚至连怎么死的都没人知道。

安全带松开了，一个机器人拧住我的胳膊，把我从椅子上拎起来。血液涌进干涸的血管，伴随着钻心的疼痛，我竭力挣扎，拼命反抗，但仍然无法阻止被拖行的脚步。

工具箱张着大嘴，似在狞笑。

“为何不干脆杀了我们？”理查德正色问道。

“不要着急，不久你们会永远和我在一起。”

“那好吧，我跟你们走，不要侮辱我们，我不想被装进箱子里。”

理查德说。

“你最好先劝劝你的同伴。”

难道理查德放弃了？在我看来他过分理智了。

“张，不要挣扎了，你这样会更痛苦。”理查德说。

我沉默。

终于，我也冷静下来，不再挣扎。我想，也对，反正要死，为什么不死得舒服一点？

机器人满意地看着我们俩。“它”确信摧毁了我们的反抗意志，“它”有这个自信，单凭我俩的力量是无法同时与五个强大的机器人对抗的。

理查德也被松开了，他也被勒得不轻。他颤巍巍地从椅子上站起来，整理了一下弄皱的衣服。

他脚步踉跄，走得很慢。

很不巧，他被地上凌乱的工具绊住了。

他身体前倾，无法保持身体平衡，他被绑得太久了。他倒向控制台的方向。

终于，理查德扶住控制台站住了。

电光石火之间，五个机器人同时一跃而起扑向理查德。

电光石火之间，理查德的拳头击中了玻璃保护罩里的橙色按钮。

玻璃碎裂声传来，理查德切断了机器人链路开关。

顿时，五个机器人像断了线的木偶，失去控制，噼里啪啦地摔在地上。

理查德成功瞒过了“它”，人类到底技高一筹。

我们自由了，我双腿一软，瘫倒在地。

“快起来，帮我看看矿船是否还可以操控！”理查德手脚麻利，一点也看不出他被捆了那么久，一定是身体比较瘦小的缘故，再加上尽力伪装，人类典型的小伎俩派上了大用场。

我刚爬起来，忽觉脚腕一紧，低头一看，一只机械仿生手握住了我的脚踝，不知怎么的，刚才倒地的机器人又缓慢活动起来。

“坏了，‘它’重启了机器人！”理查德回头一看，也慌了，忙再次用力按动橙色按钮。

这一次，按钮失灵了。

抓住我的机器人猛然抬起头，阴森森地对我说：“不要白费力气了，你们太危险了。我很生气，我不需要你们了，看我现在就杀死你们！”

话音未落，几个机器人纷纷扭动起来，以手撑地，眼看要站起来了。

“当”的一声，火花迸射，一只斧头落下，砍断了抓住我的仿生手。

“快，机器人重新启动需要一些时间，砍它们！”理查德举着斧子大喊。

一语惊醒梦中人，眼下解决问题的最简单的方法，就是用暴力摧毁这些还未完全“清醒”的机器人，在硬件上彻底隔绝“它”和机器人的联系。机器人大脑和通信视觉感知系统就安装在头部，机器人颈部护甲里到处都是脆弱而敏感的数据排线。

“去你的！”我一脚蹬开恐吓我的机器人，从地上捡起一柄消防斧，冲进机器人堆里。

控制室里，机器人外壳碎片到处飞溅，我俩不由分说一阵乱砍，几个机器人的头颅很快就被斩断，倒挂在躯干上，此刻它们完全无法抵挡雨点般落下的斧头。

正当我们弯着腰，累得气喘吁吁，以为一切都结束的时候，通道尽头又响起一阵嘈杂的脚步声，迅速由远及近，踢得金属舷梯叮当作响。

我们面面相觑，随即马上明白过来。“坏了！”我俩大叫着冲向舱门。就在我俩挥动斧头狂劈乱斩时，我们完全忘记了在船尾货舱里还有十个完好的可以随时投入使用的服务机器人。“它”指挥着机器人们气势汹汹地向控制室杀来。我们必须靠人力关闭舱门，然后看看是否还有其他方法切断“它”对机器人的控制。

舱门动了，在越来越窄的门缝里，我看到通道地板上，墙壁上，天花板上到处是机器人飞掠的身影。

我们奋力拧紧闭锁机构，终于赶在机器人到来之前关闭了舱门。机器人在门外恼怒地叫着，用身体一次次撞击舱门，发出震耳欲聋的响声，我们暂时安全了。

“砰！砰！砰！”三声巨响，一波未平，一波又起。

我转回头，赫然发现，不知何时，在控制室宽阔的舷窗外站着三个矿场维修机器人！机器人脚下的舷窗玻璃已经被砸出了细小的裂纹，远处还可以看到有小白点正穿越黑色雾气向我们高速接近。我认出来了，它们是我在返航途中，为了提升速度被我当废物丢掉的机器人，它们乘着磁场回来了。“它”一定在观望，如果矿船内的机器人不能顺利攻入控制室俘虏我们，“它”便会让船外的机器人打破舷窗冲进来杀死我们，尽管这也会给“它”的资产带来不小的损失。

我和理查德背靠在舱门上，不敢轻举妄动，生怕刺激“它”作出极端举动。一股热浪从门上传来，我俩慌忙从门旁躲开。舱门出现了一条火红的弧线，弧线慢慢延伸——机器人们取来了激光切割机。它们突破舱门只是时间问题，我们要完蛋了。

十四

又是一阵猛烈摇晃，一种异样的感觉涌上心头，我惊奇地发现站在舷窗外的机器人轻轻漂了起来，离舷窗越来越远，一晃便越过矿船不见了。几个原本高速逼近的小白点在视野里逐渐变大，可它们根本没有减速，也没击中矿船，相隔老远从矿船旁边飞走了。

控制室舱门上的圆弧也停止了扩张，门后的机器人噼里啪啦摔倒在地。顷刻间，一股熟悉的感觉回来了，虽然控制室依旧充斥着各种仪器交织的噪声，但我觉得这声音中少了一丝阴冷与诡异，直觉告诉我，“它”走了。

“看！”理查德指向窗外。

迷雾里，第四行星“怀里”的黑色物体好像快挣脱出来了，第四行星的八只鞭足正竭尽全力，拼命要把那黑色的怪物再次控制住。

“机器人瘫痪了，肯定和那个黑家伙有关。”理查德走到控制台前。

“非常抱歉！刚才我……”一个熟悉久违的声音响起，是矿船主机在说话。

“……矿船怎么这么乱。我的轨道！我的系统时钟！我的门！警报！警报！”主机突然歇斯底里起来。

“你闹够了没有？快检查一下门口的机器人。”理查德说。

“天，它们是什么时候跑出来的？”主机答道。

“别问了，切断它们的能源再说。”理查德说。

“遵命，但是真的不能问一下吗？”主机说。

“它们差点杀了我！”理查德说。

“你听着，从现在起你把所有设备都给我牢牢看好！不要再被钻了空子。”理查德说。

“遵命。”主机回答。

“让我看看第四行星。”理查德说。

监视墙上迅速显示出第四行星的特写画面。虽然有黑雾笼罩不很真切，但还能分辨出若干细节。情况瞬息万变，暗红色的八足巨兽再次困住了黑色怪物。此物全身呈纺锤形，尖尖的头部，似乎生有喙状的嘴，腹部也有八只黑足，它扭动身体，拼命想从第四行星的束缚中挣脱出来。与此同时，它的嘴还死死咬在第四行星身上，拼命吮吸着，它正从第四行星体内吸取着一股股灼热的物质！它表现出了近乎疯狂的矛盾行为，死到临头了，它想逃跑，但还舍不得到嘴的食物。

“理查德，我收到‘登录者一号’的信号，很强烈！”主机突然发出提示。

“‘登录者一号’！那不是老查理失踪时乘坐的登陆艇吗？”我难以相信自己的耳朵，出乎意料之事又发生了。

“接进来。”理查德说。

监视墙上出现了一片杂乱的信号，黑白色的杂波，如同宇宙背景噪声。紧接着屏幕上杂乱无章的像素点开始移动，像素点渐渐构成了一幅抽象图案，这是一个男人的黑白图像。这个男人面对着我们，站在一个明亮的门廊之中，光线让我们无法看清他的面孔，只能看到他身体的剪影。

“爷爷！”理查德惊叫了起来。

此刻的理查德，有如千钧巨石坠入心湖。经过这段时间的相处，我知道理查德对他爷爷的感情甚至超过了他父亲，爷爷的失踪是他心头最大的谜，永远牵动他最敏感的神经，支撑着他独自留在查比斯星系几十年。只见理查德喃喃自语道：“这是我家乡农场的老照片，清晨时爷爷整装待发，逆光里，他仿佛融化在了阳光中……他就此一去不归。”

画面里的影子开始说话了。

“理查德！我的孙子！”

“爷爷，真是您！您还活着！我找了您好多年。”理查德的眼睛湿润了。

“不，孩子，几十年前我就已经死了！我是一段记忆，一个持续存在的人类意识，我存在于它的意识场里。”影子淡淡地说。

“‘它’……你是指第四行星吗？”理查德问。

“是的，孩子，我尽量长话短说，不久它就要发动最后的攻击了，留给我的时间不多了。”

“请讲吧，爷爷，这究竟是怎么一回事？”

“多年前，为了开展研究，我闯入了第四行星的核心地带。很不幸，我落入了圈套。出于了解人类的目的，它从一开始就想方设法杀死我。我死了，我的身体被第四行星俘获，意识成了他的傀儡，也成了它揣测人类行为的工具。另一方面，通过这种途径，我对等地认识了这种奇异的生命形态。理查德，第四行星是一种奇特的生命，在它的意识域里，我看到了它们隐秘的历史。它们这一族，诞生于宇宙之初，身形巨大，自称‘庞古’。这一族群曾经在宇宙里辉煌一时，那是宇宙初创的时刻，宇宙尚未充分膨胀，物质能量状态极高。它们是纯能生物，拥有灵活的思维，高明的智慧，无尽的寿命，不定型的身躯与横行宇宙的速度。像我们人类一样，它们组成了极其复杂的社会形态，拥有过高度发达的文明。它们俨然以宇宙的主人自居，它们在宇宙间划分领地，梦想统治宇宙直到千秋万代。

“可是后来宇宙加速扩张，物质快速冷却，这对于它们来说无异于遭遇到致命的寒冬。难以计数的‘庞古’因为不能适应宇宙的变化而死去，而幸存下来的也不得不利用科技改变自身的外部形态，将它们的纯能之躯，依附于由查比斯金属制造的物质形态身体之上。它们被迫降级了，但进化之路不进则退，宇宙空间的膨胀增加了收集制造查比斯金属原料的难度，漫长的岁月使它们忘却了制造查比斯金属的诀窍。缺乏查比斯金属会使拥有躯壳的‘庞古’无法进一步成长。它们通常蛰伏在与小行星带交汇的轨道上，通过定期吞噬小行星来弥补消耗的物质，躲避在岩石壳里，利用放射性元素和恒星引力的潮汐来维持自己的生存。转眼间亿万年过去了，宇宙变得更大也更冷了，空间的距离彻底瓦解了‘庞古’的社会，寒冷耗尽了‘庞古’的文明。资源枯竭和长时间的独处，改变了‘庞古’的习性，迫使‘庞古’们撕去了残存的温情面纱。它们不再念及同族之谊，‘庞古’之间开始互相残杀！‘庞古’进化了，‘庞古’进化成了专门以猎杀同类为生的冷酷生物，生存的压力使极端利己主义占了上风，使它们的进化毫无悬念地走进了死胡同，文明的种族堕落为恐怖的怪物。大‘庞古’猎杀小‘庞古’以获得额外的能量，小‘庞古’成群结队突袭没有防备的大‘庞古’以获得生长所需的查比斯金属。

“你看到了吗？第四行星就是‘庞古’的成年体，而它怀里的‘黑怪’是幼年期的‘庞古’。它们来自于一个种族，是完全相同的物种。‘庞古’变得如此自私，它们拒绝繁殖，并致力于杀死同类。就像鲜血吸引鲨鱼，任何一点点暴露在宇宙空间里的查比斯金属，都会引来空间里流浪的‘庞古’。宇宙中‘庞古’的数量持续下降，遇到‘庞古’的机会也因此下降。一旦遇到同类，只要条件允许，‘庞古’们总要把握住机会奋力搏杀一番，从而进入无解的恶性循环。为了获得优势地位，‘庞古’学会了伪装自己，它们改变附近行星的成分，制造出可以遮蔽一切的查比斯尘埃层。

“第四行星就是‘庞古’中的强者和智者，它所在的查比斯星系拥有使它变得强大的一切有利因素。很幸运，它早年在争夺查比斯金属的战争中获胜。它已成年，身体庞大，物质丰富的恒星环源源不断地为它补充营养，得天独厚的气体行星让它轻易生成了查比斯尘埃云，庞大而寿命悠长的主序恒星使它能量澎湃。它本可以一直隐藏在这个完美的安乐窝里，继续它无尽的一生。但第四行星依然充满渴望变得更加强大的欲望，同时对自己的实力也颇为自负。一百年前公司对 M246 恒星系的那次搜救行动，释放了大量电磁波，因此引起了它的注意。第四行星很快意识到我们人类的力量与发展水平，处于它可以与之周旋利用的层次上，它飞快孕育了一个计划，它邪恶的智慧在此表现得淋漓尽致。它发出引诱信号，吸引我们，然后再释放微量的查比斯金属让我们上钩。

“我们真的很快就上钩了，我们以为找到了宇宙中最结实最耐用的新材料，找到了人类发展的捷径。人类飞船开始载着微量的查比斯金属在宇宙中出没，其源头来自查比斯星系，一个被隐身云团笼罩的‘庞古’巢穴。周遭空间的其他‘庞古’根据暴露在空间中的查比斯金属的独有特征，认为那是一只弱小或者死亡的‘庞古’。于是觅食者们就会顺着踪迹，纷至沓来，投入第四行星为它们设下的陷阱中。而第四行星则守株待兔，准备吞噬一切敢于来犯的敌人，然后变得更强大！

“在这个过程中，第四行星一直在巧妙地利用我们。它不但布下陷阱吞噬了我的意识，还破解了‘登录者一号’上的所有信息，进而能无声无息地侵入矿船的主机。这么多年来，它一直在监视着你。理查德，你知道吗，我的意识也一直通过侵入矿船的幽灵程序观察着你。你不愧是我的好孙子，你拥有作为一名科学家的优秀品质，你发现了它的踪迹，从地质检测中窥见了它的规律，因此它也快要对你下手了。当你的新同事到来后，它动手的冲动更加强烈。对它来说，你的同事远比你要危险得多。我多么想提醒你，但我无能为力，我只是一个工具，是没有操控力的傀儡。

“现在它的构想终于开花结果了，三只不知天高地厚的小‘庞古’寻迹而来，自投罗网，当它们发现对方是一只严阵以待的成年‘庞古’时，逃跑已经来不及了。人类的预警系统让第四行星把握住了最佳出击时机，虽然那只幸存的小‘庞古’还在负隅顽抗，甚至打破了第四行星对矿船的控制，使我暂时获得了解放与操控‘登录者一号’的能力，但第四行星很快就会结束战斗的。”

“我们现在该怎么办，怎样才能把你救出来？”理查德焦急地问。

“忘了我吧，孩子，你们快跑吧，不要等它缓过劲来。去警告人类，放弃查比斯金属，广袤的宇宙里还有其他‘庞古’活着！第四行星的阴谋把人类置于危险之中，查比斯金属是危险的诱饵。人类只是一个年轻而弱小的种族，暂时还无法与它们抗衡，它们会轻易摧毁人类！”影子回答道。

影子的话音未落，主机的声音就响了起来：“确定信号源‘登录者一号’位置。”

随即，监视墙上显示出了一幅巨大的画面，画面里有一只登陆艇像蚊子一样黏在第四行星的躯干上，不远处就是黑色怪物伸出的巨喙。

“我要下去看看！”理查德自言自语。

“不！孩子！千万不要！”影子叫道。

监视屏里的第四行星好像动了，随即影子也跟着晃了一下，“它恢复得很快，它要行动了……我要走了，孩子记住我的话，千万不要来找我，再见……”

影子消失了，屏幕上又布满了由宇宙背景噪音呈现的黑白雪花。

“我要下去看看，直觉告诉我，爷爷还在飞船里！”理查德说。

“你疯了吗，你没听他说‘庞古’之间的战斗很快就要结束了，‘它’又会转而对付我们？太危险了！万一这又是一个圈套怎么办？”我强烈反对。

“刚才机器人眼看就要得手了，‘它’不用画蛇添足来上这么一出戏，现在‘它’肯定已经力不从心。多年来，我一直梦想揭开爷爷失踪的谜团，如今他重现人间，我不能错过这个机会，否则我一定会后悔的，矿船拜托给你了！”

理查德推开我阻拦他的手，命令主机打开控制室舱门，舱门口东倒西歪躺着一地瘫痪的机器人。理查德厌恶地看了一眼，越过它们向矿船码头跑去，我拦也拦不住。码头上还有一艘燃料充沛、状态良好的登陆飞船。

随着一声轻响，通过舷窗我看到登陆船被弹射出来，发动机启动，喷出两束明亮的推进火焰，冲入迷雾之中。

我命令主机盯住理查德的登陆飞船，我们如今所在的轨道很高，第四行星的外形发生了不规则变化，磁暴间隔毫无规律，而要到达目的地需要时间。我不看好理查德的冒险行为，但此时我只能求老天保佑了。

时间不知过了多久，我甚至觉得时间凝固了，但愿第四行星和“黑怪”一直处于僵持状态。

理查德的登陆飞船在监视墙上越来越小，时隐时现。真希望他能平安归来。

十五

“不明程序试图强行运行，刚刚被我阻止！”主机惊叫了起来。

我心头一惊，那一瞬间我觉得有一个可怕的东西突然转过头来恶狠狠地盯了我一眼，然后又把目光投到别处。

我知道是“它”。

紧接着，舷窗里处于僵持中的两只怪兽都动了起来。第四行星用八只鞭足把“黑怪”高高举起，“黑怪”的长喙被硬生生地抽了出来。‘黑怪’似乎觉到了末日的来临，疯狂地挣扎着。矿船跟着猛烈地摇晃了起来，两只怪兽再也无法控制外溢的磁场。漫天弥散的黑色迷雾仿佛气球一样膨胀起来，黑雾中好像充斥着数不尽的岩浆和陨石，它们铺天盖地地向矿船砸了过来。

随即，主机报告：“丢失登陆飞船目标。”

理查德的登陆飞船肯定完了。

紧接着我的矿船也完了。

被磁场加速的岩浆和陨石毫不客气地洞穿了矿船，如同高速飞行的子弹击穿纸片，偌大的矿船在碰撞声中变成千疮百孔的筛子。舱内下起了一场弹雨，激起朵朵火花，到处是飞溅的陨石碎屑和损毁的飞船残片。外泄的高压气体和液体推动着矿船做不规则运动，如同一匹无法驯服的发疯野马。

矿船在碰撞中挣脱了第四行星的引力，汇入恒星环，成为围绕查比斯恒星运行的一颗小行星。

那一刻，我还没有死，我不知道这究竟是幸运，还是不幸。

我倒在血泊里，浑身是伤，被旋转的力量压在地板上。失压状态下，血液正寻求最快路径离开我的身体。混乱的船舱里，在无尽的杂物中，我看见我的一双小腿正牢牢地贴在天花板上，鲜血正从断面流出来，一边冒着气泡，一边顺着沟槽流淌。

在这一边的地板上，我的血同样从断腿里流出来，不久这两股血迹将在墙壁上相遇。

我的血要流干了，我要死了……临终一刻，我终于什么都不怕了，我变得淡定下来。

我饶有兴致地扫了一眼监视墙,那是主机接收到的最后一帧画面。

“黑怪”无奈地接受了被吞噬的命运，它和第四行星紧贴在一起，小半个身子已经陷入对方的体内，炙热的熔岩从边缘缝隙溢出，火的颜色，致命的光芒，消化过程悄然开始。

那一刻，我在熔岩里看到了登陆飞船的身影，两艘，一定是我眼花了。

不久，在我渐渐变灰的视野里，我看见一台机器人顽强地向我爬过来，但此刻我已经不关心这台机器人的真正身份了。短短一天多的时间里，查比斯星系发生了天翻地覆的变化，它是谁我都不会吃惊。

夜幕开始降临，离家千万光年航程，如今一朝归去，愿我的灵魂安息。

巨震传来，矿船开始爆炸解体……

十六

不知过了多久，我睁开眼睛，看见明亮洁白的天花板。

我躺在一张床上，身边各种仪器通过管子连接在我身上，仪器发出的声音微弱但很悦耳，我感觉到从未有过的安宁。

原来天堂里也需要疗伤啊！

“你醒了。”一个甜美的女声传来。

一张戴着白色护士帽的美丽面孔占据了我的视野，大眼睛注视着我。

“船长！他醒了！”

咚！咚！咚！脚步声响起,另外一个男人的面孔挤走了天使的脸。

“老兄，你终于醒了。”

这家伙我好像认识……想起来了，他是“光辉号”的船长。他怎么有点儿显老，难道我来天堂时迷了路，让这家伙捷足先登了？

“你怎么在这里？这是什么地方？”我问道。

“老兄，恭喜你得救了。”

“我没死？”我稍稍转动一下头，认出来了：这应该是一艘医疗救护飞船的内部，装修的样式很新颖。

“算你命大，伤得那么重还没死。矿船爆炸的时候一定是主机让机器人把你放进了冬眠舱，冷冻了起来。”

“理查德在哪里？”

“他可没有你幸运，我们没能找到他，估计是在矿船爆炸时粉身碎骨了，连点儿渣滓都没剩下。”

听他这么说，我真为理查德难过。

“我睡了多久？”我问。

“二十年。”

“这么久……”我沉默了一下，“怎么现在才来找我？”

“唉，我来来回回找了你们七八趟了，这可是最后一次搜救了。大家历经千辛万苦才把你从石头堆里扒拉出来。说真的，我真没想到还能见到你。”

“查比斯星系现在怎么样了？”

“整个星系还没有从大爆炸的余波中恢复过来，我们留在那里的基础设施，包括侦测卫星，都毁了，有用的资料一点儿都没剩下。”

“是吗？”

“还有一件事，肯定能吓死你。”

“什么？”

“第四行星失踪了。”

“怎么会？！”

“不仅如此，现在查比斯星系外围的尘埃层也基本消失殆尽了，如今那里可是大变样啊……谢天谢地，你醒了，我们可是有一大堆问题，要问你这个事件的亲历者。”

听到这里，我不禁愣住了，难道第四行星躲起来了？但这消息让我稍稍感觉放心。在现有情况下，如果我跟公司讲第四行星是一种名叫“庞古”的八爪章鱼，他们一定会觉得我疯了。

紧接着，船长不知从哪里抽出来一张薄薄的显示屏，那是一种能准确还原亿万种色彩的专业成像设备，但是上面显示的却是一幅黑白图像。

船长把它在我眼前晃了晃，说：“第一次搜救的路上，我们接收到了这幅图像，画面变形很严重，根本无法分辨，原本好像还有音频信息，但也恢复不出来，是你们发的吗？究竟是什么意思？”

我一看到这幅图像，顾不得断腿和满身的管子带来的剧痛，惊得坐了起来。

我抓过显示屏。显示屏上的黑白图像，我看上去非常眼熟。我认出来了，这就是理查德爷爷与我们进行通信时显示的那幅图，只不过变形严重。长方形的灰白色块，应该是明亮长廊的变形，让人吃惊的是灰白色块里有两个分离的黑色阴影！

我目瞪口呆地盯着黑色阴影，阴影在我的头脑中开始变化，这是两个男人的侧影，他们相向而立，互相凝望。

“这到底是什么？”看着我的表情，船长兴奋地问。

“不知道……”我缓缓地摇着头，我还没有打定主意是否要告诉他真相。

船长明显很失望。

“对了，你怎么不指挥‘光辉号’了。”我不愿他不高兴，岔开了话题。

“在最初几次救援行动中，我收获很小，上头对我很不满意。虽然查比斯星系环境巨变，但我来的次数最多，比较熟悉，调查事件原因和寻找你们下落的任务还得由我来执行。而‘光辉号’被调去执行别的重要任务去了。”

“经过这次灾难，公司恐怕要一蹶不振了。”我慢慢躺下。

“确实，查比斯星系灾难的消息传来，公司的股票在银河联邦证券交易市场上跌得很惨。好在还有别的产业支撑才渡过了难关。不过现在好了，公司的市值又上来了，我也大赚了一笔。”船长的脸上浮现着笑容。

“难道发现了比查比斯金属更有利润的矿藏？”我无精打采地问。

“没有。”

“那就我不明白了……”

“就在两年前，联邦的探测器发现了多个飞往地球和其他大型人类聚居地的小行星。这些小行星都是一夜之间冒出来的，起初人们认为这是个威胁。但后来，元素光谱显示这些小行星都蕴藏着大量的查比斯金属！随后，联邦宣布这些小行星是整个人类的财富。我们矿业公司凭着和政府的关系，加入了第一批被授权开采的企业。嘿嘿，公司的股票因此暴涨。我听说，‘光辉号’现在就在截击、开采这些小行星的路上……”船长喜滋滋地说。

听到这里，我差点儿摔下床去！在我的脑海里，浮现出一幅可怕的画面——一只只浑身漆黑、刀枪不入的怪物，正张牙舞爪地扑向地球和其他人类的太空城市！

我使劲抓住船长的手，大喊：“快，给我接通公司！不，接通联邦政府！”

朝闻道

刘慈欣

宇宙的目的是什么

一　爱因斯坦赤道

“有一句话我早就想对你们说了，”丁仪对妻子和女儿说，“我的心大部分都被物理学占据了，只能努力挤出一个小角落给你们。为此我心里很痛苦，但也实在是没办法。”

他的妻子方琳说：“这话你对我说过两百遍了。”

十岁的女儿文文说：“对我也说过一百遍了。”

丁仪摇摇头说：“可你们始终没能理解我这话的真正含义。你们不懂得物理学到底是什么。”

方琳笑着说：“只要它的性别不是女性就行。”

这时，他们一家三口正坐在一辆时速达500千米的小车上，行驶在一条直径五米的钢管中。这根钢管的长度约为30000千米，在北纬45度线上绕地球一周。

小车完全自动行驶，透明的车厢内没有任何驾驶设备。从车里看出去，钢管笔直地伸向前方，小车像是一颗运行在无限长的枪管中的子弹。前方的洞口似乎固定在无限远处，看上去针尖大小，一动不动。如果不是周围的管壁如湍急的流水飞快掠过，他们肯定觉察不出车的运动。在小车启动或停车时，可以看到管壁上安装的数量惊人的仪器，还有无数等距离的箍圈。当车加速起来后，它们就在两旁浑然一体地掠过，看不清了。丁仪告诉她们，那些箍圈是用于产生强磁场的超导线圈，而悬在钢管正中的那条细管是粒子通道。

他们正行驶在人类迄今所建立的最大的粒子加速器中。这台环绕地球一周的加速器被称为“爱因斯坦赤道”，借助它，物理学家将站在20世纪那个巨人肩上实现巨人最后的梦想建立宇宙的大统一模型。

这辆小车本是加速器工程师用于维修的，现在被丁仪用来带着全家进行环球旅行。这旅行是他早就答应妻子和女儿的，但她们万万没有想到要走这条路。在这耗时六十小时环绕地球一周的旅行中，她们除了笔直的钢管什么都没看到。不过，方琳和文文还是很高兴很满足，至少在这两天多的时间里，全家人难得地聚在一起。

旅行的途中并不枯燥，丁仪不时指着车外飞速掠过的管壁对文文说：“我们现在正在驶过蒙古国，看到大草原了吗？还有羊群……我们在经过日本，但只是擦过它的北角。看，朝阳照到积雪的国后岛上了，那可是今天亚洲迎来的第一抹阳光……我们现在在太平洋底了，真黑，什么都看不见。哦不，那边有亮光，暗红色的。嗯，看清了，那是洋底火山口，它涌出的岩浆遇水很快冷却了，所以那暗红光一闪一闪的，像海底平原上的篝火。文文，大陆正在这里生长啊……”

后来，他们又在钢管中驶过了美国全境，潜过了大西洋，从法国海岸登上欧洲的土地，驶过意大利和巴尔干半岛，第二次进入俄罗斯，然后从里海回到亚洲，穿过哈萨克斯坦进入中国。现在，他们已走完最后的路程，回到了爱因斯坦赤道在塔克拉玛干沙漠中的起点世界核子中心，这儿也是环球加速器的控制中心。

当丁仪一家从控制中心大楼出来时，外面已是深夜，广阔的沙漠静静地在群星下伸向远方，世界显得简单而深邃。

“好了，我们三个基本粒子，已经在爱因斯坦赤道中完成了一次加速实验。”丁仪兴奋地对方琳和文文说。

“爸爸，真的粒子要在这根大管子中跑这么一大圈，要多长时间？”文文指着他们身后的加速器管道问。那管道从控制中心两侧向东西两个方向延伸，很快消失在夜色中。

丁仪回答说：“明天，加速器将首次以它最大的能量运行。在其中运行的每个粒子，将受到相当于一颗核弹的能量的推动，加速到接近光速。这时，每个粒子在管道中只需十分之一秒就能走完我们这两天多的环球旅程。”

方琳说：“别以为你已经实现了自己的诺言，这次环球旅行是不算的！”

“对！”文文点点头说，“爸爸以后有时间，一定要带我们在这长管子的外面沿着它走一圈，看看我们在管子里面到过的地方，那才叫真正的环球旅行呢！”

“不需要。”丁仪对女儿意味深长地说，“如果你睁开了想象力的眼睛，那这次旅行就足够了。你已经在管子中看到了你想看的一切，甚至更多！孩子，更重要的是，蓝色的海洋、红色的花朵、绿色的森林都不是最美的东西，真正的美眼睛是看不到的，只有想象力才能看到。与海洋、花朵、森林不同，它没有色彩和形状。只有当你用想象力和数学把整个宇宙在手中捏成一团儿，使它变成你的一个心爱的玩具，你才能看到这种美……”

丁仪没有回家。送走了妻女后，他回到了控制中心。中心只有不多的几个值班工程师，在加速器建成以后历时两年的紧张调试后，这里第一次这么宁静。

丁仪上到楼顶，站在高高的露天平台上。看到下面的加速器管道像一条把世界一分为二的直线，他产生了一种感觉：夜空中的星星像无数只眼睛，它们的目光此时都聚焦在下面这条直线上。

丁仪回到下面的办公室，躺在沙发上睡着了，进入了一个理论物理学家的梦乡。

他坐在一辆小车里，小车停在爱因斯坦赤道的起点。小车启动，他感觉到了加速时强劲的推力。他在 45 度纬线上绕地球旋转，一圈又一圈，像轮盘赌上的骰子。随着速度趋近光速，急剧增加的质量使他的身体如一尊金属塑像般凝固了。意识到这个身体中已蕴含了创世的能量，他有一种帝王般的快感。在最后一圈，他被引入一条支路，冲进一个奇怪的地方。这里是虚无之地。他看到了虚无的颜色，虚无不是黑色也不是白色，它的色彩就是无色彩，但也不是透明。在这里，空间和时间都还是有待于他去创造的东西。他看到前方有一个小黑点，急剧扩大，那是另一辆小车，车上坐着另一个自己。他们以光速相撞后同时消失了，只在无际的虚空中留下一个无限小的奇点，这万物的种子爆炸开来，能量火球疯狂暴涨。当弥漫整个宇宙的红光渐渐减弱时，冷却下来的能量天空中，物质如雪花般出现了。开始是稀薄的星云，然后是恒星和星系群。在这个新生的宇宙中，丁仪拥有一个量子化的自我，可以在瞬间从宇宙的一端跃至另一端。其实他并没有跳跃，他同时存在于这两端，同时存在于这浩大宇宙中的每一点。他的自我像无际的雾气弥漫于整个太空，由恒星沙粒组成的银色沙漠在他的体内燃烧。他无所不在，同时又无所在。他知道自己的存在只是一个概率的幻影，这个多态叠加的幽灵渴望地环视宇宙，寻找那能使自己坍缩为实体的目光。正找着，这目光就出现了。它来自遥远太空中浮现出来的两双眼睛，出现在一道由群星织成的银色帷幕后面。那双有着长长睫毛的美丽的眼睛是方琳的，那双充满天真灵性的眼睛是文文的。这两双眼睛在宇宙中茫然扫视，最终没能觉察到这个量子自我的存在。波函数颤抖着，如微风拂过平静的湖面，但坍缩没有发生。正当丁仪陷入绝望之时，茫茫的星海扰动起来，群星汇成的洪流在旋转奔涌。当一切都平静下来时，宇宙间的所有星星构成了一只大眼睛。那只百亿光年大小的眼睛如钻石粉末在黑色的天鹅绒上撒出的图案，正盯着丁仪看。波函数在瞬间坍缩，如回放的焰火影片，他的量子存在凝聚在宇宙中微不足道的一点上。他睁开双眼，回到了现实。

是控制中心的总工程师把他推醒的。丁仪睁开眼，看到核子中心的几位物理学家和技术负责人围着他躺的沙发站着，用看一个怪物的目光盯着他。

“怎么？我睡过了吗？”丁仪看看窗外，发现天已亮了，但太阳还未升起。

“不，出事了！”总工程师说。这时丁仪才知道，大家那诧异的目光不是冲着他的，而是由于刚出的那件事情。总工程师拉起丁仪，领着他向窗口走去。丁仪刚走了两步就被人从背后拉住，回头一看，是一位叫松田诚一的日本物理学家上届诺贝尔物理学奖获得者之一。

“丁博士，如果您在精神上无法承受马上要看到的东西，也不必太在意。我们现在可能是在梦中。”日本人说。他脸色苍白，抓着丁仪的手在微微颤抖。

“我刚从梦中醒来！”丁仪说，“发生了什么事？”

大家仍用那种怪异的目光看着他。总工程师拉起他，继续朝窗口走去。当丁仪看到窗外的景象时，立刻对自己刚才的话产生了怀疑。眼前的现实突然变得比刚才的梦境更虚幻了。

在淡蓝色的晨光中，以往他熟悉的横贯沙漠的加速器管道消失了，取而代之的是一条绿色的草带，沿东西两个方向伸向天边。

“再去看看中心控制室吧！”总工程师说。丁仪随着他们来到楼下的控制大厅，又受到了一次猝不及防的震撼大厅中一片空旷，所有的设备都消失得无影无踪，原来放置设备的位置也长满了青草，那草是直接从防静电地板上长出来的。

丁仪发疯似的冲出控制大厅，奔跑着绕过大楼，站到那条取代加速器管道的草带上。看着它消失在太阳即将升起的东方地平线处，在早晨沙漠寒冷的空气中，他打了个寒战。

“加速器的其他部分呢？”他问喘着气跟上来的总工程师。

“都消失了。地上、地下和海中的，全部消失了。”

“也都变成了草？！”

“哦不，草只在我们附近的沙漠上有，其他部分只是消失了。地面和海底部分只剩下空空的支架，地下部分只留下空隧道。”

丁仪弯腰拔起一束青草。这草在别的地方看上去一定很普通，但在这里就很不寻常。它完全没有红柳或仙人掌之类的耐旱沙漠植物的特点，看上去饱含水分，青翠欲滴。这样的植物只能生长在多雨的南方。丁仪搓碎了一片草叶，手指上沾满绿色的汁液，一股淡淡的清香飘散开来。丁仪盯着手上的小草呆立了很长时间，最后说：“看来，这真是梦了。”

东方传来一个声音：“不，这是现实！”

二　真空衰变

在绿色草带的尽头，朝阳已升出了一半，它的光芒照花了人们的眼睛。在这光芒中，有一个人沿着草带向他们走来。开始他只是一个以日轮为背景的剪影，剪影的边缘被日轮侵蚀，显得变幻不定。当那人走近些后，人们看到他是一名中年男子，穿着白衬衣和黑裤子，没打领带。再近些，他的面孔也可以看清了。这是一张兼具亚洲人和欧洲人特点的脸，这在这个地区并没有什么不寻常，但人们绝不会把他误认为是当地人。他的五官太端正了，端正得有些不现实，像某些公共标志上表示人类的一个图形符号。当他再走近些时，人们也不会把他误认为是这个世界的人了。他并没有走他一直两腿并拢笔直地站着，鞋底紧贴着草地飘浮而来。在距他们两三米处，来人停了下来。

“你们好，我以这个外形出现是为了我们之间能更好地交流。不管各位是否认可我的人类形象，我已经尽力了。”来人用英语说，他的话音一如其面孔，极其标准而毫无特点。

“你是谁？”有人问。

“我是这个宇宙的排险者。”

回答中四个含义深刻的字立刻嵌入了物理学家们的脑海“这个宇宙”。

“您和加速器的消失有关吗？”总工程师问。

“它在昨天夜里被蒸发了，你们计划中的实验必须被制止。作为补偿，我送给你们这些草，它们能在干旱的沙漠上以很快的速度生长蔓延。”

“可这些都是为了什么呢？”

“这个加速器如果真以最大功率运行，能将粒子加速到 1020 吉电子伏特。这接近宇宙大爆炸的能量，可能给我们的宇宙带来灾难。”

“什么灾难？”

“真空衰变。”

听到这个回答，总工程师扭头看了看身边的物理学家们他们都沉默不语，紧锁眉头思考着什么。

“还需要进一步解释吗？”排险者问。

“不，不需要了。”丁仪轻轻地摇摇头说。物理学家们本以为排险者会说出一个人类完全无法理解的概念，但没想到，他说出的东西人类的物理学界早在 20 世纪 80 年代初就想到了，只是当时大多数人都认为那不过是一个新奇的假设，与现实毫无关系，以至于现在几乎被遗忘了。

真空衰变的概念，最初出现在 1980 年《物理评论》杂志的一篇论文中，作者是西德尼 · 科尔曼和弗兰克 · 德卢西亚。早在这之前，狄拉克就指出，我们宇宙中的真空可能是一种伪真空。在那似乎空无一物的空间里，幽灵般的虚粒子在短得无法想象的瞬间出现又消失。这瞬息间创生与毁灭的活剧在空间的每一点上无休止地上演，我们所说的真空实际上是一个沸腾的量子海洋，这就使得真空具有一定的能级。科尔曼和德卢西亚的新思想在于，他们认为某种高能过程可能产生出另一种状态的真空。这种真空的能级比现有的真空低，甚至可能出现能级为零的“真真空”。这种真空的体积开始可能只有一个原子大小，但它一旦形成，周围相邻的高能级真空就会向它的能级跌落，变成与它一样的低能级真空。这就使得低能级真空的体积迅速扩大，形成一个球形。这个低能级真空球的扩张速度很快就能达到光速，球中的质子和中子将在瞬间衰变，使球内的物质世界全部蒸发，一切归于毁灭……

“……以光速膨胀的低能级真空球将在0.03秒内毁灭地球，五个小时内毁灭太阳系，四年后毁灭最近的恒星，十万年后毁灭银河系……没有什么能阻止球体的膨胀，随着时间的推移，整个宇宙都难逃劫难。”排险者说。他的话正好接上了大多数人的思维，难道他能看到人类的思想？排险者张开双臂，做出一个囊括一切的姿势，“如果把我们的宇宙看作一个广阔的海洋，我们就是海中的鱼儿。我们周围这无边无际的海水是那么清澈透明，以至于我们忘记了它的存在。现在我要告诉你们，这不是海水，是液体炸药，一粒火星就会引发毁灭一切的大灾难。作为宇宙排险者，我的职责就是在这些火星燃到危险的温度前扑灭它。”

丁仪说：“这大概不太容易。我们已知的宇宙有200亿光年半径，即使对于你们这样的超级文明，这也是一个极其广阔的空间。”

排险者笑了。这是他第一次笑，这笑同样毫无特点：“没有你想得那么复杂。你们已经知道，我们目前的宇宙，只是大爆炸焰火的余烬。恒星和星系，不过是仍然保持着些许温热的飘散的烟灰罢了。这是一个低能级的宇宙，你们看到的类星体之类的高能天体只存在于遥远的过去，在目前的自然宇宙中，最高级别的能量过程，如大质量物体坠入黑洞，其能级也比大爆炸低许多。在目前的宇宙中，发生创世级别的能量过程的唯一机会，只能来自于其中的智慧文明探索宇宙终极奥秘的努力。这种努力会把大量的能量聚焦到一个微观点上，使这一点达到创世能级。所以，我们只需要监视宇宙中进化到一定程度的文明世界就行了。”

松田诚一问："那么，你们是从何时起开始注意到人类的呢？普朗克时代吗？"

排险者摇摇头。

"那么是牛顿时代？也不是？！不可能远到亚里士多德时代吧？"

"都不是。"排险者说，"宇宙排险系统的运行机制是这样的：它首先通过散布在宇宙中的大量传感器监视已有生命出现的世界，当发现这些世界中出现有能力产生创世能级能量过程的文明时，传感器就发出警报，我这样的排险者在收到警报后，将亲临那些世界监视其中的文明。但除非这些文明真要进行创世能级的实验，否则我们是绝不会对其进行任何干预的。"

这时，在排险者的头部左上方出现了一个黑色的正方形，约两米见方，仿佛现实被挖了一个深不见底的洞。几秒钟后，那黑色的空间中出现了一个蓝色的地球影像。排险者指着影像说："这就是放置在你们世界上方的传感器拍下的地球影像。"

"这个传感器是在什么时候放置于地球的？"有人问。

"按你们的地质学纪年，在古生代末期的石炭纪。"

"石炭纪？""那就是……三亿年前了！"大家纷纷惊呼。

"这……太早了些吧？"总工程师敬畏地问。

"早吗？不，是太晚了，当我们第一次到达石炭纪的地球，看到在广阔的冈瓦纳古陆上，皮肤湿滑的两栖动物在原生松林和沼泽中爬行时，真吓出了一身冷汗。在这之前相当长的岁月里，这个世界都有可能突然进化出技术文明。所以，传感器应该在古生代开始时的寒武纪或奥陶纪就放置在这里。"

地球的影像向前推来，充满了整个正方形。镜头在各大陆间移动，让人想到一双警惕巡视的眼睛。

排险者说："你们现在看到的影像是在更新世末期拍摄的，距今 37 万年。对我们来说，几乎是在昨天了。"

地球表面的影像停止了移动，那双眼睛的视线固定在非洲大陆上。这个大陆正处于地球黑夜的一侧，看上去是一个由稍亮些的大洋三面围绕的大墨块。显然大陆上的什么东西吸引了这双眼睛的注意。焦距拉长，非洲大陆向前扑来，很快占据了整个画面，仿佛观察者正在飞速冲向地球表面。陆地黑白相间的色彩渐渐在黑暗中显示出来，白色的是第四纪冰期的积雪，黑色部分很模糊，是森林还是布满乱石的平原，只能由人想象了。镜头继续拉近，雪原占满了画面，显示图像的正方形现在全变成白色了，是那种夜间雪地的灰白色，带着暗暗的淡蓝。在这雪原上有几个醒目的黑点，很快可以看出那是几个人影，接着可以看出他们的身型都有些驼背，寒冷的夜风吹起他们长长的披肩乱发。图像再次变黑，一个人仰起的面孔占满了画面。在微弱的光线里无法看清这张面孔的细部，只能看出他的眉骨和颧骨很高，嘴唇长而薄。镜头继续拉近，这似乎已是不可能再近的距离，一双深陷的眼睛占满了画面，黑暗中的瞳仁里有一些银色的光斑，那是映在其中的变形的星空。

图像定格，一声尖厉的鸣叫响起。排险者告诉人们，预警系统报警了。

"为什么？"总工程师不解地问。

"这个原始人仰望星空的时间超过了预警阈值，已对宇宙表现出了充分的好奇。到此为止，已在不同的地点观察到了十起这样的超限事件，符合报警条件。”

“如果我没记错的话，你前面说过，只有当有能力产生创世能级能量过程的文明出现时，预警系统才会报警。”

“你们看到的不正是这样一个文明吗？”

人们面面相觑，一片茫然。

排险者露出那毫无特点的微笑说：“这很难理解吗？当生命意识到宇宙奥秘的存在时，距它最终解开这个奥秘就只有一步之遥了。”看到人们仍不明白，他接着说，“比如地球生命，用了 40 多亿年时间才第一次意识到宇宙奥秘的存在。但那一时刻距你们建成爱因斯坦赤道只有不到 40 万年，而这一进程最关键的加速期只有不到 500 年。如果说那个原始人对宇宙的几分钟凝视是看到了一颗宝石，那么其后你们所谓的整个人类文明，不过是弯腰去拾它罢了。”

丁仪若有所悟地点点头：“说起来还真是这样，那个伟大的望星人！”

排险者接着说：“以后我就来到了你们的世界，监视着文明的进程，像是守护着一个玩火的孩子。周围被火光照亮的宇宙使这孩子着迷，他不顾一切地让火越烧越旺，直到现在，宇宙已有被这火烧毁的危险。”

丁仪想了想，终于提出了人类科学史上最关键的问题：“这就是说，我们永远不可能得到大统一模型，永远不可能探知宇宙的终极奥秘？”

科学家们呆呆地盯着排险者，像一群在最后审判日里等待宣判的灵魂。

“智慧生命有多种悲哀，这只是其中之一。”排险者淡淡地说。

松田诚一声音颤抖地问："作为更高一级的文明，你们是如何承受这种悲哀的呢？"

"我们是这个宇宙中的幸运儿。我们得到了宇宙的大统一模型。"

科学家们心中的希望之火又重新开始燃烧。

丁仪突然想到了另一种恐怖的可能："难道说，真空衰变已被你们在宇宙的某处触发了？"

排险者摇摇头："我们是用另一种方式得到大统一模型的，这一时说不清楚，以后我可能会详细地讲给你们听。"

"我们不能重复这种方式吗？"

排险者继续摇头："时机已过，这个宇宙中的任何文明都不可能再重复它。"

"那请把宇宙的大统一模型告诉人类！"

排险者还是摇头。

"求求你，这对我们很重要。不，这就是我们的一切！"丁仪冲动地去抓排险者的胳膊，但他的手毫无感觉地穿过了排险者的身体。

"《知识密封准则》不允许这样做。"

"《知识密封准则》？"

"这是宇宙中文明世界的最高准则之一，它不允许高级文明向低级文明传递知识，我们把这种行为叫知识的管道传递，低级文明只能通过自己的探索来得到知识。"

丁仪大声说："这是一个不可理解的准则。如果你们把大统一模型告诉所有渴求宇宙最终奥秘的文明，他们就不会试图通过创世能级的高能实验来得到它，宇宙不就安全了吗？"

“你想得太简单了，这个大统一模型只是这个宇宙的，当你们得到它后就会知道，还存在着无数其他的宇宙，你们接着又会渴求得到制约所有宇宙的超统一模型。而大统一模型在技术上的应用会使你们拥有产生更高能量过程的手段，你们会试图用这种能量过程击穿不同宇宙间的壁垒，不同宇宙间的真空存在着能级差，这就会导致真空衰变，同时毁灭两个或更多的宇宙。知识的管道传递还会对接收它的低级文明产生其他更直接的不良后果甚至灾难，其原因大部分你们目前还无法理解，所以《知识密封准则》是绝对不允许违反的。这个准则所说的知识不仅是宇宙的深层秘密，还包括所有你们不具备的知识，假设人类现在还不知道牛顿三定律或微积分，我也同样不能传授给你们。”

科学家们沉默了。在他们眼中，已升得很高的太阳熄灭了，一切都陷入黑暗之中，整个宇宙顿时变成一个巨大的悲剧。这悲剧之大之广他们一时还无法把握，只能在余生不断地受其折磨。事实上，他们知道，余生已无意义。

松田诚一瘫坐在草地上，说了一句后来成为名言的话：“在一个不可知的宇宙里，我的心脏都懒得跳动了。”

他的话道出了所有物理学家的心声。他们目光呆滞，欲哭无泪。就这样不知过了多长时间，丁仪突然打破沉默：“我有一个办法，既可以使我得到大统一模型，又不违反《知识密封准则》。”

排险者对他点点头：“说说看。”

“你把宇宙的终极奥秘告诉我，然后毁灭我。”

“给你三天时间考虑。”排险者说。他的回答不假思索，十分迅速，紧接着丁仪的话。

丁仪欣喜若狂：“你是说这可行？”

排险者点点头。

三　真理祭坛

人们是这么称呼那个巨大的半球体的真理祭坛。它直径五十米，底面朝上，球面向下，矗立在沙漠中，远看像一座倒放的山丘。这个半球是排险者用沙子筑成的，当时沙漠中出现了一股巨大的龙卷风，风中那高大的沙柱最后凝聚成这个东西。谁也不知道排险者是用什么东西使大量的沙子聚合成这样一个精确的半球形的，但它强度很高，尽管球面朝下放置都不会解体。但这样的放置方式使半球很不稳定，在沙漠中的阵风里，它明显在摇晃。

据排险者说，在他的那个遥远世界里，这样的半球是一个论坛。在那个文明的上古时代，学者们就聚集在上面讨论宇宙的奥秘。由于这样放置的半球的不稳定性，论坛上的学者们必须小心地使他们的位置均匀地分布，否则半球就会倾斜，上面的人就会滑下来。排险者一直没有解释这个半球形论坛的含义，人们猜测，它可能暗示了宇宙的非平衡态和不稳定。

在半球的一侧，还有一条沙子构筑的长长的坡道，通过它可以从下面走上祭坛。在排险者的世界里，这条坡道是不需要的。在纯能化之前的上古时代，他的种族是一种长着透明双翼的生物，可以直接飞到论坛上。这条坡道是专为人类修筑的，他们中的三百多人将通过它走上真理祭坛，用生命换取宇宙的奥秘。

三天前，当排险者答应了丁仪的要求后，事情的发展令世界恐慌。在短短一天时间内，有几百人提出了同样的要求。这些人除了世界核子中心的其他科学家外，还有来自世界各国的学者。开始只有物理学家，后来报名者的专业越出了物理学和宇宙学，出现了数学、生物学等其他基础学科的科学家，甚至还有经济学和史学这类非自然科学的学者。这些要求用生命来换取真理的人，都是他们所在学科的领军人物，是科学界精英中的精英，其中，诺贝尔奖获得者就占了一半。可以说，在真理祭坛前聚集了人类科学的精华。

真理祭坛前其实已经不是沙漠了，排险者在三天前种下的草迅速蔓延，草带宽了两倍，不规则的边缘延伸到真理祭坛下面。在这绿色的草地上聚集了上万人。除了即将献身的科学家和世界各大媒体的记者外，还有科学家的亲人和朋友。两天两夜无休止的劝阻和哀求已使他们心力交瘁，精神都处于崩溃的边缘，但他们还是决定在这最后的时刻做最后的努力。与他们一同做这种努力的还有数量众多的各国政府代表，其中包括十多位国家元首，他们也竭力留住自己国家的科学精英。

“你怎么把孩子带来了？！”丁仪盯着方琳问。在他们身后，毫不知情的文文正在草地上玩耍，她是这群表情阴沉的人中唯一的快乐者。

“我要让她送你上路。”方琳冷冷地说。她脸色苍白，双眼茫然地平视远方。

“你认为这能阻止我？”

“我不抱希望，但能阻止你女儿将来像你一样。”

“你可以惩罚我，但孩子……”

“没人能惩罚你，你也别把即将发生的事伪装成一种惩罚。你正走在通向自己梦中天堂的路上！”

丁仪直视着爱人的双眼说：“琳，如果这是你的真实想法，那么你终于从最深处认识了我。”

“我谁也不认识，现在我的心中只有仇恨。”

“你当然有权恨我。”

“我恨物理学！”

“可如果没有它，人类现在还是丛林和岩洞中愚钝的动物。”

“但我现在并不比它们快乐多少！”

“但我快乐，也希望你能分享我的快乐。”

“那就让孩子也一起分享吧。当她亲眼看到父亲的下场，长大后至少会远离物理学这种毒品！”

“琳，把物理学称为毒品，你也就从最深处认识了它。看，在这两天你真正认识了多少东西？如果你早点理解这些，我们就不会有现在的悲剧了。”

元首们在真理祭坛上努力劝说排险者，让他拒绝那些科学家的要求。

美国总统说：“先生我可以这么称呼您吗？我们的世界里最出色的科学家都在这里了，您真想毁灭地球的科学吗？”

排险者说：“没有那么严重，另一批科学精英很快会涌现并补上他们的位置，对宇宙奥秘的探索欲望是所有智慧生命的本性。”

“既然同为智慧生命，您就忍心杀死这些学者吗？”

“这是他们自己的选择。生命是他们自己的，他们当然可以用它来换取自己认为崇高的东西。”

“这个用不着您来提醒我们！”俄罗斯总统激动地说，“用生命来换取崇高的东西对人类来说并不陌生。在20世纪的一场战争中，我的国家就有2000多万人这么做了。但现在的事实是，那些科学家的生命什么都换不到！只有他们自己能得知那些知识，这之后，你只给他们十分钟的生存时间！他们对终极真理的欲望已成为一种地地道道的变态，这您是清楚的！”

“我清楚的是，他们是这个星球上仅有的正常人。”

元首们面面相觑，然后都困惑地看着排险者，他们不明白他的意思。

排险者伸开双臂拥抱天空：“当宇宙的和谐之美一览无余地展现在你面前时，生命只是一个很小的代价。”

“但他们看到这美后只能再活十分钟！”

“就是没有这十分钟，仅仅经历看到那终极之美的过程，也是值得的。”

元首们又互相看了看，都摇头苦笑。

“随着文明的进化，像他们这样的人会渐渐多起来的。”排险者指指真理祭坛下的科学家们说，“最后，当生存问题完全解决，当爱情因个体的异化和融合而消失，当艺术因过分的精致和晦涩而最终死亡，对宇宙终极美的追求便成为文明存在的唯一寄托，他们的这种行为方式也就符合了整个宇宙的基本价值观。”

元首们沉默了一会儿，试着理解排险者的话。美国总统突然哈哈大笑起来：“先生，您在耍我们，您在耍弄整个人类！”

排险者露出一脸困惑："我不明白……"

日本首相说："人类还没有笨到你想象的程度，你话中的逻辑错误连小孩子都明白！"

排险者显得更加困惑了："我看不出这有什么逻辑错误。"

美国总统冷笑着说："一万亿年后，我们的宇宙肯定充满了高度进化的文明。照您的意思，对终极真理的这种变态的欲望将成为整个宇宙的基本价值观，那时全宇宙的文明将一致同意，用超高能的实验来探索囊括所有宇宙的超统一模型，不惜在这种实验中毁灭包括自己在内的一切？您想告诉我们这种事会发生？"

排险者盯着元首们长时间不说话，那怪异的目光使他们不寒而栗。他们中有人似乎悟出了什么。

"您是说……"

排险者举起一只手制止他说下去，然后向真理祭坛的边缘走去。在那里，他用响亮的声音对所有人说："你们一定很想知道我们是如何得到这个宇宙的大统一模型的，现在可以告诉你们了。

"很久很久以前，我们的宇宙比现在小得多，而且很热，恒星还没有出现，但已有物质从能量中沉淀出来，形成弥漫在发着红光的太空中的星云。这时生命已经出现了，那是一种力场与稀薄的物质共同构成的生物，其个体看上去很像太空中的龙卷风。这种星云生物的进化速度快得如同闪电，很快产生了遍布全宇宙的高度文明。当星云文明对宇宙终极真理的渴望达到顶峰时，全宇宙的所有世界一致同意，冒着真空衰变的危险进行创世能级的实验，以探索宇宙的大统一模型。

"星云生物操纵物质世界的方式与现今宇宙中的生命完全不同。

由于没有足够多的物质可供使用，他们的个体自己进化为自己想要的东西。在最后的决定做出后，某些个体飞快地进化，把自己进化为加速器的一部分。最后，上百万个这样的星云生物排列起来，组成了一台能把粒子加速到创世能级的高能加速器。加速器启动后，暗红色的星云中出现了一个发出耀眼蓝光的灿烂光环。

“他们深知这个实验的危险，所以在实验进行的同时把得到的结果用引力波发射了出去。引力波是唯一能在真空衰变后存留下来的信息载体。

“加速器运行了一段时间后，真空衰变发生了，低能级的真空球从原子大小以光速膨胀，转眼间扩大到天文尺度，内部的一切蒸发殆尽。真空球的膨胀速度大于宇宙的膨胀速度，虽然经过了漫长的时间，最后还是毁灭了整个宇宙。

“漫长的岁月过去了，在空无一物的宇宙中，被蒸发的物质缓慢地重新沉淀凝结，星云又出现了，但宇宙一片死寂，直到恒星和行星出现，生命才在宇宙中重新萌发。而这时，早已毁灭的星云文明发出的引力波还在宇宙中回荡，实体物质的重新出现使它迅速衰减。但就在它完全消失以前，被新宇宙中最早出现的文明接收到，它所带的信息被破译，从这远古的实验数据中，新文明得到了大统一模型。他们发现，对建立模型最关键的数据，是在真空衰变前万分之一秒左右产生的。

“让我们的思绪再回到那个毁灭中的星云宇宙。由于真空球以光速膨胀，球体之外的所有文明世界都处于光锥视界之外，不可能预知灾难的到来。在真空球到达之前，这些世界一定在专心地接收着加速器产生的数据。在他们收到足够建立大统一模型的数据后的万分之一秒，真空球毁灭了一切。但请注意一点：星云生物的思维频率极高，万分之一秒对他们来说是一段相当长的时间，所以他们有可能在生命的最后时刻推导出大统一模型。当然，这也可能只是我们的一种自我安慰。更有可能的是，他们最后什么也没推导出来。星云文明掀开了宇宙的面纱，但他们自己没来得及向宇宙那终极的美瞥一眼就毁灭了。更为可敬的是，开始实验前他们可能已经想到了这种结果，但仍然决定牺牲自己，把包含着宇宙终极秘密的数据传给遥远未来的文明。

“现在你们应该明白，对宇宙终极真理的追求，是文明的最终目标和归宿。”

排险者的讲述使真理祭坛上下的所有人陷入长久的沉思。不管这个世界对他最后那句话是否认同，有一点可以肯定它将对今后人类思想和文化的进程产生重大影响。

美国总统首先打破沉默说：“您为文明描绘了一幅阴暗的前景。难道生命在漫长进程中所有的努力和希望，都是为了那飞蛾扑火的一瞬？”

“飞蛾并不觉得阴暗，它至少享受了短暂的光明。”

“人类绝不可能接受这样的价值观！”

“这完全可以理解。在我们这个真空衰变后重生的宇宙中，文明还处于萌芽阶段，各个世界都有自己的生活方式，追求着不同的目标。对大多数世界来说，对终极真理的追求并不具有至高无上的意义，为此而冒毁灭宇宙的危险，对宇宙中大多数生命是不公平的。即使在我自己的世界中，也并非所有的成员都愿意为此牺牲一切。所以，我们自己没有继续进行探索超统一模型的高能实验，并在整个宇宙中建立排险系统。但我们相信，随着文明的进化，总有一天，宇宙中的所有世界都会认同文明的终极目标。其实，就是现在，就是在你们这样一个婴儿文明中，也已经有人认同了这个目标。好了，时间快到了，如果各位不想用生命换取真理，就请你们下去，让那些想这么做的人上来。”

元首们走下真理祭坛，来到那些科学家面前，进行最后的努力。

法国总统说：“能不能这样，把这事稍往后放一放，让我陪大家去体验另一种生活。让我们放松自己，在黄昏的鸟鸣中看着夜幕降临大地，在银色的月光下听着怀旧的音乐，喝着美酒想着心爱的人……这时你们就会发现，终极真理并不像你们想得那么重要，与你们追求的虚无缥缈的宇宙和谐之美相比，这样的美更让人陶醉。”

一位物理学家冷冷地说：“所有的生活都是合理的，我们没必要互相理解。”

法国元首还想说什么，美国总统已失去了耐心：“好了，不要对牛弹琴了！您还看不出来这是怎样一群毫无责任心的人？还看不出这是怎样一群骗子？他们声称为全人类的利益而研究，其实只是拿社会的财富满足自己的欲望，满足他们对那种玄虚的宇宙和谐美的变态欲望。这和拿公款嫖娼有什么区别？”

丁仪挤上前来，拍拍他的肩膀，笑着说：“总统先生，科学发展到今天，终于有人对它的本质进行了比较准确的定义。”

旁边的松田诚一说：“我们早就承认这点，并反复声明，但一直没人相信我们。”

四 交换

生命和真理的交换开始了。

第一批八位数学家沿着长长的坡道走上真理祭坛。这时，沙漠上没有一丝风，仿佛大自然屏住了呼吸。寂静笼罩着一切。刚刚升起的太阳把他们的影子长长地投在沙漠上，那几条长影是这个凝固的世界中唯一能动的东西。

数学家们的身影消失在真理祭坛上，下面的人们看不到他们了。所有的人都凝神听着，他们首先听到祭坛上传来排险者的声音在死一般的寂静中，这声音很清晰。

“请提出问题。”

接着是一位数学家的声音：“我们想看到哥德巴赫猜想的最后证明。”

“好的，但证明很长，时间只够你们看关键的部分，其余用文字说明。”

排险者是如何向科学家们传授知识的，以后对人类一直是个谜。在远处的监视飞机上拍下的图像中，科学家们都仰起头看着天空，而他们看的方向上空无一物。一个被普遍接受的说法是：外星人用某种思维波把信息直接输入他们的大脑中。但实际情况比那要简单得多：排险者把信息投射在天空上，在真理祭坛上的人看来，整个地球的天空变成了一个显示屏，而从祭坛之外什么都看不到。

一个小时过去了，真理祭坛上有个声音打破了寂静：“我们看完了。”

接着是排险者平静地回答：“你们还有十分钟的时间。”

真理祭坛上隐隐传来了多个人的交谈声，只能听清只言片语，但能清楚地感受到那些人的兴奋和喜悦，像是一群在黑暗的隧道中跋涉多年的人突然看到了洞口的光亮。

"……这完全是全新的……""……怎么可能……""……我以前在直觉上……""……天啊，真是……"

当十分钟就要结束时，真理祭坛上响起了一个清晰的声音："请接受我们八个人真诚的谢意。"

真理祭坛上闪起一片强光。强光消失后，下面的人们看到八个等离子体火球从祭坛上升起，轻盈地向高处飘升。它们的光度渐渐减弱，由明亮的黄色变成柔和的橘红色，最后一个接一个地消失在蓝色的天空中，整个过程悄无声息。从监视飞机上看，真理祭坛上只剩下排险者站在圆心。

"下一批！"他高声说。

在上万人的凝视下，又有十一个人走上了真理祭坛。

"请提出问题。"

"我们是古生物学家，想知道地球上恐龙灭绝的真正原因。"

古生物学家们开始仰望长空，但所用的时间比刚才数学家们短得多，很快有人对排险者说："我们知道了，谢谢！"

"你们还有十分钟。"

"……好了，七巧板对上了……""……做梦也不会想到那方面去……""……难道还有比这更……"

然后强光出现又消失，十一个火球从真理祭坛上飘起，很快消失在沙漠上空。

…………

一批又一批的科学家走上真理祭坛，完成了生命和真理的交换，在强光中化为美丽的火球飘逝而去。

一切都在庄严与宁静中进行。真理祭坛下面，预料中的生离死别并没有出现。全世界的人们静静地看着这壮丽的景象，心灵被深深地震撼了。人类正在经历一场有史以来最大的灵魂洗礼。

一个白天的时间不知不觉过去了，太阳已在西方地平线落下了一半，夕阳给真理祭坛洒上了一层金辉。物理学家们开始走向祭坛，他们是人数最多的一批，有八十六人。就在这一群人刚刚走上坡道时，从日出一直持续到现在的寂静被一个童声打破了。

“爸爸！”文文哭喊着从草坪上的人群中冲出来，一直跑到坡道前，冲进那群物理学家中间，抱住了丁仪的腿：“爸爸，我不让你变成火球飞走！”

丁仪轻轻抱起了女儿，问她：“文文，告诉爸爸，你能记起来的最让自己难受的事情是什么？”

文文抽泣着想了几秒钟，说：“我一直在沙漠里长大，最……最想去动物园。上次爸爸去南方开会，带我去了那边的一个大大的动物园，可刚进去，你的电话就响了，说工作上有急事。那是个野生动物园，小孩儿一定要大人带着才能进去。我就只好跟你回去了，后来你再也没时间带我去。爸爸，这是最让我难受的事儿。在回来的飞机上我一直哭。”

丁仪说：“但是，好孩子，那个动物园你以后肯定有机会去，妈妈以后会带文文去的。爸爸现在也在一个大动物园的门口，那里面也有爸爸做梦都想看到的神奇的东西，而爸爸如果这次不去，以后就真的再也没机会了。”

文文用泪汪汪的大眼睛呆呆地看了爸爸一会儿，点点头说：“那……那爸爸就去吧。”

方琳走过来，从丁仪怀中抱走了女儿，看着前面矗立的真理祭坛说：“文文，你爸爸是世界上最坏的爸爸，但他真的很想去那个动物园。”

丁仪两眼看着地面，用近乎祈求的声调说：“是的，文文，爸爸真的很想去。”

方琳用冷冷的目光看着丁仪说：“冷血的基本粒子，去完成你最后的碰撞吧。记住，我决不会让你女儿成为物理学家的！”

这群人正要转身走去，另一个女性的声音使他们又停了下来。

“松田君，你要再向上走，我就死在你面前！”

说话的是一位娇小美丽的日本姑娘，她此时站在坡道起点的草地上，一支银色的小手枪顶着自己的太阳穴。

松田诚一从那群物理学家中走了出来，走到姑娘的面前，直视着她的双眼说：“泉子，还记得北海道那个寒冷的早晨吗？你说要出道题考验我是否真的爱你。你问我，如果你的脸在火灾中被烧得不成样子，我该怎么办？我说我将忠贞不渝地陪伴你一生。你听到这回答后很失望，说我并不是真的爱你；如果我真的爱你，就会弄瞎自己的双眼，让一个美丽的泉子永远留在心中。”

泉子拿枪的手没有动，但美丽的双眼噙满了泪水。

松田诚一接着说：“所以，亲爱的，你深知美对一个人生命的重要。现在，宇宙终极之美就在我面前，我能不看她一眼吗？”

“你再向上走一步我就开枪！”

松田诚一对她微笑了一下，轻声说："泉子，天上见。"然后转身和其他物理学家一起沿坡道走向真理祭坛。

物理学家们走上了真理祭坛那圆形的顶面。在圆心，排险者微笑着向他们致意。突然间，映着晚霞的天空消失了，地平线的夕阳消失了，沙漠和草地都消失了。真理祭坛悬浮于无际的黑色太空中，这是创世前的黑夜，没有一颗星星。排险者挥手指向一个方向，物理学家们看到在遥远的黑色深渊中有一颗金色的星星。它起初小得难以看清，后来由一个亮点渐渐增大，开始具有面积和形状。他们看出那是一个向这里漂来的旋涡星系。星系很快增大，显出它磅礴的气势。距离更近一些后，他们发现星系中的恒星都是数字和符号，它们组成的方程式构成了这金色星海中的一排排波浪。

宇宙大统一模型缓慢而庄严地从物理学家们的上空移过。

……

当八十六个火球从真理祭坛上升起时，方琳眼前一黑，倒在草地上。她隐约听到文文的声音："妈妈，哪个是爸爸？"

最后一个上真理祭坛的人是史蒂芬·霍金。他的电动轮椅沿着长长的坡道慢慢向上移动，像一只在树枝上爬行的昆虫。他那仿佛已抽去骨骼的绵软身躯瘫陷在轮椅中，像一支在高温中变软且即将熔化的蜡烛。

轮椅终于开上了祭坛，在空旷的圆面上开到了排险者面前。这时，太阳落下了一段时间，暗蓝色的天空中有零落的星星出现，祭坛周围的沙漠和草地模糊了。

"博士，您的问题？"排险者问。对霍金，他似乎并没有表示出比对其他人更多的尊重。他面带毫无特点的微笑，听着博士轮椅上的扩音器发出的呆板的电子声音："宇宙的目的是什么？"

天空中没有答案出现。排险者脸上的微笑消失了，他的双眼中掠过了一丝不易觉察的恐慌。

"先生？"霍金问。

仍是沉默。天空仍是一片空旷，在地球的几缕薄云后面，宇宙的群星正在浮现。

"先生？"霍金又问。

"博士，出口在您后面。"排险者说。

"这是答案吗？"

排险者摇摇头，"我是说您可以回去了。"

"你不知道？"

排险者点点头说："我不知道。"这时，他的面容第一次不再是一个图形符号。一片悲哀的黑云罩上这张脸，那样生动和富有个性，以至于谁也不怀疑他是一个人，而且是一个最平常因而最不平常的普通人。

"我怎么知道？"排险者喃喃地说。

五　尾声

十五年之后的一个夜晚，在已被变成草原的昔日的塔克拉玛干沙漠上，一对母女正在交谈。母亲四十多岁，但白发已过早地出现在她的双鬓。从那饱经风霜的双眼中透出的，除了忧伤，就是疲倦。

女儿是一位苗条的少女，大而清澈的双眸中映着晶莹的星光。

母亲在柔软的草地上坐下来，两眼失神地看着模糊的地平线说："文文，你当初报考你爸爸母校的物理系，现在又要攻读量子引力专业的博士学位，妈都没拦你。你可以成为一位理论物理学家，甚至可以把这门学科当作自己唯一的精神寄托，但，文文，妈求你了，千万不要越过那条线啊！"

文文仰望着灿烂的银河，说："妈妈，你能想象，这一切都来自于200亿年前一个没有大小的奇点吗？宇宙早就越过那条线了。"

方琳站起来，抓着女儿的肩膀说："孩子，求你别这样！"

文文仍凝视着星空，一动不动。

"文文，你在听妈妈说话吗？你怎么了？"方琳摇晃着女儿。

文文的目光仍被星海吸住收不回来，她盯着群星问："妈妈，宇宙的目的是什么？"

"啊……不，"方琳彻底崩溃了，又跌坐在草地上，双手捂着脸抽泣，"孩子，别……别这样！"

文文终于收回了目光，蹲下来扶着妈妈的双肩，轻声问道："那么，妈妈，人生的目的是什么？"

这个问题像一块冰，使方琳灼热的心立刻冷了下来。她扭头看了女儿一眼，然后望着远方深思。十五年前，就在她望着的那个方向，曾矗立过真理祭坛。再早些，爱因斯坦赤道曾穿过沙漠。

微风吹来，草海上泛起道道波纹，仿佛是星空下无际的骚动的人海，向整个宇宙无声地歌唱着。

"不知道，我怎么会知道呢？"方琳喃喃地说。

胎动之星

“怀孕”的行星

叶星曦

一 深海

永恒的黑暗笼罩着寂静的深海，巨大的海沟仿佛是一张大嘴，似乎随时准备吞噬那些不慎落入其中的生命。

声呐发出的超声波脉冲在海底岩石之间回荡，显示屏上的深海地形图不断被刷新。我轻轻推动操纵杆，“深海二号”的姿态控制器立刻做出了反应，它微微低下了船首，沿着螺旋形的下潜轨道继续向深海挺进。

现在的深度是一万一千五百米，除了深潜器的探照灯外，这里再没有任何光亮。我小心地向海沟底部下潜，时刻保持着高度警觉。在这深海中，稍有疏忽都可能造成艇毁人亡的悲剧。在潜艇部队服役了三年，然后又在潜水公司工作了两年，我比任何人都要清楚这一点。在深海中，水压是你最大的敌人，耐压艇体虽然非常坚固，但也不能保证万无一失。最可怕的是，一旦出现事故，除非奇迹出现，否则将没任何生还的机会。

深度在继续增加，一万两千米！我已经差不多到达海沟底部了。声呐的回波显示，正下方的海床呈现不规则裂痕，似乎是不久之前的那场地震造成的。我伸手打开了控制面板上的所有照明控制开关，深潜器周围的辅助照明灯一盏接着一盏亮了起来，红外线传感器也开始工作，寻找任何可能存在的热源。

外部摄影机传回了清晰的图像，这些图像直接投射到舱盖上，形成了一个一百八十度视野的全景屏幕。在这幽暗的深海中，即使三千流明的大功率探照灯也只能照亮一小片地方。茫茫的海雪从天而降，它们是浮游生物的尸体，死去之后就这样沉降下来，被埋在海床之下，说不定数亿年之后还会变成石油。但是，海雪确实给我带来了一些麻烦，它们一定程度上干扰了我的视线，我不得不靠红外传感器进行搜索，希望能找到一道足够大而且足够深的裂缝。

“情况如何，张？”罗杰斯博士的秃头出现在了屏幕一角。

“正在搜索目标，”我回答，“不过目前还没有任何发现，我正在向 B 点移动，希望能找到你想要的东西。”

“我们可是付给了你五倍的价钱，”他不断强调，“只要你给我带回来我想要的东西，我立刻就把剩余的尾款全部给你。我要的只是一升地震裂缝处的海水样本，这对你来说应该不是什么难事吧？”

“放心吧，老板。”我苦笑了一下，“你会得到你想要的东西。”

不是什么难事？这家伙真是站着说话不腰疼！在这深海中作业本身就已经承担了极大的风险，而且还是刚刚发生过地震的海区，余震随时可能发生！我估计海沟两侧的海底悬崖已经在地震中变得岌岌可危，一旦再有余震发生，很可能形成海底泥石流，稍不小心我可能就会被大海给埋葬了。

如果不是非常需要钱的话，我是不会接下这份工作的。在一颗陌生的行星上潜水，我还没有这样古怪的爱好。由于科学院有政府财政拨款，从来都是宇宙中最财大气粗的主顾，我清楚目前的工作风险比较大，但报酬实在是相当丰厚，所以我一咬牙就钻到这片海洋下面来了。

次声波数据传输系统是现在我和海面上的基地唯一的纽带，虽然海洋噪声能够湮没大部分声音，但是次声波仍然可以传输到几百甚至几千千米之外的地方。通过一个无线电浮标，我就能顺利地和基地通讯，基地里的家伙们虽然只会对我指手画脚，但在这深海之中却是我唯一的依靠。我从不认为这些自认清高的科学家们会在出事的时候来救我，不过他们不负责任的指手画脚却能让我拿来抵御深海中那股莫名的孤独感。

“深海二号”沿着海沟的底部慢慢移动，我不敢做出过于猛烈的动作，也许一次轻微的意外碰撞就能打破水压和耐压艇体之间势均力敌的平衡，这种脆弱的平衡一旦被外力打破，深潜器瞬间就会被巨大的水压压扁……

就在这时，传感器发出了“哔哔”的声音，它在提醒我它发现了什么。

一个热斑清晰地出现在了红外传感器上，它距离我不过几十米，看起来是那场地震留下来的。我驾驶“深海二号”小心接近了裂缝，它很长，大概有一千米多一点，但是却只有一米宽。罗杰斯博士要的水样看来马上就有戏了，不过在此之前我必须把细节问清楚。

“老板，”我接通了他，“找到裂缝了。”

“真的吗？”他的声音和他的面容一样兴奋，“我看看，我看看……哦！太好了！我要的就是这个，立刻采集水样回来。”

“裂口处的可以吗？”

“不，要尽可能深处的水样。”他说，“我不希望它受到任何污染。”

“明白，老板。”

把所有细节都问清楚是明智的，这下我就不怕他反悔了。我松开操纵杆，“深海二号”自动进入了悬停模式，我从控制面板下面拉出了机械手笼，它展开之后深潜器腹部两侧的机械手臂也随之展开。这对机械臂灵活而轻巧，最多可以伸到五米之外的地方。我操纵它们从密封杂物舱内取来了采集水样用的钛合金圆筒，然后用一只机械臂握着它慢慢伸向裂缝深处。

那道裂缝在探照灯的照耀下显得格外恐怖，仿佛是一条通往地狱的捷径，好像随时会有恶鬼从里面冒出来。不过这些吓不倒我，在我眼里，深海才是我的圣域。

我操纵机械手臂一点一点向裂缝深处挪动，直到到达它的伸展极限。我停止了手笼中的手的动作，然后轻轻弯曲拇指。收集桶被激活，它自动吸入了大量海水，然后再次密封。

搞定了！我长出了一口气，准备撤离这个鬼地方。

就在这时，一阵明显的震动摇晃着我的深潜器，我意识到我最担心的余震发生了！“深海二号”的传感器几乎立刻发出了警报，声呐显示，一些大型物体正从我正上方落下来，而且数量在不断增加。

是海底泥石流！

在被活埋之前我必须离开这里，想到这里我立刻加快了回收机械臂的速度，但是越到关键时刻人越是可能忙中出错，装着水样的钛合金圆筒碰到了裂口附近的一块岩石，从机械臂的手掌中掉了下来。那一瞬间，我必须做出抉择。完成任务还是立刻逃命？我想都没想就立刻选择了前者，我可不想再到这个鬼地方重来一次了！

我一只手握着操纵杆，另一只手操纵机械臂去捡水样。“深海二号”的传感器发出了更严重的警告，我抬起头来，只见大量泥沙和岩石正从我头顶倾泻而下！不能再等了！我推动操纵杆，深潜器开始加速脱离这片危险区域，就在最后一刹那，机械臂抓住了钛合金圆筒。

高速航行模式的“深海二号”动力全开，像一匹脱缰野马一样在海沟底部狂奔，数万吨泥沙在我身后倾泻而下，将那道裂缝彻底掩埋。

好险！差一点就被土葬了！但是我好歹完成了任务，不用再到这个鬼地方来第二次。想到这里我抛弃了压舱物开始上浮，随着那些沉重的铅块从深潜器的腹部脱落，我与海面的距离终于开始缩小了。

三小时后，我带着水样返回了基地，一场风暴几乎追着我的屁股来了个突然袭击。

二　旧识

巨大的风暴云毫无先兆地沿着海平面压了过来，几分钟之前窗外还是一派风和日丽的景象，但在转眼之间就变成狂风肆虐、乌云翻滚的地狱。豆大的雨点像子弹一样冲击着基地的钛合金外墙，狂风把海面搅得犹如洗衣机一般，站在窗户后面向外望去，视线仿佛落入了深渊。

这里是普罗多Ⅲ，一颗没有陆地的海洋之星。人类在这颗星球表面唯一的据点可能只有这座战争时期所建造、现在仍在运转的太空扫描站。要在这颗表面覆盖着平均两千米的液态海洋的行星上建造人造建筑可不是件容易的事情，不但要应付变幻莫测的海洋和来无影去无踪的风暴，还要保证建筑的可靠性和牢固性，难度不亚于建造空间轨道塔！

不过，干惯了移山填海买卖的工兵部队的技术军官们，用一个很简单的方法解决了地基的问题。他们从卫星轨道上瞄准预定建造地点投下了一根外面包裹着纳米纤维衬层的钛合金地桩作为基地的基础，然后在上面建造了这座高塔式扫描站。

那场战争已经结束差不多二十年了，现在这座扫描站的大部分功能已经停止，塔顶球形防风罩中的引力测量计也不再工作。实际上从五年前开始，这里就成了研究普罗多Ⅲ海洋生态系统的科研小组和军方共同使用的设施。军方占据着最上层，而下面几层则归几个科研小组使用。虽然大家仍需要共用飞行甲板、食堂和居住区，但是基本上处于一种井水不犯河水的奇异状态。

长久的和平使军人成了一种很没前途的职业，以前只要立下战功就很有希望挂上将星，可是现在天下太平，根本就没有建立战功的机会。基地指挥官沙利文少校的脸上总是挂着一种莫名其妙的冷酷神色，想必他的心里相当郁闷吧？相比之下我就幸运多了，服完兵役之后我立刻跳槽到了一家深潜器公司，负责驾驶深海潜水器。我在军队的时候正好服役于潜艇部队，因此驾驶这种精巧的水下航行器驾轻就熟。因为出色的驾驶技术，我获得了不错的报酬。尽管钻到龙王爷地盘上混饭吃的确风险不小，但从古至今风险和收益都是紧密挂钩的，我也没什么腹诽。

我带回来的水样让罗杰斯博士欣喜若狂，好像一个小孩子得到了心仪已久的玩具，连午饭都顾不得吃，他就钻到实验室里开始进行分析了。

我坐在餐桌前，若无其事地嚼着淡然无味的人造肉，盘子里的汤却随着基地的摇晃不断地倾斜。这座矗立在风暴中的高塔正随着狂风不住地摇晃，甚至比坐在船上还要难受。实际上要想在风暴中完全不摇晃在技术上并非不可能办到，不过那样的话光是加固建筑结构就需要投入几十倍的资金，对于军方来说这显然难以承受，而对于那些暂住者来说，投资帮助军方加固基地实在是有点得不偿失。于是乎，从这座扫描站建成之日开始，它就一直处于摇摇晃晃的状态……整座基地内几乎找不到活动家具，为了防止意外情况发生，这里的家具都固定在地板上或者墙壁上。

我吃完了盘子里的东西，四轮驱动的机器人侍者立即收走了我的盘子，同时给我端来了一杯合成咖啡。这种咖啡的代用品虽然味道不怎么样，但是咖啡因含量却跟普通咖啡一样多。就在我端起来准备“享受”一下的时候，地板突然剧烈地摇晃起来，那杯咖啡一下子全泼在了我的裤子上。

该死！是地震！最近经常发生地震，不过这点震动对于这座基地来说还是完全可以承受的，只不过我的裤子是完蛋了。

我一边用纸巾擦拭裤子上的咖啡，一边小声抱怨上帝的不仁慈。不过扫了一眼坐在餐厅其他位置的几名研究生，我突然发现自己并不是最不幸的一个。那些年轻人要么脸色铁青地望着食物发呆，要么在有气无力地唉声叹气。看起来，这几位肯定都晕船了。每到这样的风暴之日，研究组里面的年轻人大约有半数都会受到晕船症状的折磨，通道里经常看到乱七八糟的呕吐物，每当这时候基地内的清洁机器人总是忙得热火朝天。

就在这时，一个“陌生”的女人在我对面坐了下来，她穿着白色的研究员制服，黑色的长发在脑后扎成了马尾。不过她的身材实在是……只能用分不出前后来形容了。虽然有些面熟，但是我刚开始并没有认出她来，直到她摘下墨镜。

“张波，好久不见了。”她用勺子搅拌着土豆泥，若无其事地调侃我，“怎么了，摆出这样一副表情，虽然差不多五年没见面了，但是你也不用摆出这么一副见鬼了的表情来迎接我们的再次会面吧？”

“夏诗雨！”我几乎从椅子上蹦了起来，“你……你来这里干什么？”幸好后面那句“你不是死了吗？”被我强行咽了下去。她的相貌看起来变化不大，身材还是那么糟糕，但是性格却安静多了，身上还多了一种不太协调的感觉。

五年对于一个人来说可不算短，人总是会变的。

“当然是来工作了。”她淡淡地说，“前天我才乘坐补给舰过来，我现在是公务员了，到这里来是为了对普罗多Ⅲ的地质状况进行评估。不出意外的话，这里可以成为一个不错的海上农场……不要这么惊讶，赛拉波尔崩溃的时候我恰好在二号卫星基地里，虽然九死一生，但总算逃出来了。你不会以为我死了吧？”

“五年音信全无，我还真以为你上了天堂。”我叹了口气，“不过那个殖民行星是怎么回事？我听说军方对它投掷了黑洞炸弹……可是官方的说法是反物质喷泉在行星轨道附近爆发，造成了该行星85%的物质湮灭。”

“阿姨的身体好点了吗？”她不动声色地岔开了话题。

“啊……我老妈还是那样。”我意识到了自己的失言，当时她的父亲夏文峰也在赛拉波尔，而我在随后的死亡名单上看到了他的名字。

“听说你在拼命赚钱，”她望着我说，“而且从事的是非常危险的深海潜水作业，虽然阿姨的医疗费需要很大的开支，但是你也没必要拿生命冒险啊。”

“不是冒险的问题，”我叹了口气，“从大学时代开始我就是狂热的潜水爱好者，潜水对我来说已经是生命的一部分了，况且我也不能让我老爸一个人赚钱，他现在是一艘星际货运飞船的船长，虽然收入不菲，但也很难独自承担我老妈的医疗费用。作为一个男人，我必须负担起最起码的责任。深海作业报酬很高，况且是给科学院打工，我估计再干上个两三年就能凑足我妈的手术费用了。”

“你结婚了吗？”她突然问道。

“没有，”我很干脆地回答，“谈过几个女朋友，不过后来都跟我拜拜了。一个在边远行星上潜水的臭男人很难获得女孩的青睐。”

她“哦”了一声，不置可否，但是我知道她肯定还有话要说。

机器人又给我送来了一杯咖啡，我端起来喝了一小口，就在这时地板又剧烈震动了起来，不过这次我早有防备，咖啡完全没有洒出来。

“又是地震，”我抱怨道，“现在一天好几次，真烦人！难道这颗星球要爆炸了吗？”

“有这种可能，”她很认真地说，“最近地壳变动变得很奇怪，从军方的地震仪收集到的资料显示，地震的震源似乎深入地幔。”

“这可不是个好消息……”我摇了摇头，“这份工作对我很重要。”

“开个玩笑而已，”她笑了起来，“这颗星球的确有问题，不过几万年内它还是不会爆炸的。说实话，我正在奉命调查它的地质活动情况，但是进展缓慢。你知道，要开发一颗行星必须对它的地质状况进行深入分析。这不但关系到殖民地的建立，还关系到以后建设轨道塔的问题，需要特别慎重。”

搞地质的果然是个苦差，给政府当差更是苦差中的苦差，连星球爆炸这种事儿都要考虑。

“能不能专门为我下潜一次？”她突然抬起头来，“我是说，我想雇你为我工作，虽然只有一次，但是我希望你能答应。”

这个要求绝对出乎我的意料，虽然以前有女孩子想搭我的便车，但是要求搭乘深潜器下海的还是第一个。我的这位老同学总是干出一些惊天动地的事情来，当年在大学的时候夏诗雨可是学生会会长，她老爸又是学院的副院长，基本上没有她不敢做的事情。我在她手下当差的日子里也着实狐假虎威了一把。不过话说回来，我还真没法答应现在这件事。“深海二号”是科学院的财产，归属罗杰斯博士，只有他点头我才能接下这个生意，不过我估计让他点头非常困难。

“这件事情我无法做主，”我向她如实道来，“‘深海二号’并不是我的东西，你要想雇用我没问题，但是想要动用‘深海二号’，就必须让罗杰斯博士点头。”

“罗杰斯博士？”她的自信让我惊奇，“不就是那个老头吗？我会让他同意的。”

如此胸有成竹的回答，实在是让我始料未及。整个地球人殖民地的人都知道罗杰斯博士有多么小气，这个连吃饭都要吃三等工作餐的家伙是个出了名的小气鬼，而且还有极为严重的猜疑心！“深海二号”的备件和燃料都是由军方的运输舰从联盟腹地千里迢迢拉过来的，每次下潜都要算好了省着用。我很难想象他会把手里唯一的一艘深潜器借给不相干的人。

“那么祝你好运，”我深表同情地点了点头，“相信我，你说服他需要费很多口水。”

“你现在就做好准备吧，”她一副胸有成竹的样子，“到时候可是我说了算。”

“没问题，只要你能让那老头点头。”

夏诗雨微微一笑，转身离开了餐桌，服务型机器人立刻收走了她没吃完的土豆泥。望着她消失在门外的背影，我实在不太想接下这个差事。说实话，深海作业的危险性真的很高，在深海中一旦出现问题，除非上帝显灵佛祖保佑，否则基本没有生还的可能性。身为老同学，我实在不想把她带到那么危险的地方去。不过，鉴于她说服罗杰斯博士的可能性无限接近于零，我也没有什么可担心的。想到这里，我端起桌子上的咖啡一饮而尽。

但是一小时后，夏诗雨却告诉我：罗杰斯博士同意了。

三　蓝色海洋

蔚蓝的天空中点缀着白色的浮云，碧蓝的大海波涛不兴，仰望云端，隐约能看到这里的“月亮”的轮廓。这可真是个潜水的好天气，谁能想象昨天晚上海面还风暴肆虐？这颗行星的天气变化无常，幸好有数颗气象卫星不停地监视着全球气象变化，否则很容易和恶劣天气碰个正着。

“深海二号”贴着海面疾飞，它现在展开机翼，化身为了一艘小型地效翼艇，依靠地面效应提供的额外升力飞行。每小时 900 千米的时速对于这么一艘深海深潜器来说已经是一个很高的数字了，它不需要母舰的支持就能在基地周边一千二百千米的任意海域完成潜水任务。凡是在海军待过的人都能一眼认出这艘深潜器的原型——小型水下突击艇“海豚”。军方装备数量最多的一型小型战斗艇，我在军队的时候驾驶的正是它。这也难怪，“深海二号”是奥拉多姆公司的产品，这个超级军火制造商目前正在向民用领域进军，“深海二号”在“海豚”的基础上进行了改良，去掉了武器系统，加装了更先进的导航设备和传感器，摇身一变就成了一款优秀的民用潜水器。

夏诗雨看起来非常兴奋，她坐在“深海二号”的副驾驶位置上，在我的正后方，我从后视镜里面扫了她一眼，她正把脸贴在驾驶舱的透明舱盖上往外看。

“会长大人，请扣好安全带。”我提醒她，“我可不想等下入水的时候看到你的额头和前面的控制面板进行一次令人印象深刻的亲密接触。”

“张波！”她一脸兴奋地转向我，“我们什么时候潜下去？”

我的话她显然完全没有听进去……

“别急，还有十分钟的路程，”我看了一下导航系统上的坐标，“不过话说回来，你给我的这个坐标是怎么回事？”

“是个秘密，”她眨了眨眼睛，“不过很快就不是秘密了。”

到了现在还在我面前卖关子，我无奈地笑了笑，开始着手做好潜水准备。几分钟后，“深海二号”到达了预定坐标，在减速的同时机翼向下收回紧贴在艇身两侧，仅用了不到一秒，它就完成了向潜水模式的转换。

入水的瞬间，无数气泡包围了我们，伴随而来的还有一次剧烈的冲击。气泡很快散去，从海面上投下来的粼粼波光开始在深潜器的外壳上闪烁起来。普罗多Ⅲ的海洋完全没有受到过任何污染，人类在这里留下的痕迹只不过是一个小小的哨站基地而已。海水清澈透明，几乎看不到漂浮物，这样的海洋在人类的势力范围内大概是绝无仅有的吧。

“哇哦，看八点钟方向！”我的乘客兴奋地叫道，“有什么东西正在向我们靠近，它在我们下面。哦，天呀，这东西可真大！”

我沿着她兴奋的目光望去，只见一堆有大型潜水战舰那么大的绿色物体正在不远处的海水中漂浮。它看起来像是一块巨大的地毯，背面长满了绿油油的枝叶状触须，下部则垂着无数根十几米长的触手。那是普罗多浮萍，一种巨大的海洋生物复合体，它们悬浮在十米深的水下，而躲避风暴时则会下潜到五十米的深度。这种浮萍实际上并不是一个单一的生命体，它是一个由多种生物组成的群落，主体是一种类似水母的生物，它们组成了浮萍的基本结构。在它们背上生长的藻类通过光合作用制造养料，而生活在触须之间的小型海洋生物则负责捕获其他生物来供给它们的“活体城市”，在必要时刻它们还会为了保卫家园而战。

说实话我第一次看到普罗多浮萍的时候也吓了一跳，我从没想过水下会有这么大的生物体存在，它们的长度一般在五十米左右，宽度大约是长度的三分之一，总体呈椭圆形，近看非常壮观。不过普罗多浮萍只是普罗多Ⅲ行星上众多奇特的海洋生物之一，还有更多神奇的生物等着科学家们去发现。罗杰斯博士和他的研究小组就是为此而工作的。

夏诗雨在后座兴奋地左看右看，我却必须做好我的工作。我伸手将控制台上的开关一一开启，“深海二号”开始进行最后的下潜准备。“声呐系统启动完毕，氧气储备充足，燃料电池安装正常，FCS 没有问题，通讯浮标分离完毕……”随着一行行自检信息通过控制板中央的屏幕，我基本确定我们已经做好了下潜准备。

再次逐一确定没有任何疏漏之后，我开始给主压载水舱注水，这样一来“深海二号”的比重将跟海水基本持平，我们的深海之旅将正式展开。

我轻轻推动操纵杆，“深海二号”灵巧地垂下了艇首，开始沿着螺旋形航线不断下潜。为了防止夏诗雨被转晕，我特地把转弯半径设定为一百五十米，而不是先前惯用的五十米。在升降翼的控制下，“深海二号”沿着螺旋形航线迅速下潜，下潜速度控制为每秒三米。在航行开始后，我时刻留意着夏诗雨的变化，不过这位大小姐似乎不会晕船，即使螺旋潜航也没把她转晕。但我更担心的是她光顾着看外面暂时忘记了晕船这回事儿，我真怕等会儿到了深海没东西可看的时候，她在我的宝贝深潜器里吐得乱七八糟……

随着深度的不断增加，海面上的阳光逐渐远去，最后只剩下一片无尽的黑暗。水下五百米，深邃的黑暗统治了一切，我扫了一眼身后的夏诗雨，她满脸都是失望的表情。这也难怪，美丽的浅海风光不到十分钟就没有了，她这么失望很正常。普罗多Ⅲ的海洋平均深度两千米，这颗星球上 80% 的海域都是深海。深海是我的殿堂、我的圣域，只有我和“深海二号”能够到达的地方，但是今天，我必须和我的乘客分享这片深海。

“失望吗？”我问道。

“失望？”她眨了眨眼睛，露出少许疑惑。

“深海是漆黑一片的世界，”我说，“事实上的确是这么回事。”

“不是特别失望，”她笑了笑，“不过什么都看不到确实很扫兴，虽然扫兴，但是我还是第一次潜入大海，这可比在全息资料室看到的深海真实多了。”

“你会习惯的，”我笑了笑，“这里并非只有黑暗。”

说着，我按下了控制台上的几个按钮，钛合金舱盖从后面滑了上来，扣在了原先的透明舱盖上，和驾驶舱周围的艇体结合在一起形成了一个完整的耐压壳体。虽然“深海二号”的驾驶舱盖和“海豚”一样都是用高硬度夹层树脂制作的，但是这种材料毕竟有工作极限，无法抵御深海的巨大水压。不过关闭了外盖并不意味着就只能靠声呐和传感器驾驶深潜器，全周视显示器能够提供上方一百八十度的全周视野。随着系统完成初始化，图像很快出现在了舱盖上，夹层树脂内部隐藏的薄膜式显示器工作正常，将艇身周围的十二部深海摄影机捕捉到的影像完整地展现给我和我的乘客。

接下来，我按照程序启动了深潜器外部的照明灯，白色的光束顿时撕裂了黑暗的幕布，深灰色的海床出现在了屏幕上。

“哇！太神奇了！”夏诗雨惊叫起来，“张波，我们已经到海底了吗？”

“已经到海底了，”我说，“但是还没有到达目的地。”

她哦了一声，然后把目光投向深海。探照灯提供的照明在深海中非常有限，虽然主探照灯的亮度有三千流明，可白色的光柱仍然只能照亮周围十几米的范围，再远光线就被深海的黑暗完全吞没了。但是，灰色的海床上并非什么都没有，一些小型海洋生物的身影偶尔会出现在灯光下，其中以甲壳类居多。即使在这黑暗的世界里，仍有生物存在。

“深海二号”贴着海床慢慢前进，四个姿态推进器时刻控制着深潜器与海床的距离，探照灯的光柱扫过灰色的泥沙，向着远处慢慢移动。黑暗中似乎什么都没有，海床上也看不到什么明显的地形特征。但是，声呐回波显示，我们正在靠近目的地。

几分钟后，平整的海床被嶙峋的乱石所取代，起初只是伸出淤泥的零星石块，但是很快就变成了刀锋般的巨石，这是海底断裂带特有的地貌，再往前去，黑暗刹那间吞没了探照灯的光束，一道深渊出现在了我们面前，而我们的目的地就在它的最深处。

“哇！”夏诗雨发出了一声惊呼，眼前犹如地狱之门的景象大概把她吓到了。但是我却非常清楚，如果把这趟旅程比喻为地狱之行的话，我们才刚刚到达撒旦先生的家门口。

四　深渊

夏诗雨提供给我的坐标显示，我们要找的东西就在海沟的最深处。根据数据库中的资料，这条编号为ST97的海沟长八百四十千米，最大深度四千六百八十三米，并不是这颗星球上最大最深的海沟，但是这附近却是普罗多Ⅲ地壳最活跃的地区，不但分布着大片海底热液活动区，还经常发生地震和海底火山爆发，下潜的话必须非常小心才行。

我不知道夏诗雨到底要在这里找什么，她似乎刻意不告诉我太多的事情，我原本以为她只是想到深海看一看而已，但是出航之前她递给我这个坐标和一张数额巨大的支票的时候，我才意识到事情远没有我想象得那么简单。那张支票上的金额足够我支付我妈的第二期手术费用，我根本无法拒绝她的条件。

这可真是人为财死，鸟为食亡。

海沟的宽度只有两千四百米左右，最深处宽度不足千米，地形相当陡峭，而且回旋余地很小。在这深海中任何轻微的撞击都可能打破海水和耐压壳体之间那近乎为妙的力量平衡，“深海二号”将会在零点零几秒内被压扁。因此，我不能冒险采用螺旋形下潜航线，只能利用姿态控制推进器慢慢下潜。

现在“深海二号”的主压载水舱内已经注满了海水，不过它的整体比重仍然略大于这里的海水，要想快速下潜，可以头朝下利用主推进器进行俯冲，否则就用姿态控制推进器慢慢往下推。考虑到我们有的是时间，我选择了后者。一来这样安全系数更高，二来在狭窄的海沟内还是不要横冲直撞为妙。想到这里，我轻轻推动操纵杆，深海二号慢慢越过了海沟边缘，四个姿态控制推进器全部转向正上方，开始小心翼翼地沿着海沟两侧如刀削般的陡峭的崖壁慢慢下潜。

后座上的夏诗雨咽了一口口水，声音大的我都听到了，看得出她很紧张。

“第一次来到深海感觉如何？”我急忙找话题分散她的注意力。

“说实话……很紧张。”她说，“感觉好像到了铁扇公主的肚子里一样，可惜我不是孙悟空，有点害怕。”

我笑了笑，“其实这才是深海的本来面目，深邃、神秘而又充满杀机。但是正因为是这样，我才迷上了这个地方。”

“难道你就是传说中的变态吗？”她说，“心理扭曲？”

“随你怎么说……”我撇了撇嘴。

“这就生气了？”她换上了一脸无辜的表情。

“怎么可能……毕竟我曾经也是学生会的一员啊。”我叹了口气，“不过话说回来，你怎么消失了五年，突然就变成公务员了呢？说实话，这五年我起码有三次试图打听你的下落，不过都失败了。好在你的名字没有在死亡名单上，多少给了我一点安慰。”

“你……找过我？”她露出了一丝异样的神情。

“不只是你，”我并没有注意到她的表情变化，“学生会的那群人我都找过，菲尔德在加洛利 IV 当老师，孟飞在新维尔纳做生意，他们两个是我唯一能够联系上的老同学，其他人……大多都在那份名单之上。可是，我却一直没能找到你，在部队的时候通过一个关系不错的上司打听过，到潜水公司之后又通过社会保障部门找过你……可是我没想到，你却突然在这里冒出来了，就像幽灵一样……实在是把我吓了一跳。”

“其实有很多事情……我不愿提起。”她移开了目光，“能够再次遇到你，完全是偶然中的偶然。”

“你为什么不和大家联系？”

“这是我的事情，”她突然有些生气，“请你不要过问！”

就这么被顶回来了，我显然碰了个大钉子。虽然心里有些生气，但是想想这五年来她也许遇到了更多的事情，怒气自然也就烟消云散了。在学生会打杂的日子令人怀念，大学的校园生活留给我的只有甜美的回忆。那时候我的母亲身体还没有现在这么糟，我可以无忧无虑地享受校园生活。可是我注定无法完成学业，在母亲病倒之后，我为了那笔退伍安置费而加入了军队，好歹凑齐了第一阶段的医疗费用。但是，那只是一切的开始而已。即使在宇宙开发时代，人类的医学技术也有无法攻克的堡垒。

舱盖上的影像依然单调，雪亮的光柱在峭壁的岩石上慢慢移动，仿佛是通往光明世界的隧道。但是在这幽暗的深海中并非完全没有光存在，随着深度突破六千米的时候，点点萤火开始在幽深的黑暗中闪烁起来。那是无数生活在深海中海洋生物，这里的生物大多都有发光器官，能够在黑暗中发出微弱的光亮。再往下，热海水带来的上升流开始摇晃深潜器，我不得不启动手动操作才勉强把它稳住。我们差不多已经到底了，下面就是地热活动频繁的海底断裂带，也许再往下几千米就是岩浆湖。

海沟的底部铺满了黑色的灰烬，这些灰烬大概是某次海底火山爆发留下的，也有可能是那些“烟囱”的喷吐物沉积下来的。灰烬中的矿物质反射着探照灯的光芒，好像星空中的点点星辰。

这里的水温异常高，达到了十五摄氏度。一般来说，在这样的深海，水温应该是接近零度的，这样的异常水温说明附近要么有火山活动，要么有海底热液活动区。

我希望是后者。

夏诗雨给的坐标依然在导航面板上闪动着，我紧握操纵杆，控制“深海二号”小心翼翼地慢慢接近。海沟底部并非一马平川，巨大的岩石偶尔会挡住去路，不过绕开它们对“深海二号”来说并非难事。

在一块巨大的岩石后面，探照灯发出的光芒被冲天的“黑烟”挡了回来，只见一大片圆柱形的地热喷泉正像二十世纪的鲁尔工业区的烟囱一样冒着“黑烟”，只不过这些烟并不是真正的烟，而是混合了大量矿物质的地热水。在这些“烟囱”的旁边，五颜六色的真菌和一些身体透明的甲壳类生物享受着大地的恩赐，共同构成了一个很奇特的生态系统。在这样的深海中居然能找到这么大一片海底热液活动区，我真是没有想到。

水温又升高了，这可不是个好消息，但是夏诗雨要找的东西貌似就在这一大群烟囱之间。而且看起来好像不太容易接近。我用声呐扫描了附近的地形，但是因为烟囱喷出的地热水和其中矿物质的干扰，声呐实际上并不能发挥太大的作用。

“我们到底要找什么？”我问道。

“一台机器，”她回答，“不过是很久以前放置在这里的，那是一台地质活动记录仪，一种用来记录地壳变动和行星内部变化的机器。”

“很久以前？”我感觉不太妙，弄不好已经被埋在海床下面了。

“不用担心，”她递给我了一台数据终端，“它还在那里，并且还在正常工作，我们只要回收其中的数据就可以了。”

说得轻巧，做起来难。我接过数据终端，把它挂在控制台旁边的卡扣上。屏幕上闪动的坐标显示，那台机器距离我们不足百米，但是要想从这么一大群“烟囱”之间穿过去，没有点技术那真是找死。这么做的危险性特别大，一旦深潜器被热水流弄得失去控制，我们很可能会一头撞在岩石上，要是耐压壳体损坏的话，后果不堪设想。

仔细研究了每一个喷泉的位置，我规划出一条较为安全的路线，然后操纵“深海二号”小心翼翼地进入了危险区。

水流飘忽不定，“黑烟”严重干扰了视线。“深海二号”在我的操纵下摇摇晃晃地缓慢前进，温度计开始直线上升，水温居然达到了四十三摄氏度。突然，金属传感器有了反应，主探照灯自动转了过去，一个半球形物体出现在了光柱中。

那个东西被埋在粉尘状的灰烬中，只露出最顶端的一小部分来，看得出它是个人造物体，钛合金外壳上虽然沾了不少沉积物，但是在探照灯的照耀下仍然能看清上面模糊的字迹。这个球体好像本身就是个巨大的耐压舱，露在外面的部分半径大约三米左右，从外壳的弧度来看，我估计它的实际直径大概在十米以上。这么大的东西用“深海二号”可弄不上去，必须使用专用的深水打捞驳船才有可能把它弄出海面。

“终于找到了，”夏诗雨一脸喜悦，“它果然还在这里，真是太好了。”

“这么大的东西我们可弄不上去，”我提醒她，“‘深海二号’在深潜状态最多只能携带一吨半的有效载荷，这玩意少说也有二三十吨重。”

“我们只要回收数据就行了，”她向我伸出手来，“张波，麻烦你把数据终端给我。”

我伸手把那台数据终端从控制台旁边的卡扣上取了下来，然后递给了她。说实话我很想看看她葫芦里卖的什么药。

只见夏诗雨在用那台设备发出了某种指令，球体正上方的指示灯立刻亮了起来，它的外壳依次打开，最后一个篮球大小的物体从里面飘了出来。整个过程像变魔术一样神奇，我看得一愣一愣的，不过要带这么个小东西回基地我想没有任何问题。

于是，我把手伸进手笼，紧贴在“深海二号”机腹两侧的机械臂同时展开。灵巧的手臂准确地伸向那个球体，最后轻轻地把它握在手中。

“张波，”夏诗雨突然拍了拍我，“你看那是什么？葡萄？”

我很讨厌别人打断我的工作，但是出于好奇我还是看了一眼她发现的东西。只见一个“烟囱”旁边挂着一串串粉红色的“葡萄”，看起来很好吃的样子。不过我却比任何人都清楚那是什么！那是深海蛟的卵！深海蛟是普罗多Ⅲ上最危险的深海杀手，它有二十米长，冲刺速度可以达到四十节！这些大鱼把卵产在海底热液活动区，借助这里的水温使它们孵化，最可恶的是它们还是模范父母，经常回来照看这些卵！

事不宜迟，在深海蛟回来之前最好赶快离开这里。上次罗杰斯博士让我去偷深海蛟的卵，我和“深海二号”险些被那对愤怒的父母一口吞下。

想到这儿，我急忙开始着手进行上浮准备，就在这时，传感器突然发出了警报，七点钟方向有个不明物体正在接近，而且体积相当巨大。真是说曹操曹操就到，模范父母中的一位已经回来了。它回来的真不是时候！

随着铅块从深潜器腹部纷纷脱落，“深海二号”开始垂直上浮，一个黑影从“烟囱”冒出的“浓烟”中窜出，几乎擦着左舷的二号姿态控制推进器冲了过去，如果是直接碰撞的话，我们当场艇毁人亡的可能性几乎是100%。

好险！我的额头上渗出了汗珠，现在的上浮速度是每秒一米，虽然已经算是很快的速度了，但是和深海蛟灵活的身手比起来还是太慢了。

好在海水温差和水中的矿物质对深海蛟的感官也产生了很大的

干扰，它可能也跟我们一样无法掌握对手的准确位置。面对这种深海怪兽，我承认以现在的装备是无法对付它的，如果有鱼雷发射器的话，把它轰成肉末易如反掌，可惜的是“深海二号”不是战斗舰艇，它完全没有武装保护自己，现在唯一能做的就是尽快上浮。深海蛟毕竟是生物，它们的身体虽然适应了深海的巨大水压，但是如果压力变化过快的话还是无法承受的，换言之，它们不可能像“深海二号”那样急速上浮。

不过这只是我一厢情愿的想法，传感器再次发出警告，另外一只深海蛟正从一点钟方向接近。因为含有矿物质的海水和地形的干扰，声呐发现目标的时候已经来不及了。巨大的黑影突然从深海中冒了出来，在探照灯的光芒中我甚至能清楚地看到深海蛟口中那一米长的尖牙。

碰撞发生的一刹那，我冷静地偏转操纵杆，勉强避开了正面撞击。但是“深海二号”艇首左侧的探照灯却成了替死鬼，它被硬生生地从艇身上扯了下来，然后在深海蛟的尖牙利齿之间粉身碎骨。

“张波，注意六点钟方向。另外一只过来了，它就在我们后面。”夏诗雨显得出奇的冷静，我想她大概被吓傻了吧？

“哎呀，不妙了！”我扫了一眼后视镜，微弱的灯光中果然出现了一个巨大的影子。

另外一只深海蛟从后面扑了过来。

“抓紧扶手！”我按下了控制面板上的几个红色按钮，“我们上浮的速度可能会有点快，不过我可以向你保证这艘深潜器不会解体！”

按钮按下的那一刻，“深海二号”首部的配平物与艇体分离，转眼间沉入了幽暗的海沟，失去前部配重之后，“深海二号”的艇首高高仰起，逐渐指向海面。在艇首对准海面的刹那，我猛地将制动杆推到了最大位置，“深海二号”的主推进器全速运转起来，它化为一支离弦之箭向着充满阳光的海面冲去。那只从后面扑来的深海蛟擦着推进器护罩冲了过去，一头撞在了峭壁上。

“深海二号”以每秒十米的速度开始急速上浮，我很清楚身后那两位愤怒的家长已经再也追不上来了。在一千米深度我关闭了主推进器，排空了后部压载水舱内的海水，“深海二号”重新恢复到了水平状态，以每秒一米的正常速度开始慢慢上浮。

大约二十分钟后，久违的阳光照进了封闭的座舱。我不由自主地仰望天空，有那么几分钟，我还以为自己再也见不到这片蓝色的天空了。

五　消失的基地

当“深海二号”回到那片熟悉的海域的时候，闪烁着银光的高塔却没有出现在海平面上。起初我以为导航系统出了问题，但是仔细核对 GPS 坐标之后，我却发现自己的位置没有任何偏差。但是这是不可能的事情啊？那座基地不可能就这样消失得无影无踪。我们又不是到了龙宫的浦岛太郎，重新浮上海面的时候已经过了百年。

我试着扩大搜索范围，“深海二号”以基地坐标为中心绕了一个大圈，但是仍然没有找到任何东西。几小时前我还在基地的食堂里吃早餐，但是几小时后它却消失得无影无踪，这太不合常理了！

就在这时，一个在海面上漂浮的红色物体进入了我的视野。我立刻驾驶“深海二号”飞了过去，平稳地降落在了它附近的海面上，然后操纵机械臂把那个物体从海里捞了上来，这才发现那是一个装垃圾的塑料桶。

为了保护普罗多Ⅲ的原始海洋环境，哨站的垃圾都是集中起来由补给舰带走的，以保证人类活动不会对它造成任何污染。这样的密封垃圾桶是绝对不可能随地乱扔的。很快，另外一个漂流物进入了我的视野，那似乎是个扫描站顶端的巨大球形天线罩的一部分，这个天线罩保护着里面脆弱的引力计，为了减轻重量，它是用比水轻的泡沫钢制成的。

连普罗多Ⅲ上最强风暴都无法撼动的天线罩居然在这个风和日丽的日子里变成了碎片……这也太超出常识了！我清理了思绪，把所有的线索联系到了一起。那一瞬间我突然意识到，哨站可能沉入了海底！

我跳回座舱，把声呐设置为扫描模式，一条巨大的裂缝出现在了屏幕上！它很长而且很深，似乎是不久之前刚刚形成的。在裂缝的中央横着一个棒状物体，我不清楚那究竟是什么，但是只能潜下去看个究竟。

我扫了一眼后座上的夏诗雨，她正全神贯注地解析回收回来的资料，完全没有意识到我们陷入了空前的危机之中。现在最好还是不要打扰她为妙……想到这里，我做好了下潜准备。随着海水涌入主压载水舱，“深海二号”开始慢慢下沉。因为之前抛弃了压载物和艇首的配平物，此时的“深海二号”实际上已经不具备深潜能力。为了减小自身浮力，我不得不往耐压艇体内的备用压载水舱注水，这样才勉强下潜成功。不过因为失去了艇首的配平物，潜水时艇首有些抬高，操纵的时候稍有不便，还好影响并不太大。

深蓝色的海水包围着深潜器，粼粼的波光在一片蓝色的幕布上荡漾着，各种各样的浅海鱼类成群结队地游荡在巨大的普罗多浮萍之间，组成了一幅美丽的浅海画卷。但是，声呐很快锁定了一个很不和谐的目标，在一道巨大的海底裂缝旁边，我们的基地像一段原木一样横在裂缝上。这条深不可测的大裂缝大约有一百多米宽，正好摧毁了基地的地基，直接造成了它的沉没……

看起来，这一切都发生在不久之前，一场地震刚刚袭击了这片海域。

我操纵潜艇小心地接近目标，虽然失去了一侧的探照灯，但是在这浅海中并不太需要什么照明。基地看起来还算完好，一串串气泡正从微小的裂缝中不断地冒出来，它显然刚刚沉没不久。但是我很清楚，基地内的人不可能生还，这里的深度为一百四十米，已经超过了人类裸体潜水的极限深度，在没有器材保护的情况下没人能活着浮上海面。

基地的毁灭意味着我们失去了所有赖以生存的物质基础，在这片巨大的海洋上，我们没有淡水、没有食物、也无法呼叫救援。仅凭两个人和一艘深潜器，想要在普罗多Ⅲ这颗海洋之星上生存下去是不可能的事情。想到这里，我感到非常气馁，但是又无可奈何。如果我注定命丧于此，至少我的保险金够我妈治病了。

“我们遇到麻烦了吗？”夏诗雨的声音打断了我的思绪。

“何止麻烦……”我叹了口气，“简直是被判了死刑！而且这个死刑还比较漫长，过程也非常痛苦。我们不可能在这里活下去，而且还无法呼叫救援。‘深海二号’的通信系统根本不可能进行星际通讯。”

“这可真是很糟糕呢……”夏诗雨反倒比我还冷静，“这艘潜艇的通讯范围有多大？”

“我说了，不能进行星际通讯。”我顿了一下，然后回答了她的问题，“不过在大气层内部以及卫星轨道上还是可以进行有限的通讯联络，不过轨道上并没有飞船。”

“但是，有卫星啊。”夏诗雨说，“同步轨道上不是有好几颗气象卫星吗？我们可以利用它们进行远程通信。”

“即使如此，信号也不可能传到星系之外。”

“但至少可以叫来救兵，”她显得很有自信，“据我所知，有一艘巡洋舰正在附近执行任务，不出意外的话，我们可以联系上它。”

“啊？巡洋舰？”我愣了一下，军方的巡洋舰跑这儿干吗？虽说不是主力舰，但是这些大型军舰出航也是要消耗不少燃料的，况且是来这么偏远的地方，一定需要很多燃料。最重要的是，夏诗雨怎么知道有艘巡洋舰在附近呢？宇宙舰队一向奉行神秘主义，除非相关人士，几乎不可能得知他们会把战舰派到哪儿。

“总之，我们先浮上去……哇！天啊！”夏诗雨突然发出一声惊呼，我也被她这一嗓子吓了一跳。我急忙转过身来，只见一张扭曲的脸正飘在透明舱盖外面，而一只巨大的伞乌贼正在用它长满利刺的伞状触须撕咬它的下半身。

是罗杰斯博士！不过他现在已经变成了一具尸体，而且有三分之一似乎已经进了他的研究对象的肚子……

就在这时，另外一只伞乌贼出现了，开始和先前那只一起撕咬尸体，鲜血和碎肉在清澈的海水中四散开来，场面相当血腥。

在夏诗雨吐出来之前，我急忙偏转操纵杆，“深海二号”迅速离开了那具尸体，开始向海面上升。我扫了一眼后视镜里的夏诗雨，只见她脸色苍白双唇紧闭，看起来正和自己的胃作斗争。这也难怪，突然目睹了如此“惨烈”的情景，任何人都不回若无其事。几分钟后深海二号回到了海面上，我开始着手进行卫星通信的准备工作。

“深海二号”的通信系统很简单，基本上奉行了“够用就行”的原则，民用产品大多都是这样，这次真希望上帝保佑该系统性能“够用”……幸好现在晴空万里，没有什么能够阻挡无线电波的传输，我很快跟气象卫星建立了连接，然后那颗该死的卫星让我输入管理员密码。

“你知道密码吗？”我愁眉苦脸地扭过头去。

“密码？”夏诗雨思考了一秒钟，说出了一串数字。

我微微一愣，密码随口就来，这也太快了。她到底还有什么事儿瞒着我？即使是老同学，等下我也得问个清楚。

她见我没反应，就重复了一遍，然后问道，“我的脸上有什么东西吗？”

“不，没有。”我输入了密码，“只是有些惊讶。”

敲下回车键的刹那，卫星接受了我的控制，虽然我看不到，但是我也能想象一颗漂浮在泛着蓝光的大气层外的卫星展开主通讯天线的情形。

“将通讯天线指向坐标EG88CS，”她说，“我要发送一条信息。”

“信息？”我问，“就发SOS不行吗？”

“至少要表明身份，否则他们不会来的。”说着，她把数据终端接入了“深海二号”的系统，一堆被加密的乱码立刻出现在了我面前的屏幕上。

看着信息开头的导引码，我突然觉得似曾相识，拼命翻找记忆之后，我猛然想起，这不是军方加密通讯的题头吗？虽然各军种的加密方式稍有不同，但是开头的导引部分基本上都大同小异。不过内容我就完全看不懂了，毕竟我不是解码机。我越来越觉得不太对劲，夏诗雨怎么可能会使用军方的加密通讯？按理说小小一个公务员不可能知道这么多东西。

就在我胡思乱想的时候，信息发送完毕，卫星顺便还给我们发来了天气预报，预报显示，一小时内一场大型风暴即将袭击我们所在的海域。

六　胎动之星

当海面上风暴肆虐的时候，水下一百米的地方却没有一点风暴的感觉，这里很平静，平静得让人无法联想到头顶百米处发狂咆哮的巨浪。那些巨大的普罗多浮萍大多也下潜到了这一深度，跟我们一起躲避巨浪和狂风的侵袭。为了节省能源和燃料，我把“深海二号”锚泊在一块浮萍上，一旦风暴结束，这些大块头就会自动上浮到十米的深度，简直像装了天气预报系统一样准确。

夏诗雨仍旧在全神贯注地分析她的资料，但是我很清楚她早已得出了结论。沉默笼罩着狭窄的座舱，但是我们似乎都刻意不去打破它。平静的假象默默地维持着，但是我可以肯定她的心里也和我一样思绪万千。我们需要交流一下，可惜的是我们都不是那种可以随时随地袒露心声的类型。只有一点我可以确定，虚假的平静必须被打破，也必定会被打破。

“你到底在为谁工作？”我开口了。

她愣了一下，慢慢地抬起头来，从后视镜里，我们的目光交汇在了一起，但是那一瞬间她却移开了目光。

“我为政府部门工作，”她假装平静地回答，“现在是公务员。”

可惜的是，从大学时代开始，她就没有说谎的才能。

“为什么不说实话呢？”我叹了口气，“有些东西你没有必要对我隐瞒的，而且你也隐瞒不了。军方的加密通讯，这可不是任何人都能发送的。”

谎言被识破，她却变得更加冷静了：“你什么时候注意到的？”

“也许在你递给我支票的时候就注意到了，”我说，“不过我并没有特别注意这件事情，也没有特别在意被你利用。既然你有求于我，我本不想多问，但是现在的情况却让我无法保持沉默。”

“因为不安吗？”她问。

“是的，”我点了点头，“从一开始你就在骗我，但我并不介意。不过我大概猜到了，你可能在为军方的某个部门工作，具体是什么部门我就不太清楚了，不过有一点可以确定，你签保密协议了吧？”

“没错。”她点了点头，这可真是不打自招。

“我只想知道我们现在的处境有多糟糕？”我说，“地震摧毁了基地，我想知道还有没有更糟的事情在等着我们，你在餐厅里曾经跟我开玩笑说这颗行星会爆炸，但是我却觉得你说的可能是真话。”

“那的确是个玩笑。”她移开了目光，“不过我们现在确实很危险。

张波，听我一句，不要再继续追问了。等下到了巡洋舰上他们会把你关起来，这样你就什么都不会知道，也不必像我一样陷入这件事情无法自拔。”

“你到底陷入什么麻烦了？”我问，“我在军方上层有些朋友，也许可以……”

“没用的，”她摇了摇头，“我陷入其中已经太深了，而且我是自愿的。”

“为了解开你父亲的真正死因吗？”

“不，”她摇了摇头，“是为了复仇。”

话音未落，海水突然波动起来，把旁边的普罗多浮萍摇摆不定，在被它撞到之前我立刻解除了锚泊。“深海二号”动力全开，迅速离开了那个大家伙。红外传感器突然有了反应，有效感应范围内的海床上裂开了数条巨大的裂缝，岩浆正从裂缝中不断地涌出来。一时间，红色的巨龙开始在海底游动起来，紧接着海底火山也开始爆发了。

这下真的不妙了！我伸手依次按下控制面板上的紧急排水按钮，压缩空气在几秒钟内吹除了主压载水舱内的海水，“深海二号”以最快速度开始上浮，在冲出海面的一瞬间，海面上肆虐的风暴几乎把我们掀翻。不过几秒钟之后一切都恢复了控制，机翼顺利展开，主引擎启动，“深海二号”变形成为地效滑行模式，贴着海面向远处飞去。

夏诗雨被窗外的景象吓坏了，乌云中游荡的闪电刹那间将巨浪滔天的海面照得雪亮，狂风卷着巨大的雨点劈头盖脸地砸在舱盖上。这样的景象对她来说实在是太刺激了一点。但是我很清楚，如果不跑得足够远，当海底火山全面爆发的时候，我们肯定会变得跟烤炉里的巴西烤肉一样。

就在这时，身后的海面出现了新的变化，一块巨大的海床被顶出了波涛汹涌的大海，普罗多Ⅲ总算有了块货真价实的陆地，不过仅仅过了几秒钟，那块新大陆就土崩瓦解了。我突然意识到，海底的地壳正在隆起！难道这就是陆地的诞生吗？炙热的岩浆冲出了海面，在黑暗中闪着暗红色的光芒，可就在这时一个巨大的火球突然从破碎的地壳下直冲云霄，把天上的乌云硬生生地捅开了一个圆洞。

随着更多的地壳碎片被掀起，火球一个接着一个飞向天空。我真怀疑这颗行星是不是真要爆炸了！

眼前景象简直像是世界末日！虽然世界末日并不是天天都能碰到的事情，但没人会希望自己能碰到。一声声古怪的咆哮从海面下传来，很奇怪它为何听起来有点像鲸鱼的声音，我试图看看下面到底有什么，但是暴雨却模糊了我的视线。只有一点我很确定：距离还不够远！但是，不管将要发生什么事情，我们都已经没有时间逃得更远了！

“张波，你听我说。”夏诗雨突然开口了，“我们现在的位置正好在‘茧’的正上方，接下来它将冲破地壳进入宇宙，我们很可能也被带上去。”

“你说什么？宇宙？‘茧’？”可是还没等我多问，重力突然发生了变化，我顿时感觉自己的身体好像变轻了，紧接着又觉得天空和大地翻了个个儿。

周围的许多东西开始飘浮起来，包括那些被抬出海面的普罗多浮萍，它们像一艘艘战舰一样从海中升起，看起来好像是一支出征的舰队。我突然意识到，夏诗雨没跟我开玩笑，不管下面有什么东西要出来，它正在干涉行星的引力！

“我们真的要去宇宙了吗？”我大声问道。

“是的，”她点了点头，“我没想到它会这么快就准备羽化了，这样下去我们会跟‘茧’一起被带到宇宙里去，一同飞上去的还有大量行星物质。”

“那到底是什么东西？”我咆哮道。

“某种生物。”夏诗雨说，“就是它的同类摧毁了赛拉波尔……”

一切的谜底都被揭开了，夏诗雨知道一切，但她却什么都没告诉我，也许她这样做是为了保护我，但至少在最后一刻她说了实话。不过这样下去很糟糕！“深海二号”毕竟只是艘潜艇，虽然有密封的座舱和坚固的耐压壳体，但是却没有抵御宇宙射线的装备！就这样飞上太空的话，那些在宇宙空间来回穿梭的高能粒子足以杀死我们！

究竟该怎么办呢？我绞尽脑汁试图寻找一条生路，但却一无所获。

“张波！”夏诗雨突然问道，“燃料电池使用的液氢和引擎冷却剂还有多少？”

我扫了一眼仪表盘，回答：“液氢还有160升，冷却剂存量85%。”

“我们到海里去，然后释放它们。”

“这会把我们冻成冰块的！”

“但是我们别无选择！”她说，“冰可以帮我们抵挡致命的宇宙射线，再加上深潜器本身的耐压壳体，我想应该能在太空里漂流一段时间。”

不愧是我大学时代的学生会会长啊，对宇宙的了解果然远胜于我这个土包子。我操纵“深海二号”重新潜入海中，然后打开了紧急释放开关，液氢储存罐从机舱内弹了出来，我看准时机操纵机械臂一把将它们捏爆。液态氢像爆炸一样在海水中扩散开来，凡是接触到它们的海水瞬间变成了晶莹的冰块。几秒钟之内，“深海二号”就被冻了起来。

一切看起来都很顺利，但是就在我以为我们抓住一线曙光的时候，耀眼的光芒却突然从正下方传来，那个生物的本体出现了！

在剧烈的冲击中，我的脑袋和仪表板来了一次亲密接触……

七　尘世巨蟒

当我再次恢复意识的时候，失重的感觉让我很不适应，这到底是怎么了？深潜器里漆黑一片，我摸索着启动了备用电源，控制面板和全景显示器才慢慢启动。外面的景象让我大吃一惊，普罗多Ⅲ泛着蓝光的大气层外漂浮着无数大小不一的碎石和冰块，而“深海二号”正好被冻在一大块冰里面，只有尾部的航行灯还露在外面。

向远处望去，我被吓了一跳。这颗行星表面大概六分之一的部分消失了，形成了一个可怕的大洞，隐约还能看到洞底流淌的红色熔岩！扩散的大气和冰结的海水漂浮在破洞附近的太空里，此外还有许多零散的地壳碎片飘来飘去。不管行星会不会解体，普罗多Ⅲ上的生物们都算是完蛋了，这场灭顶之灾足以摧毁海洋生物圈。

就在这时，有什么东西挡住了阳光，我抬起头来，只见一个巨大的球体正漂浮在我们正上方的位置。它的身上布满了无规则的灰色条纹，显得格外诡异。由于缺乏参照物，我无法估计它的大小，但是从行星上被它挖出的大洞来看，这玩意的直径少说也有一千千米。我实在无法想象一个如此巨大的生物会存在于我们的宇宙中，而且它好像还没有完全成熟，用夏诗雨的话说就是没有“羽化”。但是光目睹这个巨大的茧，我的灵魂都被它震撼了，它诞生的代价是一颗行星的毁灭！在它面前人类是如此渺小。

“夏诗雨！”我摇了摇后座上的她，“快醒醒！那东西就在我们头顶上！”

她很快苏醒过来，看起来和我一样没有受伤。但是，当她看到那个巨大的茧的时候，瞳孔却突然缩成了一点。是恐惧！夏诗雨的眼中只剩下恐惧，她显然已经不是第一次目睹这个东西了。在她发出叫喊之前我果断地关闭了全景显示器，座舱内顿时陷入了一片黑暗，只剩下仪表板在我们身边闪烁着微光。

“没事吧？”我关切地问。

“还好，”她用力点了点头，“我们这是在哪儿？”

“大概在卫星轨道上吧？”我苦笑了一下，“不知道你说的巡洋舰什么时候能来，看起来我们要在这里漂流一段时间了。”

她沉默了一会儿，说：“我不想死……”

“我也不想，”我试图安慰她，“别想得太多，现在深呼吸，然后平静下来，我们的氧气还能使用二十个小时左右，至少暂时不会有问题。”

夏诗雨照我说的话做了，几次深呼吸之后她逐渐平静下来。我在我的座位上坐下，然后扣好了安全带，通信系统正在持续不断地发出求救信号，一切看起来都还算不错。但是，被扔在宇宙里孤立无援，任何人都不可能保持平静，我的心里早已乱成了一团，只好用那笔保险金来安慰自己。至少我死了不算白死，还能留下足够我妈治病的保险金。

可是我真的不想死，我还想做很多事情……

就在这时，“深海二号”突然震动了一下，接着我听到冰块破碎的声音。怎么回事？我们撞到什么东西了吗？谜底很快解开了，一个轻浮的声音出现在了耳机里：“嗨，伙计！要搭便车吗？”

“是谁？”我问道，“不管你是谁，快来救我们！”

“我已经抓住你们了，”那个家伙说，“女巫中队一级飞行员卡列琳娜·霍德中尉随时为您效劳！”

女巫中队！我的天！她们怎么会出现在这里？我的脑袋顿时嗡了一声，传说这群无法无天的突击艇飞行员们能把登陆部队送上设防最严密的星球，但是被送去的部队十有八九要全军覆没。她们在军队里“恶名”远扬，犹如死神一样令人敬而远之。但是现在突然遇到了她们中的一员，我却感动得一塌糊涂。突如其来的加速度证明我们开始移动了，我看了一眼后座上的夏诗雨，她的脸上也露出了一丝久违的笑容，不管怎么说，我们好像得救了。

接下来的一小时让人很不愉快，先是漫长的飞行和不平稳的着陆，接着又有人粗暴地弄碎了冰块，然后强行撬开了“深海二号”的舱盖。我被两名身材高大的宪兵从座舱里揪了出来，不由分说架着就走。他们两个整整比我高了一截，胳膊比我大腿还粗，头盔上写着醒目的“MP”，我被他们架着活像一只待宰的小猪。

“我说伙计们，”我尽量弄出了点笑容，“你们准备把我弄到哪儿去？”

两名宪兵不约而同地瞪了我一眼，我立刻意识到保持沉默绝对是个好主意。夏诗雨跟在我们身后，而另外两名宪兵则跟在她的身后，其中一位抱着我们从深海中弄上来的那个金属球，他是个黑人，又瘦又高，抱球的动作活像 NBA 球星。

至少，他们并没有对她动粗。

装甲舱门自动开启，我被宪兵们带进了舰桥，一位身穿深灰色将校制服的高级军官已经在这里等候多时了，他看起来跟普通的军官不太一样，这里所有的军人都跟我印象中的不太一样。他们的制服上多了一个徽章，徽章上是一面银色盾牌和两把交叉的利剑。

“张波中士，”他友好地向我伸出手来，“欢迎来到南十字星号，我是舰长罗伯特 · 赫辛中校。”

赫辛这个姓可不多见，我敢打保票，这位中校大人的祖先里一定有位叫凡 · 赫辛。

“你好，”我尽量装出一副傻乎乎的样子，“不过我已经不是中士了，我早就退役了。”

他冲我笑了笑，不过那好像是冷笑，然后转向夏诗雨：“上尉，你干得很出色。”

“谢谢您，长官。”夏诗雨还以一个严整的军礼，我终于找到她身上那种不协调的感觉来自何处了，是那种军人特有的气质！

她看了我一眼，一脸歉意，然后对罗伯特说道：“长官，张波是我的同学，我们只是偶遇而已，而且他不知道任何事情。”

“是吗？”罗伯特故作惊奇，然后打了个响指，那个巨大的茧立刻出现在了舰桥内的主屏幕上，“现在他可是什么都看到了。”

这家伙真是太狠了，我暗中咒骂，看起来想要脱身不太容易了。

“我看了你的资料，中士。”他转向我，“你很优秀，是难得的人才，在救援触礁沉没的潜水战斗母舰海神号的时候，你表现出的冷静和果敢让我惊讶和敬佩。如果可能的话，我希望亲口听你说说那件事。”

虽然救援沉没的海神号让我立了个一等功，是我军旅生涯中的光辉一页，但是我现在真希望他不知道这事儿。不过貌似现在装傻已经没有什么用了，我不得不收起那张傻乎乎的面具。

“你们到底属于哪支部队？”我问，“我并没有见过你们的徽章。”

“内务安全部第九对策处，简称内务九处。”他微笑着说，“这个名称你可能没听说过，不过这也难怪，我们毕竟是不存在的部队。”

内务安全部！这些人是特工！我顿时觉得大事不妙了，他们如果想把我“处理掉”的话，能让我消失的连渣都不剩。

“我们内务九处成立的目的就是为了对付这玩意，”他指了指屏幕上的茧，“虽然没有正式的名称，它的存在也处于保密状态……但是如果你愿意的话，你可以称它为‘约尔曼岗德’，尘世巨蟒——用这种北欧神话中的怪物来形容它倒也勉强合用。当毁灭时刻到来时，它会激起可怕的波涛。”他扫了我身旁的夏诗雨一眼，后者的脸色变化不定，“我们这支部队存在的目的，就是为了让赛拉波尔的悲剧不再重演。你也看到了，中士。这种生物对我们人类来说是个巨大的威胁，它们寄生在行星内部，用行星的物质构造自身，最后还摧毁了它。你应该很清楚它有多么危险，它们必须被消灭！”

我点了点头，但没有正面回答任何问题。

就在这时，四艘战列巡洋舰突然跃迁到了我们旁边，紧接着，一艘更大的飞船出现在了它们中间。它有两个修长的舰体并列组成，中部看起来好像是个仓库。

我认得这种飞船。这是一艘轨道轰炸舰！用来对行星地面目标进行高轨轰炸的致命武器，同时它是可以用来投掷黑洞炸弹的，目前也只有这种飞船能够投掷黑洞炸弹。

“你们要丢黑洞炸弹？”我问。

“难道还要我们用舰炮轰吗？那怪物是寻常武器能伺候得了的吗？”他反问道，“没关系，只要一发就能将它消灭得干干净净，质量兵器的威力有多大，你应该很清楚吧，中士。”

“等一下！黑洞炸弹不是被联盟最高议会禁止使用……”话说到一半我突然觉得自己很傻，这支部队本身就是“不存在”的，那些议员和法案又怎么可能约束得了他们？

“长官，”一名技术军官报告，“资料解析完成了。”

“很好，”罗伯特转向他的副官们，“我们还有多少时间？”

那名技术军官犹豫了一下，如实说道：“我们恐怕没有时间了。”

话音未落，屏幕上的茧突然发生了异变，强大的重力波动向四周扩散开去吹飞了那些环绕它的冰块和岩石，当它到达我们身边的时候，整艘战舰都剧烈地摇晃起来，不少人摔倒在了地板上。情况看起来真的不太妙，我瞅了一眼身旁的夏诗雨，虽然她没有摔倒，但神色却凝重得吓人。

“要开始了。”她小声对我说道，“它即将羽化。”

我一时没弄明白她的意思，但是第二轮重力波紧随而至，那些刚刚站起来的人又有不少重新跌倒在了地板上。人类的战舰就像暴风雨中的一叶孤舟，在巨浪之间忽上忽下，在那个巨大的生物面前，我们实在是太渺小了。

舰桥内乱成一团，罗伯特不再理我，大声指挥他的手下准备战斗。看得出他是一名能力很强的指挥官，仅仅过了一分钟，战舰的主炮就全部对准了目标，在旗舰的协同指挥下，整个舰队开始进行炮击。密集的反质子束瞬间划破了宇宙永恒的黑暗，疯狂地轰击着茧的外壳。但是这场面虽然很壮观，但好像对目标破坏并不大。

就在这时，茧黑色的外壳突然裂开了一道口子，令人炫目的光芒从裂口中泄出，好像整个宇宙里的颜色都在其中一样！紧接着，更多的裂缝出现了，几秒钟内整个茧都被这奇幻的光芒所包围。但是，这美丽的光景背后却暗藏杀机，更强的重力波动不断冲击着我们的战舰，舰体结构发出了刺耳的悲鸣，好像某些部分已经开始扭曲破碎。更加糟糕的是，茧里面的东西即将破茧而出！

“发射黑洞炸弹！”罗伯特的声音震慑了慌乱的人群，“通令所有舰只在黑洞炸弹发射后分散脱离战斗区域！在 CT234DE 坐标重新集结！”

副官很快传达了他的命令，随后我看到一个巨大的物体从那艘轨道轰炸舰的弹舱内飞了出去，是黑洞炸弹！

作为人类目前掌握的最强大的毁灭武器，普通人很难一睹它的尊容。球形黑洞发射器的前端加装了导引设备，后部装上了推进器，看起来活像一枚巨大的迫击炮弹。这枚超级炸弹长达一百二十米，质量一千万吨，必须用专门改造的大型战舰才能运送。它一旦被激活，人工黑洞在完全蒸发前产生的重力波会在几秒钟内将一颗行星撕成碎片！

黑洞炸弹开始加速，但是相对于它巨大的质量，尾部的推进器显得力不从心。其他战舰开始跃迁，它们一艘接着一艘跳进了亚空间，在一片炫目的光芒中消失得无影无踪。

南十字星号最后一个进行跳跃，跃迁驱动器被激活的同时，窗外的星辰瞬间变成了流动的光线，而后形成了一片炫目的光影。

所有人都松了一口气，坐在 CIC 里的年轻士官们开始小声谈论这次死里逃生，看得出刚才发生的一切令他们心有余悸。罗伯特转向我，他看起来很得意，要知道没有什么东西能从质量兵器的攻击下逃脱，他圆满完成了任务。现在他终于能腾出手来处理我了。

“我们继续刚才的谈话吧，中士。”他微笑着望着我，我顿时觉得自己变成了一只被蛇盯上的青蛙。

“好吧，好吧。”我举手投降，“我会签署保密协议的。”

“这好像已经不是一张保密协议能搞定的事情了，”他向我走来，保持着笑容，“中士，要不要重新加入军队？”

这个提议听起来不错，但是我知道绝没有那么简单。

“我想你可以重新服役，然后加入我的部门。”他说，“内务九处很需要你这样的人才，我们现在还真没有一个能开潜艇的家伙，要知道‘约尔曼岗德’通常寄生在水资源丰富的行星内，我们非常需要专业潜水员和深潜器驾驶员，你正好符合我们的要求。”

“我能得到什么？”我觉得应该讲讲条件。

“一份长期医疗合同，由军方最好的医疗设施执行。”他说，“不过那不是给你的，而是给你母亲的。”

我的天，他调查了我的一切，这样的条件我根本无法拒绝。我望了一眼身后的夏诗雨，她的眼神闪烁不定，里面有欣慰，但更多的却是歉意。

“我接受你的条件。”我对罗伯特说道。

他点了点头，一副打了胜仗的表情，如果说他的手下都是棋子的话，那么我显然是一枚很有用的棋子。能得到一枚好棋子怎么说也是一件能让棋手高兴的事情。看着他心满意足地走出了舰桥，我的心情简直复杂到了极点。

“对不起，”夏诗雨突然小声对我说道，“我没想到最后会弄成这样。”

“这不是你的错。”我试图安慰她，但是却更像是在安慰自己。

就在这时，南十字星号结束了跃迁，重新回到了正常宇宙，望着无尽的星辰，我突然意识到自己的下半生将和这种被称为“约尔曼岗德”的生物紧紧地联系在一起。

也许这就是命运吧。

深处

阿缺

人类灵魂深处的悲情宿命

厄勒克特拉和欧瑞斯提兹弑杀生母，犯下有悖天伦的罪孽，也使他们成为复仇女神欧墨尼得斯的牺牲品。复仇女神总是跟着他们，使他们的良心承受着痛悔的煎熬。厄勒克特拉和弟弟只有请求神明的庇护，但即使神明的庇护也不能令他们摆脱复仇女神的追踪。

最后，雅典娜主持法庭。控辩双方争执不下，最终决定通过投票来确定为报父仇杀死母亲是否有罪。

然而支持者与反对者人数一致，关键的一票握在雅典娜手中。

——古希腊神话

上篇

一

李川早上出门时，宿管老王问他看过昨晚的新闻没。他正要问错过了什么，看看表，发现已经很迟了。他连忙骑上老式轻轨单车，在离子引擎的轰鸣声中向 C 大疾驶，好歹在上课前赶到了教室。他一直想着老王说的新闻，讲课心不在焉，底下的学生们更无心听讲，互相窃窃私语。

“出了什么事吗？”李川发现今天上课的气氛格外不对劲儿，放下手里的《动力地质学原理》，问道。

一个男生站起来，说：“老师，你知道昨晚的新闻吗？”

“这跟我现在讲的课程有关系吗？”

“有的！”男生说，“昨晚发生了一场地震，却没有一个人伤亡。”

“这不奇怪，地球从来都不是安静的，平均每年会发生五百多万次地震。其中绝大多数都很轻微，甚至都察觉不到，更别说伤亡了。”

李川皱起眉，“这是基础知识，你们大一就应该学过。”

“可是，这次地震有 8.5 级，震源在美洲大沙漠。”

“这倒是不正常了，那里并不是地壳活跃带，而且地震级数也太大了。”

男生的脸有些涨红：“还有更不正常的地方！当地政府派直升机去查探，地面上到处是裂开的痕迹，驾驶员是中国人，他往下一看，发现裂缝居然组成了一行汉字，您看……”他把折叠手机递过来，屏幕翻转成十几寸，上面清晰地显示出一幅航拍的震后地表图。沙漠不再平整，布满纵横交错的深褐色裂隙，如同被揉过的旧纸片。李川眯起眼睛，发现较粗的裂缝互相交合，看上去确实像是几个汉字。

“请……你……们……”李川仔细辨认，轻声念道，“？”

“是啊，只要是识字，都能看出这一行字。太离奇了！超级地震出现在地壳稳定带，震后留下六个汉字，现在网上都在说这事儿……听说您收集了很多关于地震的资料，那您对这个是什么看法？”

李川放下手机，说：“谁告诉你我收集地震资料的？”

“其他老师都这么……”男生刚要说，发现李川的脸色已然变了，沉郁得像要滴出水来。男生突然想起，跟他说这事的老师在说完后，还补了一句：“他可怪得狠，三十好几了还一个人，下班后就回宿舍研究地震，没几个朋友，还得罪了副院长，恐怕要永远倒霉了。”后面的话就吞进肚子里了。

下课铃声适时地响起，学生们一阵欢呼，纷纷离座。李川沉着脸，默默转身去收拾教案。男生有些尴尬，他是学生会干部，跟院里很多老师关系都不错，却独独对李川不熟悉。李川仿佛是游离于众人之外，活在自己的世界里，留下的永远都是这样孤独的背影。

二

下了课，李川走向办公室，还没进去，就听见同事们也在讨论地震的事情。

“要我说啊，这多半是巧合。我们都知道地震是地球能量的释放，放出来了，肯定会破坏地表。那么多裂隙，横横竖竖的，你要是有心，肯定也能找到别的汉字组合。”

“哪有这么巧！你看，这六个字的裂隙宽度几乎是相同的，所以才能一眼认出来。还有，这个‘离’字，看上去甚至像是楷书。”

“小陈，你的意思是，这是人为的？”

“我可没这么说。这事儿啊，嘿嘿，你得问李老师，我听说他家里的地震资料，光纸质的，摞起来就有半人……”小陈突然看到周围的同事向自己眨了眨眼睛，赶紧闭嘴，转过身，果然看到李川面无表情地走进来。其他同事跟李川打招呼，他逐一回应，但没说话。

办公室里一下子安静了。

正尴尬着，陈副院长走进来，环视一圈，说：“今年评职称和分房子的名单出来了，你们上学院主页看一看。”说完，他看了李川一眼，转身出去。副院长有自己的办公室，只有普通讲师才挤在这间狭小的屋子里办公。

老师们立刻回到办公桌前，接着，欣喜的声音不时响起。有人分到房子，有人评上职称，小陈就是后者。

“恭喜啊，你评上副教授，可以有自己的办公室，这下舒服了吧？”恭维声里带着明显的酸味。

“其实我挺喜欢这里，办公室空荡荡，怪寂寞的。”话虽这么说，小陈却满脸得意。

没人注意到，李川正木然地看着电脑屏幕。名单上没有他。其实论资格和业绩，他都比小陈要好——他二十七岁地质学博士毕业，然后直接任教，学生对他的评价很高。但他现在三十四岁了，还是一个普通讲师，窝在寒酸逼仄的教职工宿舍里，年年的职称和房子，都落到别人手里。

这一切，都是因为他得罪了副院长。刚才副院长离开时看他的那一眼，分明带着鄙夷和嘲笑。事情很简单，几年前一个男生经常旷课，考试一塌糊涂，副院长打招呼，说男生是他侄子，要出国，让李川放一马。但李川觉得这样做对其他学生不公平，就没让那男生及格。男生出国的事情泡了汤，李川的好日子也到头了，只要陈副院长在一天，小鞋儿就永远穿不完。

好不容易熬到下班，李川骑车回宿舍，半路下起了雨。轻轨单车年头太老，被雨水浸了，引擎"突突"响了两声就熄火了。李川的愤懑在这一刻爆发，他狂叫一声，把车狠狠掼在地上，使劲儿用脚踩。路人用诧异的眼神看着他。

发泄了几分钟，他冷静下来，推着车在雨中艰难前行。雨越下越大，城市笼罩在蒙蒙水雾里。等到了宿舍，李川已全身湿透。他胡乱擦了几下身子，就坐在电脑面前，开始查新闻。

几个门户网页的头条都是关于这场地震的，标题耸人听闻，像什么"浩大地震袭沙漠，神秘汉字显迷局"之类。他扫视几行，内容大同小异，便直接点击到讨论区。

讨论的人很多，主要观点有两种。一种是巧合说，认为只是裂缝的组合恰好符合汉字笔画而已。另一种是人为说，说是中国人发明了大规模地质武器，想夺取美洲土地。两派人争执不下，前者骂后者被“中国威胁论”吓得草木皆兵，后者则对前者的鸵鸟主义表示不屑。此外，还有一些想法也得到了不少人的支持，比如这是外星人的杰作，或是末日的征兆，是玛雅预言推迟了五十几年后的重新降临。

网上的讨论逐渐变成谩骂，李川关了电脑，走到阳台前。天色已晚，雨声不绝，路灯在雨中被淋成了模糊而昏黄的一团光。雨声中隐隐传来了哭声，李川循声望去，看到一个五六岁的小女孩站在角落里，抹着眼放声大哭。

“妈妈……妈妈，你不要我了……”女孩边哭边喊，声音透过雨幕，稚嫩而委屈。李川认识这个女孩，她住在楼上，格外调皮，经常惹父母生气。眼下，肯定是又犯了什么错，不敢回去，只能靠哭声来求得原谅。

果然，没过几分钟，她的妈妈就出现了，拉着她回家。妈妈余怒未消，寒着脸，也不说话。

“妈妈，我再也不敢了。”女孩小声说。

妈妈缓和了一下脸色，说：“你要是再弄坏家里的东西，我就把你赶出去。”

女孩连忙把头点得跟小鸡啄米似的。

看着这对母女走进楼道，李川笑了笑，也转身回屋。雨顺着屋檐滑落，滴到他头上，头皮一阵冰凉。他突然浑身一震，刚才听到的对话在脑袋里一遍遍回响，由微至强，不啻惊雷。

他猛一拍脑门，跑回卧室，从书柜里搬出一大摞资料，都划满了红红绿绿的标注。他几乎把脸贴在资料上，仔细地凝视着。他的脸色越来越凝重。

这一夜，他通宵查阅，资料撒了满地。接下来的整个周末他都窝在家里，电脑连着开了几天，在浏览器访问记录里，“地球”“生命”“环境”是出现频率最高的几个词。

几天下来，李川的身体开始吃不消，加上之前淋了雨，他终于病倒了。

三

李川拖着病体来到学校，发现办公室没人。问保安才知道，学校办了一场地震知识普及讲座，主讲人是副院长，所以老师们都过去捧场了。

等李川赶到演播厅，副院长已经讲到了尾声：“……地球内部充满了巨大的能量，释放出来，板块活动、地表破裂，这都是正常现象。至于最近闹得沸沸扬扬的什么地震写汉字，大家不要惶恐，也不要乱猜，这多半是某些人为了制造噱头弄出来的。”

接着是学生提问。一个戴眼镜的女生举手说：“可那怎么能弄出来？有人说这是地质武器，但就目前的技术来说，根本不可能。虽然现在科技很发达，太空技术已经成熟，深海探测也日趋完备，但对于脚下这片土地，我们仍然知之甚少。”

“我举个例子吧，你知道麦田怪圈吗？”副院长说，“最开始的时候，人们也对它很不解，认为只有外星人的飞船才能做到。但事实上，那是当地人为了吸引旅游而搞出来的名堂，制作很简单，只需要木杆、绳子和板。还有魔术，看的时候觉得很神奇，但一旦揭开原理就什么都不是了。这次也一样，虽然我不知道是谁、是怎么弄出来的，但只要同学们保持一颗求知探索的心，谣言就会不攻自破！”

最后几个字的声音很大，响彻厅堂。老师们心领神会，带头鼓掌，学生也纷纷拍手。副院长满意地点头，等掌声弱了，拿着话筒道：“那今天的讲座就结束了，希望同学们听了之后，能有一定的收……”

“您说错了，这次地震没有那么简单！”

所有人的头同时转向，无数道目光汇聚到角落里那张惨白的脸上。

“是李老师啊！”副院长笑了笑，温和地说，“那你有什么高见呢？”

李川往台上走去，眩晕使他的步子有些飘。途中，一个老师起来给他让路，错身而过的时候，低声对他说：“算了！就算名单上没你，现在也不是闹的时候，私下里再说。”

但李川没理会，踉跄地走到台上。“这次地震……”他深吸口气，脑袋里的嗡嗡声小了些，说，“美洲沙漠下的地壳很稳定，不应该突然发生这么大的地震，震后的裂纹不但组成汉字，而且这些汉字还排列成了有明确意义的一句话。世上没有这样的巧合……”

“跟我说的一样嘛，是有人故意而为。”

“是故意而为，但不是人类。”李川摇头道。

台下响起一阵哄笑，已经有学生拿出手机来拍摄了。副院长脸上笑意更浓——这可是李川自己要上来当众丢脸的，怪不得他。他饶有兴致地问：“李老师，你的意思是，这次地震真的像网上所说，是外星人干的？”

不料李川依旧摇摇头：“除了外星人，地球上还有其他智慧生命。”久病带来的眩晕感越发浓了，他不得不靠咬舌尖来保持清醒，“是地球本身。”

哄笑声逐渐消失。副院长愣了一瞬，冷声道：“荒谬！”

“这个想法脱胎于洛夫罗克在20世纪中叶提出的盖亚假说。地球本身就是生命体，是行星尺度的巨型智慧生物。这近似于狂想的理论被无数人嘲笑过，但我查资料，发现越来越多的事实证明了这一点。最典型的是，太阳系中，只有地球处于不冷不热的状态，适宜生物生存。”

“那是因为地球恰好处于与太阳恰当的距离上，适宜的温度加上充足的水分，使得生命繁衍。”副院长心里隐隐冒出不安的感觉，决定结束这场闹剧，“李老师，你身为师长，任何猜想都要在科学框架内，不要把盖亚假说这种神棍学说摆上来！好了，现在……”

李川打断他，声调猛地拔高：“但与地球相比，金星和火星都离太阳更近，为什么前者热而后者冷？尤其是金星，化学性质和体积都与地球相似，表面温度却高达四百多度。所以距离并不是决定温度的原因。”

“那……”副院长顿了一下，“那是因为金星表面有大量二氧化碳，包裹住了星球，形成了一种‘超级温室效应’。”

“是的！”李川似乎就是在等这句话，他转过身，目光炯炯地看着底下的学生，“在地球形成之初，大气内的二氧化碳浓度也高达98%。但这并没有使地球变成跟金星一样的蒸笼，而是逐渐转化为适宜生命发展的乐土。这种负反馈的调节方式是极其精准而宏大的，很难说不是地球有意而为之。除此之外，辐射加剧而地球恒温，永不停止的地壳运动，这些都在向我们展示地球的生命特征。我们是地球养育的子女，生活在它的表皮上。”

副院长怒极反笑：“好，就算地球是生命，有智慧，养育了我们。但我问问你，既然它是人类的母亲，那为什么它现在要让我们离开？”

“如果我身上寄生了细菌，我也会用药来杀灭它们。相比起来，地球已经很温和了。”

“笑话！你竟然把人类比作细菌？”

“对，人类不是细菌……”嗡嗡声在脑袋里越来越响，李川晃了晃，差点儿跌倒。他掐着手指，咬着舌头，视线却越发模糊。他声音近乎嘶喊，“事实上，人类连细菌都不如，人类是病毒！只有病毒才会无休止地扩张，疯狂掠夺资源，破坏母体的健康。我查过，自工业革命以来，环境的恶化几乎呈指数增长。到了现在，57% 的水体被污染，61% 的森林被砍伐，这是我们母亲的血液和皮肤啊！臭氧层几乎全部消失，我们制造的垃圾可以填满黄海，地球已经承受不了，就像母亲不能再忍受调皮的孩子一样……”

他的声音在回荡，台下一片寂静。

“现在，母亲要抛弃我们了。”说完，李川眼前一黑，倒在台上。

工作人员连忙来扶他，学生们散去。回去后，有人把这段激烈辩论的视频传到了网上。

四

李川在医院里待了半个月。出院时，看着账单，他犯了难。医保可以解决一部分，但剩下的依然够呛。本来讲师工资就不高，加上他把钱都花在了购买地震资料上，或是飞到地震现场考察，没有攒一分钱。这也是他一直单身的主要原因。

他想了很久，能借到钱的，竟然只有宿管老王。

老王到医院把他接了回去，付账时叹息了一声，说：“好歹是大学老师，怎么混得这么惨？”李川苦笑一声，没回答。

生活继续。他回教室上课，在办公室里办公，似乎什么都没发生过。唯一变化的，是人们对他的态度。原先还有同事跟他打招呼，现在他进办公室，没有一个人抬头。

看似平静的海面下，往往酝酿着滔天巨浪。一个月后，李川接到通知，他需要重新接受教师资格考核，停薪留职，等待院领导做进一步研究。

这肯定是副院长在捣鬼，李川清楚，但毫无办法。收拾东西时，同事忍不住说道：“李老师啊，你不要犟了，去求求副院长，说你不是故意的，那天是发高烧了说胡话。你要是什么都不做，肯定凶多吉少。”

李川在门口停下了，但没有转身：“迟早有一天你们会知道我说的都是正确的。那个时候，整个人类都要依靠我。”

回去后，李川只能在老王那儿蹭饭了。老王倒是豁达，唯一的要求是让李川陪他下棋。李川正愁时间没处打发，每天搬个板凳，和老王在棋盘上厮杀不休。

“你怎么一点都不着急啊？我老得半截身子骨都埋土里了，耗时间无所谓。”这天，老王又下赢一局，却没急着摆棋谱，“但你不同，你得为以后打算啊！要是真被开除了，以后怎么办？”

“你是不是怕我老是赖吃赖喝啊？”李川把棋谱摆好，说，“放心，欠你的钱我肯定能还上。这局我先走，就不信赢不了你！”

见李川满不在乎，老王也就不再说什么了。

有时他们还去钓鱼，钓到了就熬一锅汤，整栋楼都能闻到鱼香味。每次钓鱼结束，李川都不急着走，怔怔地看着落日在水面铺出点点碎金，看着波光渐隐，看着暮色覆盖。只要老王催他，他就会幽幽地叹口气，说：“再多看一眼吧！很快就看不到了。”

半个月后，一场罕见的地震在芝加哥爆发，整座城市陷入地下，两百多万人丧生。这是人类史上最重大的自然灾害。正当全球处于悲恸中时，人们惊愕地发现，已经从公众视野中退出的美洲大沙漠上，那行汉字发生了变化，巨大沟壑组成了另外的句子——“现在所有的报纸都在报道这事。已经没人相信是巧合了，大家全在猜到底是谁干的。”老王照例买了份报纸，一边看一边啧啧称奇。

李川接过来看，硕大的标题映入眼帘：“谁为两百万亡魂的控诉负责？”报道详尽描述了芝加哥的惨状，并引用了美国政府的声明：“无论是谁，哪个组织，甚至是哪个国家，只要我们查出来，必定会让其付出惨重代价。”另外，已有十几个恐怖组织宣称对此事负责。

李川翻了几页，果然都是类似报道，只有尾页用小篇幅报道了其他事，如“俄罗斯杀手刺杀美国总统，失手被擒”之类的。

“要搁往常，这事一定能上头条，但现在……”老王叹息一声，摆好棋局，“来来来，今天看你能不能赢过我。”毕竟芝加哥远在另一个半球，老王只关心眼前的事情。

没下多久，李川就露出败象，丢了一马一炮。轮到他了，他拿起车，却迟迟不敢落子，盯着棋局思考。老王稳操胜券，也不急，乐呵呵地晃着腿。

这时，一辆黑色豪华车滑翔进来，停在院子里。两个皮鞋墨镜黑西装的男人从车里出来。他们径直走过来，问："你是李川博士吗？"

"我就是。"

"我们需要你的协助。"

"我知道，我一直在等。"李川点点头，又转头对老王道，"这些日子谢谢你。我屋里的东西不要了，全部送给你，虽然不多，但够我欠你的钱。"说完，他跟着西装男人上了车。车子刚离地，他又把脑袋伸出窗子："对了，这局棋要下完。我下一步是把车沉底，你肯定会用马回防，然后我就摆炮。那接下来，我在五步之内就能赢。"

直到车无声而迅速地在半空远去，老王才反应过来。他按李川说的步骤摆棋，发现自己果然露出了破绽，五步必死，绞尽脑汁都没有解法。

"臭小子！"老王扔了棋，喃喃骂道，"原来是扮猪吃老虎。"

五

李川并不是唯一被邀请进这间会议室的。

很多人走进来，他只认识其中少部分——都是国内地质学的顶尖人物。他知道自己本不够格参与这次会议，但他与副院长激辩的视频在网上很火，拥有不少支持者，所以也受到了政府的邀请。

“你是李川？”一个苍老的声音传来。

李川往后看，发现是一个满头白发但精神矍铄的老者，正微笑地看着他。他疑惑地问：“您是？”

老者说：“我姓钱，是代表中科院来主持会议的。我看了你那段视频，很好，年轻人就应该敢想敢说！”

正说着，人陆续到齐，会议开始了。钱老拍拍李川的肩，走到会议桌前，满屋子的议论声安静下来。

“各位都是在地质学领域有声望的人，想必清楚这次地震的始终。我就不多说废话了。”钱老说着，身后的全息影像浮现出几行字，“关于地震的猜测，目前主要集中在巧合论、外星人论、地质武器论和母亲弃儿论上面。这次会议，就是要综合以上可能性，商量出各种应对方案。”

所有人都点头。

“那我们逐一讨论。在座支持巧合论的有哪些？”

零星有几只手举了起来。巧合论本来是最主流的观点，但芝加哥在地震中被摧毁，同时汉字再次改变，使得这个理论失去了大部分支持者。

既然假定为巧合，就不必讨论方案了，议题很快跳到外星人论上。支持这个观点的人多了些，方案是一方面加强防卫，另一方面发出信号，争取与潜藏在地球上的外星人取得联系。

支持地质武器论的人最多，认定是某些组织掌握了先进技术，能驱动地壳移动，制造恐怖的人为地震。这样的话，就需要联合处理，科学家查出地质武器所在，同时警方加大反恐力度。

“现在，就剩下最后一个观点了，母亲弃儿论，谁赞同？”

整个会议室，只有李川举起了手。周围的人诧异地看着他。

“各位，他叫李川，是C大地质学院的讲师。”钱老介绍道，“是他提出了母亲弃儿论。”

李川站起来，点头致意。

钱老问：“那你对此有什么建议？”

“我们要与地球对话。”

周围的人本不屑区区一个讲师出风头，闻言更是摇头，讥讽道：“地球妈妈的家里不会装了电话吧？”

李川面色不变，说出了自己的主意。

“荒谬！胡闹！”会议室里顿时闹哄哄的，像一锅沸水，有人摇头，有人冷笑，有人嚷嚷，“地质学的资格可不是靠网络点击率获得的。在小学生课堂里，我听到这种话会觉得想象力不错，但在这间房子里，我只有四个字——不学无术！”

钱老把这次会议的讨论结果报上去，除了最后一个方案，其余全部通过。于是，所有波段的信号都发出去，向外星人表示友好；地质学家研究土样，试图找出人工地震的痕迹；情报人员在全球穿梭，恐怖组织被逐一端掉……

这个过程中，东京在地震中化为废墟。美洲沙漠的汉字再度变化：于是领导们重新翻出报告书，揉了揉太阳穴，问钱老：“这么干真的可以吗？”

“只能死马当活马医了。”

“啪”！计划书的最后一个方案被盖上了红章。

翌日，一条招募信息在全国各地电视台滚动播出，并占据互联网所有头条。一周后，三百万应召而来的人们齐聚华北平原，在专人指挥下，有序地站成“你是谁”三字阵型。他们都背着沉重的铁块，同时起跳，大地颤动。

两个月后，一场地震在华北平原上爆发，直升机俯视大地，十几个汉字赫然显现——

为何要驱逐我们？

可地球是我们的家园，除此之外，我们无路可去。

我们会悔改的，环境在恢复。

我们还没有能力使所有人都登上宇航舰。

请再给我们一次机会。

您还在吗？

请回答我们。

六

李川回到 C 大的时候，已经是四年后了。

与地球的对话很耗时，一次问答就需要两个月。刚开始，各国都在组织人民跳跃沟通，地球逐一回应。人们渐渐了解了这个行星尺度的生命体——地球类似于单细胞生命，大气层、水体、岩层分别对应细胞壁、细胞液和细胞核，它的信息采集及思维运算都集中在地心。此外的很多细节，还属未知。

但到了后来，当所有人都恳求能继续留在地表时，得到的回答就是一片沉默了。沉默意味着坚决。每隔一段时间，地震就会毁掉一座城市，以示督促。无奈之下，各国只能全力制造舰只，准备进行外空间移民。李川顿时清闲下来，便跟钱老请了假，回 C 市看看。

正值深秋，枯叶在萧瑟的风中发抖，空气又干又冷。他缩着脖子来到职工宿舍，发现宿管已经换成了一个女的。

“你问老王啊？他收拾东西回老家了。现在都在分配移民名额，他说年纪大了，就不去争了。他还说，他母亲过世之后，就以为没有亲人了，现在发现还有个地球妈妈，想趁晚年多陪陪——虽然这个妈妈要赶我们走。”

李川怅然若失地听完，正要转身离开，妇女又迟疑着问：“你是那个地质学家吧？我在电视里见过你的采访。多亏你了，不然我们永远都不知道脚底下这片土地是活的……”

李川在校园里漫无目的地走着，银杏树光秃秃的，校道上人很少。叶子在地上滚动，整个校园一片荒凉。

“李老师。”身后突然有人叫他。

称呼已经有些陌生了，但他记得这个声音。他转过身，果然看到陈副院长小跑着过来，脸上满是殷勤而胆怯的笑。

“是副院长啊！”李川故意把声音拖得很长，“这可真是稀奇，您居然跟我打招呼了。”

“你是学校的骄傲，应该的应该的……”

"怎么会呢？我记得我都要被学校开除了，我想您都不会跟别人提起我，嫌丢人吧？"

副院长欠了欠腰，连连摇头，头上几缕白发在秋风中抖动。李川愣住了：这两年来，他想过很多羞辱副院长的办法，但现在，看到对方唯唯诺诺甚至略带佝偻的样子，他发现竟生不起气来，仿佛过往一切都烟消云散。

他叹了口气，说："你有什么事吗？"

副院长犹豫了一下："我想求你件事。我儿子一家三口，申请了几次都拿不到移民名额。现在你是名人，有影响力，能不能帮我弄三个名额？"

"只要三个？你呢，不走吗？"

"我本来就是该退休的年纪，估计活不了十年。我以前是不地道，得罪了你，但毕竟共事一场……"

李川点点头："我会想办法的，你放心吧！"

"你……"副院长一愣，他事先想了很多说辞，低声下气也能忍，却没想到李川这么轻易就答应了。

"当整个人类都要被驱逐时，个人恩怨实在是微不足道，以前的事就算了吧！"李川望了望昏黄的天空，无数星辰隐在那背后，却看不到，"不过，就算在太空生活，也不容易。我们还没有找到适宜居住的行星，只能在宇宙中流浪，那会很寂寞的。"

副院长哆嗦着嘴唇，深深鞠了一躬，哽咽道："不管怎么样，能活下去就好了。"

是吗，只要能活下去，哪怕无家可归，哪怕永远流浪，也是值得的吗？李川怔怔地想，直到脖子仰得酸了，也没想出答案来。

几只大雁在半空掠过，叫声格外寂寥。

辞了副院长，李川爬到教学楼顶，风倏地变大，衣摆猎猎鼓荡。他坐在栏杆上，看着天色渐暗，看着华灯初上，高大的建筑在黑暗里站成模糊的巨人。这才是人类能够生存的环境。而一旦移民到宇宙，等待人类的将是一片未知，或许文明之火会熄灭在那无边无际的虚空中。

他在楼顶坐了很久，也想了很多，深夜时才站起来，掏出手机拨通了一个号码。

“钱老吗？”他哆嗦着，声音在寒风中飘忽，但无比坚定，“我想到了一个办法，可以让人类留在地球上。”

中篇

一

“快出来！”

话音未落，破损的承重墙在余震中轰然倒塌。汤姆的心顿时揪起来。所幸灰尘弥漫中，一个人影迅捷地奔出来，脸上满是尘土，怀里抱着一个昏迷的男孩。

“要是迟一秒钟，你就被埋在里面了！”汤姆心有余悸，大声呵斥，“看在上帝的份儿上，你不能再这么冒险了！”

“下次不会了……”那人微微喘气，胸前起伏，竟是个女人。她短发齐肩，满脸尘土遮不住面容的清秀，典型的亚裔面孔。

“见鬼，南宫，你上次就是这么答应我的！”

“以后再说吧，这孩子失血过多，你赶紧把他送到医院。”南宫璇把孩子递过去，蹲下来，深吸好几口气。刚才她一听到小孩的哭声，就奋不顾身地冲进危楼里，现在回想起来，才后怕得心脏狂跳。

休息了一阵，南宫璇站起身，环视四周。

这是震后的哥本哈根。它曾被誉为全球最美的城市，现在却以一种令人触目惊心的姿态铺展开：大地像是被成群巨兽蹂躏过，沟壑密布，裂缝纵横，建筑物密集倒塌，视野里只剩一片苍灰色，以及零星的救援者。余震未消，脚底能感受到隐隐的脉动，南宫璇知道，这是地球母亲的呼吸。

略带咸味的风从波罗的海刮来，在废墟中穿梭，像是呜咽，又像是一曲哀歌。

休息好后，她匆匆赶往医院，得知那男孩叫拉穆斯，十岁，被埋了九天，是靠吃死老鼠和喝尿活下来的。他的腿被压住，血管阻塞坏死，即使截肢也不能保证脱离危险。

“疼吗？”南宫璇看着病床上的男孩，心疼地说，“不过你真坚强，很多大人都撑不了这么久！”

“我的爸爸妈妈呢？”

南宫璇心里一抖，脸上挤出笑容，说：“放心，他们被救出来了，在别的医院，等你伤好了他们就来接你。”

拉穆斯的脸十分苍白，金色头发耷拉着，咳了几声。他似乎有些累了，慢慢闭上眼睛，眼角却滑出泪。

“你先休息，姐姐会再来看你的。”南宫璇俯身亲吻他的额头。

“他们是不是死了？”

南宫璇浑身一颤，喉咙顿时哽咽了。她不知道该说什么，长久地沉默着，长久地亲吻着。拉穆斯也没有说话，他的呼吸逐渐均匀悠长，睡着了。

接下来的日子里，南宫璇白天在废墟里寻找幸存者，晚上看望拉穆斯。地震过了十几天，搜救希望越来越渺茫，停尸场上的尸体已经摆不下了，为防瘟疫，尸体来不及确认就聚堆焚烧。整个城市弥漫着令人压抑的气味。

拉穆斯是个天使般的男孩。他睡着时脸庞洁净无邪，醒来后眼睛清澈明亮，金发柔软，眼神安详。这样的男孩简直无可挑剔——除了他的两腿被截掉。

他很快从失怙和残疾的阴影中走出来，他很喜欢南宫璇，总黏着她。在纯净笑容的感染下，南宫璇的郁闷一扫而空，跟他讲述自己参加援救组织的见闻。

“姐姐，你救过多少人啊？”一次，拉姆斯枕着南宫璇的腿，睁大眼睛问。

南宫璇一边捋拉姆斯的头发，一边回忆：“七十五个。因为每救一个，都代表一条生命不必消失。或许这对整个人类来说微不足道，但对当事人很重要，所以我记得很清楚。不过，每次地震就有成千上万的人死去，我能做的还是太少。”

“我听说，地震都是因为我们做错事了，地球生气了，在催我们离开。他们说地球是人类的母亲，死了那么多人，地球妈妈就不心疼吗？”

“地球是另一种生命，思考方式跟我们不同。”南宫璇努力想着简单的说辞，“比如你犯错了被体罚，妈妈打你屁股，她不会下狠手，但你屁股上的细胞肯定会死几个。地球也不想伤害整个人类文明，但要惩罚，就顾不得个体伤亡了——我们就是屁股上小小的细胞。只要不对整个人类文明造成致命伤害，地球是不会在意的。”

拉姆斯似懂非懂，想了好久，才撇着嘴说：“我妈妈才不会打我屁股呢，她可疼我了！”

几天后的晚上，南宫璇刚从医院出来，就看到了站在墙角抽烟的汤姆。火光在黑暗中明灭不定，照得汤姆粗犷的脸也一闪一闪。

“怎么了，有事找我？”

汤姆深吸一口烟，吐出烟头，踩灭：“这里的搜救工作基本上结束了，所以，救援队打算去莫斯科——今天早上，那里发生了地震。”

“好的，我这就收拾东西。”尽管舍不得拉姆斯，但想到还有更多人需要专业救援，南宫璇便立刻点头，“我们明天什么时候走？”

“不是‘我们’——你不用去。”

“为什么？”南宫璇愣住了，“是不是因为我每次都冲进去救人？我发誓，以后一定听你的指挥！”

“不是的，你有更重要的任务。”汤姆拿出一块晶片，晶片四周立刻翻转扩展，延伸成 A4 大小的显示屏，上面流水般显示出南宫璇的资料，“这是我给你写的推荐信，已经被北京方面通过了，他们同意你过去参加应征谈判员的面试。”

“谈判员？跟谁谈判？”

“跟地球。”见南宫璇一头雾水的样子，汤姆耐着性子说，“你可能没看新闻。是这样的，前不久，中国决定实施一个让人类继续留在地球上的 SP 计划——拯救人类。计划的内容是派人到地心去跟地球谈判。本来所有人都觉得这很荒谬，但提出这个想法的人叫李川。

正是他想到了母亲弃儿论，还提议用脚踩地面的方式跟地球交流——刚开始这两个想法被人们视为荒诞，但事实证明他都对了。他说，地球本可以轻易毁掉人类，但还是不嫌麻烦地警告和催促，说明地球对人类还有感情。”

南宫璇用心听着，点点头。

“踩地面来沟通太耗时，主要是因为通过震动的信息传递方式太慢，而地球的思维中枢在地心。到了那里，直接跟地球说话，就相当于省去了反射弧，会快很多。最重要的是，”汤姆把手按在南宫璇肩上，郑重地说，“到了地心，让地球亲眼见到我们，看到它的子女们，或许它就不会赶我们走了。就像这个世界上所有的母亲一样。”

“那为什么要推荐我？你才是队长，一手创建了这个人道主义组织。”

“你是最适合的。中国方面的要求，是懂谈判，会说汉语，地质知识过硬，而且，还要是女性——善良的女性。你是中国人，有心理学博士资格，参与过地质调查……至于最后一点，我可以向上帝保证，你绝对符合！”

南宫璇说：“可是，我想跟你们一起去救人。”

“听着，南宫，现在航天技术虽然跟五十年前相比有很大进步，但想在十年内把所有人转移到太空中，是不可能的。最多只有一半人能进行星际移民。这意味着，六年后，有接近四十五亿人会死。所以，你要去应征，那样你会救更多的人。”

黑暗中，汤姆目光灼灼地看着她，即使隔着衣服，她也能感受到皮肤上的炙热感。

第二天，跟拉穆斯道别后，南宫璇登上了去北京的飞机。

二

刚出机场，一股沙尘便迎面扑来。南宫璇一手捂鼻，一手招了辆出租车。

司机边开车边喋喋不休："北京这地儿，现在还没出啥事，可保不准什么时候就给震没了。嗨，你说这叫什么事儿，住得好好的，突然要被赶走！"

南宫璇没搭话，望向车窗外。外面是北京昏黄的天空，几丝旧棉絮一样的云耷拉在空中，没有鸟儿飞。

车子驶上二环，一路朝地质所开去。南宫璇问："这里怎么不堵车了？"

"这是什么地方？"司机用鼻子喷了口气，"怎么说也是京城！多少有钱的有权的！移民的名额一放出来，怎么说也得先顾着咱北京人。人一走，地也就空了。"

"是吗，那你怎么还留着？"

司机顿时闭上嘴，好半天才嗫嚅着说："我……过阵子我也是要走的。"

南宫璇不置可否。就算有北京户口，也不是所有人都能移民，但她没说出来，闭目养神。

到地质所的大院后，她行李都没放下，按照标识进大厅去办手续。让她吃惊的是，大厅里居然挤满了人，各色人种都有，闹哄哄的。工作人员手忙脚乱地维持着秩序，让大厅里的人排队。

等到南宫璇排到队前，已经是一个多小时后了。她把证件递过去，工作人员扫描一遍，点点头："嗯，有你的记录。来，拿着这个挂牌，三天后到这里接受考核。”

“好的。”南宫璇把挂牌接过来，又问，“那我这几天住哪里？”

“哦，来应征的人实在太多，我们包下的宾馆酒店都住满了。你在北京有认识的人吗？”

“没有。”

“那你得自己想办……”工作人员漫不经心地说，突然看到屏幕上南宫璇的推荐信，一脸惊讶，“你是救援队成员？汤姆·帕克的救援队？”

南宫璇点点头。

工作人员顿时对眼前这位风尘仆仆的女子肃然起敬：“你们都是好样的，无偿救援灾区，我在电视里面看过对你们的报道。”顿了顿，他打开抽屉，“一个高官的老婆也来应征，这张房卡是给她预留的，来，你拿走。”

南宫璇到了酒店，放下行李，立刻给哥本哈根医院打电话。医生说拉斯穆的病情并不乐观，腿部断口有恶化的趋势。但当电话被交给拉斯穆后，她还是听到了爽朗轻快的声音，仿佛病魔并没有在这个少年的天空里掺杂一丝阴霾。

“姐姐，你要加油，你一定能选上的！”拉斯穆在电话里肯定地说。

三

第一轮考核是笔试，内容无所不包，地质学、历史学、汉字学……光试卷就有十几页。地质所严格按分数筛选，来应征的数千人中，留下的只有一百人。

看到名单上有自己的名字，南宫璇松了口气。接下来的五天都没事情，她打算好好游一下北京。

天空依然昏黄，像一张在古旧岁月里粗糙泛黄的纸。北京这座古城笼罩其下，也带着时光磨砺的苍凉感。这趟游玩并不尽兴，南宫璇到香山，只发现一片枯败；上了长城，满眼都是黄沙尖啸的场景；而名满天下的天安门广场，也因行人寥寥而显得有些萧索。

第四天下午，她到了故宫。古老皇城沉默在金色阳光的沐浴中，门前只有一个老头在卖门票。看到南宫璇，他咧嘴笑道："今天不错，还有两个顾客。"

"怎么会这么少呢？"南宫璇一边掏钱一边问。

"唉，都在想办法弄船票，弄到的立刻就走，弄不到的在家里惶恐不安。没什么人有闲心来这里。"老头叹口气，"世道变了。故宫也不是原来的故宫了，早些时候，被砸坏了很多东西，你也看不到什么了。"

南宫璇默然，把钱递过去。

老头扯下一张票，却没收钱："算了，进去吧。"

南宫璇摇摇头，但老头倔强，硬是不肯收钱。她只得无奈地走进去，临进门前，她听到老头在身后再度发出一声长叹："世道变了啊……"

正如老头所言，故宫被损坏了不少，到处残砖碎瓦，倾圮的墙壁似乎在哀声诉说着什么。南宫璇知道，这种破坏，并不是出于地震，而是人为。

当地球要驱逐人类的消息传开后，世界一度陷入混乱。谁都不知道下一个被震毁的会不会是自己的城市。网络上弥漫着悲伤绝望的气氛，而现实更加疯狂。无数教派趁机兴起，敛财行骗。无数人上街游行，好事者趁机起哄，游行变成暴行，打砸抢烧，犯罪率上升到前所未有的高峰。故宫就是在这纷乱中被破坏的。各国政府花了很长时间，动用军队镇压，才逐渐恢复社会体制。

但无论怎么恢复，有些东西肯定是回不来了。一个在薄冰上行走的世界，每前行一步，都会失去它曾拥有的美好。

就像眼前的故宫。

太和门前的狮子雕像被推倒了，公狮碎成几块，母狮侧躺着，空洞的眼睛望向远处。南宫璇伸手去摸，粗粝的触感在手心蔓延。

再往前走，转过几个墙道，她发现已经不记得回去的路了。故宫深广曲折，以前就有不少人迷路。她有些着急，快步找路，但没有效果。最后她坐在一处台阶上，太阳西沉，淡金色的光辉在断壁残垣上缓缓游移。

一个男人走进视野，拿着相机，走走停停，对断壁残垣拍着照。男人也看到了她，坐过来，揉揉腿："你是第一次看故宫吗？"

"嗯。"

"那太遗憾了，以前的样子才好看，夕阳照过来，从那里，"男人指着远处的乾清宫，"到这里，都闪着金色。那才像是皇宫的样子。"

“你以前看过吗？”

男人摇摇头：“没有。所以我才觉得更加遗憾。现在的故宫都快成废墟了，跟圆明园差不多。圆明园是英法联军破坏的，故宫，却是毁在自己人手里。人啊，发起疯来，真是……”

南宫璇有些奇怪地抬头，打量起这个三十几岁的男人。他样貌普通，眼神却透着一股子苍凉。不知道是他本身的气质如此，还是倒映在他眼中的古老的、荒废的故宫所致。

“你说，自然界这么多物种，为什么最后爬上进化树顶端的，是我们人类？”男人这样问着，眼睛却看向渐渐下沉的夕阳。西边仿佛有潭深渊，在一点点把太阳往下拉，光线变得暗淡。

“是因为人类对感情有了真正的领悟吧！”南宫璇思索着，说，“原始社会，一群族人住在一起，努力使每个人都能活下去。提供这种凝聚力的，就是感情。优胜劣汰，感情是人的优势，当然，其中也伴随着智力上的提升。”

“你是说，人类爬上进化树，是因为我们有——”男人似乎不愿意把最后那个字说出口，“爱？”

“是的。”

男人突然笑起来：“嘿嘿，真是幼稚！我告诉你，人类之所以能够进化繁衍，统治地球，是因为贪婪！这是埋在基因里的欲望。从古至今，我们的战争就没有停过。我们占领地盘，猎杀其他物种，我们掠夺资源。这才是我们的看家本领！你看，如果不是这种贪婪，我们根本不会这么快被地球赶走。”

他的声音里带着一点狂热。南宫璇有点被吓到，往旁边挪了挪。

男人也意识到了自己的失态，不再笑，也没说话。两人坐在台阶上，断墙的阴影慢慢覆盖过来，起风了，沙子在地上摩挲。

“走吧。”男人站起来，“再不走就很晚了。晚上这里可不安全。”

南宫璇点点头，跟着男人走出了故宫。卖票的老头还在，孤零零的，一头萧索的白发在风中凌乱。而天边的夕阳，正无力地洒下最后一抹余晖。

四

第二轮考核是面试，考查心理素质。

南宫璇被十几个专家围着，回答起问题来还是淡然从容，吐字清晰。整个过程都很顺利。

“好的，我们没有别的问题了。”

南宫璇道了声谢，起身要走，这时，办公室里突然响起一个声音：“等一下，南宫博士，我还有一个问题。”

所有人的目光都往角落里看去。那人之前一直没说话，南宫璇也没有留意到，但现在，她的眼睛像针扎似的抽搐了一下——是在故宫里遇到的那个男人。

“这是李川博士，SP 计划的发起人。”一个专家笑着介绍。

南宫璇有些愕然，但脸色未改：“还有什么问题呢？”

“我想问，你觉得是什么，使我们人类在自然界中脱颖而出，占有领导地位的？”

“是因为我们懂得爱和尊敬。”

"哦，"李川笑笑，"是吗？"然后便没再说话。

回到宿舍后，南宫璇把行李收拾好，然后等着自己被淘汰的消息。名单一出来，她就打算起身去莫斯科找汤姆。

但到了晚上，名单公布，最后剩下的十人里，赫然有她的名字。另外的九人，无一不是声名显赫之辈，她在网上查了一下，惊讶地发现，其中竟还有欧洲某国的公主。

最后的审核安排在十天后。在第九天晚上，南宫璇接到了来自哥本哈根的电话，是医院打来的，医生的语气很凝重，让她心头掠过一丝不祥之感。

"怎么了？"

"是拉斯穆，他病情恶化，可能撑不了多久了……"

南宫璇只觉得心口一凉，像被塞进去一块冰。她握电话的手有点颤抖，深吸几口气才勉强镇定下来，问："他现在怎么样？"

"陷入昏迷中。但他在昏迷前，说希望能够见你一面。"医生犹豫了一下，补充道，"最后一面。"

"好的，我马上过来。"

放下电话，她立刻上网查机票。要是现在过去，最早回北京的飞机是在后天，那明天的考核就赶不上了。她揉着太阳穴，拉斯穆天真纯净的笑容在脑海里浮现，随着记忆涨落，越来越明晰。

她咬咬牙，给地质所的办公室打电话。

已经很晚了，但电话还是立即接通。"喂？"传来的是李川的声音。

"我想请假。明天的考核能不能往后延迟几天？"

"南宫博士？"李川听出了她的声音，"不能。不可能让所有人都等你。”

“可我有急事，必须要离开一趟。”

“难道现在还有比拯救整个人类都急的事吗？”

南宫璇一愣，临行前汤姆的谆谆叮嘱又回响起来。的确，整个人类和一个垂危的男孩放在天平两端，孰轻孰重她自然知道。

但……但她怎么能辜负那个男孩清澈明媚的眼神？

“还是不行，”听了事情的原委，李川的语气依旧冰冷，“我们为这件事花费了你想象不到的人力物力，不能这么当儿戏。”

南宫璇闭上眼睛，长长吸了口气：“那我退出。”

“什么？”

“我说，我退出这次应征。”

“你想好？你知道你刚才说了什么吗？你会为你说的话后悔的。”

“是的，我肯定会后悔，但那是以后的事情了。”南宫璇不想多谈，“祝你们顺利。”

“等等，别挂电话。”

南宫璇拿着电话，但听筒里只有尖锐而繁杂的声音，似乎是一大群人在激烈地交谈着。过了很久，李川的声音才再度传来：“南宫博士，你还在吗？”

“在。”

“请你认真回答我，”电话另一头的李川郑重地说，“你愿意为人类的生存深入地心，用你的全部才能来跟地球谈判，替整个人类文明争取尽可能的生存资源吗？”

“我愿意，但是我现在要去哥……”

“从现在开始，南宫博士，你正式加入SP计划！欢迎你！”

后来南宫璇才知道，这一切都是测试。拉穆斯没有病危，医生的电话，只是为了让她做抉择。而其他九位候选人，也面临了同等重要的选择。比如那个欧洲国家的公主，她母亲苦苦哀求，让她回家看一眼病危的父亲，但她拒绝了，说要为了拯救全人类而留在北京。

“你们的抉择都是正确的。”李川对这些不满的候选人解释，“出于理智，你们应该这么做。但这次不同，我们要让地球看到人类的善良，这一点至关重要。人类跟地球是两个尺度不同的生命，我们的智慧、权势和财富，这些东西在地球看来一文不值。只有善良才能激发它的母性，而母性，是我们能够留在地球上的唯一筹码。”

五

成为谈判员后，南宫璇的生活一下子忙碌起来。她要参加发布会，和李川一起，对记者信誓旦旦地表示能够劝说地球；她要收集各国的文化资料，以便于见到地球后能够展示人类灿烂辉煌的文明；她要通过分析地震位置分布，研究地球说过的话，以此来分析地球的性格……

绝大多数时间里李川和她在一起。李川工作时全神贯注，不爱说话，有时候南宫璇都怀疑那天在故宫遇到的男人到底是不是他。

“有个问题我一直想问你。”一次休息时，南宫璇忍不住说，“在复试时，你问我为什么人类能够进化。我记得在故宫时你问过我，为什么问第二遍？”

李川说：“因为当时你已经知道了我的身份，也知道了我自己对那个问题的答案。我想看看，你会不会因为要讨好我，而选择我的答案。你没有，说明你坚信人类是因为爱而进化，这个观点虽然幼稚，但正是我们所需要的。”

“其实我只是一个普通的人而已。”

“你并不普通。最后测试时，我听到其余九个候选人都选择留在北京，都快绝望了。我的计划最关键的，就是谈判员的善良。幸亏还有你，不然，这个计划就会取消，政府只能把希望放在全力移民上。”

这次聊天拉近了他们的关系。但真正让他们不再生疏的，是那个夜晚所看到的景象。

那天，回住处时天已经黑了。无尽的夜色笼罩着城市，建筑站在夜的背景里，模糊得像融化了一样。

街上人很少，路灯把南宫璇的影子拉长又压短。她独自走着，长街空旷，街边的店铺大都关闭了，门户紧掩。

“南宫博士，等等！”

南宫璇回过头，看到李川快步走过来，喘息不已。

“你跑过来的？”她不解地看着他。

“嗯，你落了外套。”李川把外套递给她，“外面有点冷。”

“谢谢。”

两人并肩走着，路灯伸向远处，街道长得没有尽头：“对了，我一直很好奇。”南宫璇突然开口，“你为什么从很早以前就开始研究盖亚假说了呢？在此之前，它被主流科学界摒弃，你一个人研究，很辛苦吧？”

“嗯，连我的导师也劝我放弃，他希望我把注意力放在更有经济效益的研究上。”李川把手插在上衣口袋里，缩着肩。

“那为什么还一直继续呢？”

“我七岁的时候，家乡发生了一场地震。”李川顿了一下，深深吸气，清冷的空气润进肺腑，“我在院子里玩，亲眼看见房子像积木一样倒塌，我父母、爷爷和姐姐全部被埋在里面。”

“啊？”南宫璇连忙说，“对不起……”

李川木然地摇头：“不用，已经过去很多年了。从那之后，我就开始研究地质。后来翻阅到盖亚假说，觉得很多地质疑点都能说通了，就更深入地研究。”

南宫璇垂着头，不知如何回答。她原以为李川只是运气好，研究方向恰好跟人类危机挂钩，所以成了全人类的明星。但现在，她知道了世界上没有巧合，所有伟大的成就都源于漫长岁月的积累和不堪回首的往事。

她抬起头，正想说些什么来打破沉默，却突然听到了一连串的脚步声：“有人！”李川皱眉，迅速拉起她的手，跑到街边一个广告牌的阴影里。大移民以来，社会管制逐渐松散，很多买不起船票的人开始自暴自弃。这个时间的街上，并不安全。

但看到涌出来的人群后，李川松了口气——那是一大群老人。他们从每个街巷里走出，汇聚到主街上，每个人手中都捧着一支电子蜡烛。光辉荧荧，照亮了他们那皱纹纠结如树皮的脸。

老人们没有交谈，沉默地汇聚到一起，烛光渐渐联结成一条光河，淌向前方的广场。

“他们是……”南宫璇沉吟一下，“是留守者吧？”

“嗯。”李川点头。由于运输压力，很多老人自愿放弃了移民权，甘愿留在地球上。李川见过许多关于留守者的新闻，画面中，子女乘坐飞船离开，地面上只有拄着拐杖的老人久久遥望，满面萧索。其实政府并非不顾人情，也多次劝说他们上船，但老人们固执地拒绝了。一方面固然是因为想把生存的机会留给后代，另一方面，却是出于对地球的歉意与不舍。

“我们跟着去看看吧！”李川看着流动的人群，轻声说。

他们走在人流后，出了大街，来到城北的一处建筑空地上。其他方向也涌来了几群人，汇合在一起，每支烛光后是一张苍老的脸。空地上的老人成千上万，互不交谈，捧着蜡烛站立。

人群中响起一个声音：“开始。”随后老人们缓慢而有序地移动，烛光流转，一张张脸忽明忽暗。南宫璇看着眼前离奇的一幕，问：“他们在干什么？”

“应该是准备跟地球交谈，点蜡烛是为了确定各自的位置。”

正如李川所说，老人们很快就站定了，组成有序的纵横和转折图形。只是南宫璇离他们太近，即使踮起脚尖，也只能看到黑压压的脑袋和漾成一片光海的烛火。

李川突然拉起她的手，向后跑去，她不由地跟着他的步伐。他们跑到一栋废弃建筑物里，在深黑的楼道里奔行，跑到十层时，南宫璇已经气喘吁吁。此时震动传来了，一下一下，楼道有规律地晃动着。这表明老人们已经开始蹦跳了。

几分钟后，他们终于爬到了楼顶，刚一上去，呼啸的风便猛扑过来。南宫璇发梢飞扬，险些被风吹倒，幸好李川及时拉住了她，并为她挡住了大部分风。

他们走到护栏边，俯视空地上的人群。老人们沉默地跳着，烛火荡荡，大地震动不休。而那些明亮的烛火，在沉沉夜色中互相勾连，结成了七个硕大的汉字——

“妈妈，请原谅我们。”

六

穿梭器是在两年后制成的，从美国运到北京。

一掀开幕布，所有人都为这个极具工业美感的仪器惊呆了。它呈梭形，长近十米，后部有强力推进器，前部的钻头闪着冷光。李川抚摸着穿梭器的外壳，赞叹道：“这是中微子材料，特殊加工过，不但坚硬得能钻开钻石，而且隔热，即使掉到岩浆里也不怕……”

穿梭器中部的门弹开，李川立刻弯腰进去。南宫璇也跟进去了，里面挺大，大约是半径2.5米的圆柱形空间。而驾驶室里，前后摆放着三个座位。

她知道，SP计划需要派三个人下去。她是谈判员，李川负责驾驶穿梭机，最后一人则是由美国军方指派。这台穿梭器耗资近百亿美元，美国付了大半，条件就是要送一名美国人下去。而让南宫璇疑惑的是，这两年来，她从来没见过那个美国军人。据说他正在某个基地参加训练。

接下来的日子，李川和南宫璇都在穿梭器里进行模拟训练，并将在地底可能会遇到的种种困难都预测出来，一一商量对策。两人合作很默契，毕竟过了两年，二人的磨合已近完备，甚至滋生出了某些说不清道不明的情愫。

训练完后，他们总会一同离开，在路上聊天闲逛。这景象落在旁人眼里，不可避免地传出了流言蜚语。

这天，结束了训练，正要离开，李川突然被钱老叫住了。他有些不安，以为被人告状，解释说："其实我和南宫博士只是……"

钱老表情凝重，摆摆手："准备一下，换身西装。飞机在外面等着。"

"去哪里？"

"纽约，你要去参加联合国的一个会议。各国领导人都会出席的。"

几个小时后，李川踏上了纽约的土地。几个神情冷峻的特工在机场接到他，把他带到位于曼哈顿东河沿岸的联合国总部。在一个隐蔽的会议室前，他们停下来，示意李川推门进去。

很久之后李川才意识到，这是命运的一扇门。他踟蹰在门外，懵懂无知，纽约的阳光明亮；但他推门而入后，命运却已转身，对他展现了阴冷恐怖的面孔。

下篇

一

一架空天飞机从地球轨道高速下降，穿过大气层后，缓慢减速，稳定航行在距地面一万米的高空。

宽阔的主舱中间，坐着一个穿黑色长袍的男人。十几个荷枪实弹的军人在他四周站着，手都放在枪柄上，紧盯着男人，目光憎恶而畏惧。他们不能离男人太近，过去的六个月中，已经有太多的例子告诫了这一点，每个例子代表一幅星条旗和一具棺材会派上用场。

男人对这些虎视眈眈的特种兵视而不见，满脸冷冽。主舱里一片安寂，只有空气的呼啸。

高空中，一架客机无声地接近，与空天飞机保持共速，衔接通道在两架飞机间展开。

一个军人说："起身，有人要见你。"

男人沉默着站起身，径直向衔接通道走去。高空寒冷凛冽的风被金属通道挡住，发出呜呜响声，似乎一个透明的怪兽在哀嚎着拍打管道。

他进入了客机的内舱。

按照墙壁上的箭头指示，他穿过了数道门廊。这期间，他没有见到任何一个人，这与这架号称"空中酒店"的飞机在他心中的印象不太符合。最后他走进了一个幽暗的小房间，里面正坐着一个人，隐在阴影中，他看不太清。

"这是你第一次离我如此之近。"阴影中的人说，"六年前，你离我一千二百英尺，那是你的最佳狙击距离。但很遗憾你失手了。”

“我没有失手。我射中了目标，我只是没想到他是你的替身。”男人冷哼一声。

“不管怎样，你暴露了自己，我的人抓住了你。你做过的事情足可以让你死五十次，但我没有那样做，我知道，像你这样的人，总会有用处的。”阴影里的人继续说，“现在就是时机了。过去的六个月中，我安排你进行了全面的无重力格斗训练，为此，又有十七条人命在你手中消失。我和你都有罪，但是，现在有更重要的任务。”

“我现在不想做任何事，除了杀死你……就像我六年前打算做的一样。”男人扭动手腕，阴影里的人离他不到十英尺，他只需要两秒钟就可以扭断其脖子。但他知道，这个房间外至少安排了7个狙击手，有超过30支枪管对着自己，他们可以在0.5秒内让自己的脑袋像西瓜一样爆开。所以他只是冷笑着摇头。

阴影里的人拍拍手，两个壮汉走出来，把男人按住。一支针管刺进他手臂，注射了什么东西，阴冷而刺痛的感觉在血管里蔓延。

“这是纳米毒。现在它们藏在你的身体里，我只要按下开关，它们就会立刻吞噬你的心脏。”

男人抽着凉气，嘶哑地笑了：“你以为用死亡来威胁我会有用？”

“我还不至于幼稚到这个地步，它们只是用来预防。你不要急着拒绝，先看看这个。”一块显示屏被放到男人面前，上面流水般涌出文字：“它只显示一遍，所以，你得快速而仔细地阅读。”

男人目不转睛地盯着屏幕，渐渐地，一抹微笑在嘴角扬起。看完后，他抬起头，眼角因激动而颤抖不已。

“好的，这个任务我接受。”

两架飞机继续并行，穿过厚厚的云雾，阳光洒在机身之上。客机正上方，“空军一号”的字样在阳光下闪闪发亮。

南宫璇是在一个山坡上找到李川的。

他不知坐了多久，抬起头，望着傍晚的天空。

南宫璇顺着他的目光看去，只见最后一抹晚霞也在天际消逝，沉沉暮色自西边涌来。偶尔划过一道亮光，自下而上，倏然消失在遥远的黑暗夜空中。那是移民飞船，载着背井离乡的人，去往空旷未知的宇宙。

移民潮已经持续了六年，但滞留在地球上的人，还有 70 亿左右。造船厂日夜赶工，飞船一出厂就立刻载人升空，但这样的速度远远不够。如果谈判不顺利，恐怕灾难来临时，会有超过 50 亿人无处可逃。

“李博士，”她轻声说，“走吧，他们已经在等着了。”

李川恍然回神：“哦，对了，今天是 SP 计划实施的日子。准备了这么久，终于要开始了……”

他这个样子让南宫璇很担忧。前几天他去联合国开会，回来后就心神不定，她问过，但他只是摇头。

“咦？”她看到李川的脖子上有一条红绳，“你什么时候买了吊坠？我记得你不喜欢佩戴这种东西。”

李川把吊坠从衣服里拉出来，握紧，金属的冷感在手心沁开。他说：“要去地心了，我买来保佑自己，希望一切平安。希望还能爬出来看这片天空。”

南宫璇点头。这次任务确实很危险。人类已经对头顶几光年内的空间了如指掌，肆意驰骋，但脚下距离仅仅几千千米的地心，仍然是一片神秘。

他们沉默了好一会儿，直到天边隐约看到一轮月亮时，李川才站起身，拍拍身上的灰，说："别担心了，走吧，我们去拯救人类。"

二

飞机把两人运到了距离名古屋海岸 200 千米处的太平洋海域，一艘航母正静静地浮在海面上。夜幕悬月，疏星点点，微光在海面上荡漾，偶尔有鱼类浮出，将波光击得聚散离合。

两人走出飞机，咸湿的海风在甲板上掠过。矍铄的钱老已经等着了。他身边还站着一个高大男子，身穿美国陆军军装，手里提着一个箱子。

"这是韦德上校，他将跟你们一起，深入地心。"钱老介绍说。

李川和南宫璇点头致意，韦德则敬了个不太标准的军礼。

"你们是人类的希望和骄傲。"钱老的语气有些颤抖，"数十亿人的生存都仰仗你们了，请务必尽力。"

"我们一定会完成任务！"李川郑重地说。

南宫璇则不解地看着四周。偌大的甲板上，只有他们四人以及不远处被幕布遮住的穿梭器。她以为会召开发布会，毕竟 SP 计划耗资巨大，且担负了全人类的希望。但现在，一切都在夜色的遮蔽下秘密进行。

钱老掀开幕布，呈完美流线型的穿梭器显露出来。中微子外壳在月光下如同淌着的水一样，流光四溢。舱门开启，李川坐上了驾驶座，南宫璇坐在第二个座位上，韦德抱着箱子，沉默地坐在最后面。

甲板逐渐抬高，几秒后，穿梭器滑到甲板边缘，“咔”的一声，甲板突然收回，穿梭器笔直地落入海中。

“哗”，水花四溅，海面上的月光上下起伏。遥远的地方响起海鸟扑腾的声音。

在失重的一刹那，李川启动了穿梭器，钻头急速旋转。在嗡嗡振动声中，穿梭器破开森寒的海水，如炮弹般向下射去。这片海域下的地壳是全球区域内最薄弱的，钻头将轻易钻开地层，让三人一直向下。

穿梭器在海水中下坠，此时的海中一片昏暗，李川的视线透过观望窗，只能看见黑暗在窗外如铁般凝结。偶尔有发光的深海鱼类掠过，拉出一道流影，转瞬即逝。

“马上就要到海底了，注意！”李川沉声说。话音未落，钻头撞到海底土地，剧烈的抖动传来。南宫璇还好，但韦德上校显然还没有习惯穿梭器的运作，身体向前一撞，脑袋磕在南宫璇的座椅后背上。箱子也被摔出来，落在南宫璇脚边。

“小心。”李川头也不回，“这是去地心。在此之前，只有小说和电影里的人做过同样的事。”钻头如搅豆腐般破开泥土，一头钻进地里，震动逐渐消失。李川放开操作柄，启动自动驾驶，“现在我们还是在地表，穿梭器保持 37 千米 / 小时的速度，半小时后我们将离开地壳，一小时后穿过莫霍间断层，接着在地幔中行进约 75 个小时后进入地核。那时速度将增加至 80 千米 / 小时，在液体内核中行驶 29 个小时，随后减速，以 15 千米 / 小时的速度穿过 1200 千米的地心固体内核，这最后一段距离将花掉我们三天时间。”

韦德额头被撞出血，却哼都没哼一声，只是弯腰把手伸向摔出去的箱子。

“上校，我帮你吧。”南宫璇抓住箱子的手柄，但箱子重得出奇，她竟提不起来。

“谢谢，还是我来吧。”韦德的中文不太好，听上去怪怪的。他提起箱子手柄，放在身侧，抬头看向李川，“你刚才说，地心里还有液体？”

南宫璇看了一眼韦德：“上校，来这里之前，没有人对你进行过航行训练吗？”

“哦，有人教了我一些，不过是其他的训练。关于地心的知识，他们说可以请教你们。”韦德耸耸肩。

李川接口道：“接近地心时，温度会达到 7000℃，比太阳表面还要炙热，压力也足以使金刚石变得像黄油一样柔软，在这种环境下，岩石和金属会熔化，形成液体。不过不用担心，这台穿梭器是现代科技的结晶，为了它，政府投入了一百多亿美元，还有近千名科学家两年的努力，模拟了数百次，不会让我们在地心里见到上帝的。”

“嗯，上帝确实不会来这么偏僻的地方接我们，倒是撒旦更有可能些。”韦德点点头，站起身，“我去处理一下伤口。”说完他向穿梭机后部的小舱室走去，那里有循环维生系统。走了两步，他又回过身，把箱子提起，走进小舱室。

“我觉得有问题。”小舱室的门关上之后，南宫璇突然小声说。

“嗯？”

“之前三个月的训练，全部是我们两个人在做，你负责操控机器和观察地心情况，我负责谈判。这样的安排已经够了，为什么还要再加一个人，而且是一个完全不了解地质的军人？”

李川摇摇头：“他是上校，应该是来保护我们的。”

“要保护，至少应该是有地理常识的人……”南宫璇身子一颤，下意识地说，“难道是来监督我们的？可是这是一项和平任务啊，而且我们都是经过重重检核的，怎么会被监视？”

“或许美国想插一脚，怕我们从地心带回来什么先进科……”李川突然提高声音，“现在穿梭器运行良好，保持着 40 千米／小时的速度。接下来的一周里，我们将离地表越来越远。我希望大家能够享受这一趟旅程。”

南宫璇一愣，转过头，看见韦德已经出来了，提着箱子回到座位上。

接下来，谁都没有先开口说话，舱室内沉默如死。只有泥土摩擦外壁的声音，黏滞而不绝，如同被巨兽的舌头舔过。

三

一个小时后，穿梭器钻进地幔。

地幔由致密的造岩物质构成，厚约 2865 千米，是地球内部体积最大、质量最大的一层地质结构。李川看了下仪器上的数据，启动了一个按钮，钻头顶端顿时喷出一道超高温光束。挡在前面的岩石立刻成熔融态，让穿梭器穿过，而后又凝结，仿佛是一条通向地狱的路。

气氛格外压抑。

每下降一点距离，就意味着天空和海洋在他们身后更加远去。在宇宙中航行，还能看到星河流转光晕璀璨，但这里，只有密实的岩石在将他们一点点吞噬。

“我们现在已经突破了人类到达地球最深处的记录。”李川忍受不了这种墓穴般的氛围，说，“20 世纪末，苏联探井队在科拉半岛，钻探深度达到了 12262 米。这就是著名的科拉超深井。但现在，我们远远超过了这个深度。”

“哦，他们当时为什么停下来，不继续钻探了呢？”韦德饶有兴致地问。

“官方原因是经费不足，不过，内部人员否认了这个说法。他们透露，真正的原因是井里面发生超自然现象。”李川顿了一下，“这件事在地质界很出名，我当老师时，经常跟学生们提到。用它来活跃课堂气氛很有效。”

“那么，你现在又有了两个学生。”韦德说，“而且这里的氛围确实需要活跃。”

李川看看南宫璇，的确，她的脸色有点发青。他清了清嗓子，说：“他们说，井里面有妖魔。钻探机接近 13000 米时，从钻井里传出奇怪的声音，像是有人在说话，在惨叫，还有强烈的爆炸声。他们把声音录了下来，放到了网上，据说听的人都被凄厉的惨嚎和爆炸声吓坏了。”

“是地底文明吗？”

“不，他们发誓说，他们钻开了地狱。”

“李博士，你是地质学家，你信吗？”

“我保留意见。人类对这个世界的了解太少，不能轻易断言。但那个录音是真的，回去后，你可以去网上搜一下。”

“如果我们还能回去的话。”韦德笑了起来，“你知道吗，小时候我怕黑，晚上睡不着，就缠着我奶奶给我讲故事。但她只会讲鬼故事，所以我更加睡不着了。”

李川一愣，随即发现南宫璇的脸色更加铁青了，醒悟过来，连忙闭上嘴。

穿梭器继续前行。到达450千米深度时，他们遇到了一块富含黄金的岩石，屏幕显示，其金含量居然高达260克／吨。只要达到4克／吨的金矿层就具有商业开采价值，地球表层中很少能找到超过10克／吨的矿层。李川扩大了搜索范围，结果表明，这块岩石的体积比珠穆朗玛主峰还要大。

在更深的地方，穿梭器钻进了无法测出体积的钻石矿层。

两天后，穿梭器发出一阵抖动，将韦德惊醒过来。他抱紧箱子，问：“怎么了，是不是出故障了？”

“没有。”李川的声音也有些疲惫，“我们已经穿过古登堡不连续面，马上就要进入地核了。穿梭器外面，温度是3800℃，压力达到一亿千帕。”

韦德点点头：“如果真的有地狱，那么，我们身在其中。”

南宫璇揉揉眼睛，趴在观望口前。但她什么都看不清，视野里只有比夜更浓重的、更有压迫感的黑暗。

外地核主要由铁镍合金的熔融态组成，厚度有2000千米。在它面前，穿梭器只是一只在汪洋大海里潜游的小鱼。地球上所有的水体加起来只有13.8万亿立方米，而这里，液态合金是地球水体的30倍。它不仅浩大，而且炙热，但与喧哗浮躁的岩浆层不同，它是寂静的。这是由于高压和缺少气体，所以熔融的金属并不会沸腾翻滚。这个庞然大物，以冷静沉默的目光，注视着即将闯进它躯体的小玩意儿。因地球的自转，它与地壳间有缓慢的相对流动，而正是这种流动，导致了地球磁场的产生。

穿梭器通过交界面，一头扎入这片金属之海。

四

“嗡嗡”，钻头突然加速，惊得李川从轻微睡眠中跳了起来。

由于钻进了固体内核，重力已变得微乎其微，他一跳，脑袋便撞到了舱顶。顾不得疼，他扑到显示器前，发现钻头比正常速度快了十几倍。

这不可能！

地核外层是液体，而内层是一大块金属球体，也主要由铁镍构成。但因为超高压，内地核的密度极高，穿梭器以全功率运行也才勉强前进。所以尽管只有1200千米的半径，他们还是花了整整三天时间。越往里，钻头应该越艰难才对。

李川检查了一下仪器，没有故障，他突然浑身一震："难道……前方没有阻碍了？"

他调慢了钻头的转速，小心操控推进器，穿梭器像土拨鼠一样向前拱动。几分钟后，穿梭器剧烈晃动，三人急忙扶住座椅。待稳定后，李川看着显示屏，张着嘴，满脸惊讶。

"怎么了？"南宫璇问。

"我们……"李川吞了口唾沫，"我们到真空里了。"

这是地心，地球的最深处，致密的金属球内部，居然是一片真空？

南宫璇犹自不信，从观望口看去，语气也诧异至极："有光，外面是亮的？"

穿梭器外不止有光，还有许多灰白色的触须。它们像蛇一样蜷曲，缠住穿梭器，往更深处拉去。

母亲，您知道我们要来吗？

这是您的大脑？

您怎么会知道我们人类身体的构造？您在观察着我们吗？

那之前，我们用信号联络您，为什么您不回应？

对不起……

您的汉字，是从广播电视里学来的吗？

可是，为什么是汉字呢？英文不是更简单吗？

您是说，您并不是唯一的行星尺度生命？

我们是在您的身躯上进化而来，那您呢，星球生命也是自然形成的吗？

您笑什么？

南宫璇不停地发问，李川则紧张地把对话内容记录下来。这是人类首次与异文明接触，每一句话，都有划时代的意义。

屏幕显示，这个球形空间的环境很温和，压力为零，温度也只有150℃。它半径约有5千米，布满了手指粗的触须。在正中心，是一个不规则的柱状物体，高约20米，形似古树，所有的触须就是从它上面散发出去的。按照地球所说，它应该就是地球的脑干，而触须从内地核吸收热量，供它维持生机。

这种奇异的生命形态并没有引起韦德的兴趣。他抱着箱子，嘴角挂着一丝若有若无的笑。

您知道我们来的目的吗？

为什么？难道我们不是您的孩子吗？

是啊，我们也没有辜负您。虽然人类两万年的文明史在您面前不值一提，但其间也诞生了无数的辉煌灿烂。我们创造了美术、文学和音乐，我们从以前拿着石头围捕野兽，到现在已经有能力航行宇宙，这些都说明人类文明是充满了艺术情怀和进取精神的。

我们可以改的。

……

可是，现在技术不成熟，会有近一半的人死掉的。

您不能就这么驱逐我们。我们是您唯一的孩子啊！

三个人都愣住了。南宫璇颤抖着手，在屏幕上打字：“难道您还有别的孩子吗？”

李川最先反应过来，一拍脑袋：“恐龙！”

果然，前方的触须盘根错节地扭动，组成了答案：“结果呢？”南宫璇心里掠过一丝不祥。

南宫璇脸色惨白，后退两步。

她并不知晓人类有个“哥哥”，而“哥哥”正是因为不肯离开而灭绝。她是心理学博士，知道谈判已经没有希望了。地球是人类的母文明，但它管教孩子的方式跟人类不同，果决凌厉，无可更改。

南宫璇不甘心，再次恳求，地球终于答应再让人类逗留十年。她松了口气：“这一趟，总算不是一无所获。”

没有人应，她诧异地回头，看到李川面无表情，手握着脖子上的吊坠，似乎在发怔。而韦德，不知何时穿上了防护服，正在打开他日夜不离身的箱子。

“你在做什么？”

韦德给箱子输入密码，头也不抬：“南宫博士，你的任务已经完成了。”

“嗯，那我们就可以离开了。”

“但是，我的任务才刚刚开始。”韦德说完，咔，箱盖弹开，露出里面的东西。

密密麻麻的武器。

五

匕首、战术折刀、锯齿刃、狩猎刀、消声手枪、短柄散弹枪、激光枪、毒素针筒、爆裂弹……韦德的手在上面依次拂过，眼神温柔，喃喃地说："好久不见了，我的伙计们。"

南宫璇吓了一跳。她通晓多国语言，立刻听出，韦德这句话是用俄语说的："你不是美国人吗，怎么会说俄语？你是谁？"

"我才不是美国人！我叫莫洛斯基。"

这个名字很熟悉。南宫璇惊叫道："你就是六年前那个刺杀美国总统失败的杀手！你……你为什么会到这里来？"

"我也是来拯救人类的。"莫洛斯基取出一柄狩猎刀，"只是，与你的方式有点儿不同。"

"你要干什么？"

"我要，杀了地球！"莫洛斯基一字一顿地说，脸上勾出一抹邪笑。

"可我们是来谈判的啊！"

"哦，他们说你善良，果然没错——因为善良往往伴随着愚蠢！任何一次行动，都不会把希望放在谈判上：人质危机，谈判专家的身后，一定会有狙击手；跳楼自杀，也会一边叫人辅导，一边在地上铺弹床。这次也一样，我就是你背后的狙击手。"

一瞬间，南宫璇明白了很多事情：难怪莫洛斯基从不露面，也不参与模拟训练，难怪进入地心时低调隐秘……原来美国根本没有打算派军人下来，他们派的是杀手。

"不行！我不能让你这么做！"南宫璇醒悟过来，向莫洛斯基扑去，但莫洛斯基连眼皮都不抬，只是反手一挥，她便跌回舱壁下。“李川！快，快阻止他！他要杀死地球母亲！”她急忙冲李川喊道，但李川没有动，只用沉默的眼睛看着她。

她心里顿时一阵冰凉：“原来你早就知道……”

“是的，我知道。上次去联合国，他们告诉了我这个计划……”李川有些发颤，闭上眼睛，当时的场景在脑中浮现：会议室里光线阴暗，他站在中间，看到计划书后，惊讶得不能呼吸。三十七国的领导人坐在周围的阴影里，所有人的目光都在他身上。

“李博士，这个计划，可行吗？”开口的是美国总统。

李川语无伦次地说：“我不知道，它太……我们没有必要这么做……”

“你是最了解地球生命信息的人，我只想知道，地球能被杀死吗？”

“照理说，只要是生命，就能被杀死，但……”

“那地球死后，地表生态会剧烈变化吗？”

“不……也不会……地球的生命很长，以亿万年计，那它的生理周期就会很缓慢。就像龟类一样，活得久，必然行得慢……但肯定会有影响的，所以我不认同——”

美国总统再次打断他：“多久才会有影响？”

“大概，”李川默算了一下，“大概九百多年后，外地核的金属熔液才会冷却，到时候，磁场消失，恶劣的气候会笼罩全球。”

“足够了，九百年的时间足够了。”总统的声音拔高，“各位，我们已经确认了，地球能被杀死，而且死后不会有剧烈影响——为这个计划投票吧！”

接下来是漫长的沉默。

“同意。”一声法语响起。

同意，同意，同意，弃权，同意，同意，弃权，同意，同意，反对，同意……这些声音包围了李川，在他耳边狞笑。他觉得有些眩晕，差点儿晕倒。

“21 ： 7，九人弃权。我宣布，计划启动。”

“按照计划，如果你说服了地球，让我们永远留下来，这个计划就终止。”李川呆呆地说，“但地球毁灭了恐龙文明，我们都知道谈判已经没有希望。”

“可是它答应让我们再留十年！”

“十年无法满足人类的贪婪。你还记得我们第一次见面吗？当时我说，人类因贪婪而存在。其实当时我对这个观点也有抵触，但现在……没有人愿意离开温暖舒适的地球，到空茫无际的宇宙中去流浪。”

为了安稳，能对孕育了人类的地球下手，而且是在地球毫无防备的大脑里。这个计划里扑面而来的浓重罪恶，几乎要让南宫璇窒息。她像是不认识李川一样，带着哭腔：“可是，这是谋杀啊！”

“哼，谋杀又怎么样？”插话的是莫洛斯基，他冷笑道，“如果地球要赶我们走，我们就杀了它。就这么简单。”

“但，你要杀的是我们的母亲啊！这种罪，你承受得起吗？”

莫洛斯基冷笑：“在古希腊神话里，有一个故事。两姐弟，为报父仇杀了他们的生母。为此，复仇女神始终跟着他们，让他们昼夜不安。后来，众神审判，投票确定他们是否有罪。但支持者和反对者人数一样，决定性的一票在雅典娜手里。你猜，她最后投了什么？”

南宫璇看着莫洛斯基狰狞的脸，下意识地往后缩了几步。

莫洛斯基逼上来，凑到她眼前：“我告诉你，是无罪！雅典娜判那对姐弟无罪！只要理由得当，即使是弑母，也能得到神的原谅！”

“那只是神话，我们不能……”南宫璇的眼角滑落泪水，声音如同呓语，“你不能因为一个神话，就拿起刀……”

“我并不是因为什么神话。事实上，我不关心移民，不关心人类的贪婪。我当杀手，不是为了钱，是要体验杀戮那一瞬间的快感。我杀过平民——不管是老人还是小孩，杀过奔跑最快的美洲豹，还独自乘船猎杀过一头蓝鲸。这也就是他们找我的原因，我是世界上最懂得杀戮艺术的人。但我以前所杀的，加起来，都没有外面那个东西让我兴奋。能杀掉一颗星球，天哪，光想一想我就浑身战栗！”

莫洛斯基说完，举起狩猎刀，伸出舌头在刀刃上舔过。一丝血迹顺着刀刃流下来。

“地球不是说我们的科技落后野蛮吗？”他扣紧防护罩的头套，狩猎刀上冷锋流转，“那我就用最野蛮的方式！”

舱门开启，他跃了出去。

哀号。

球形空间里布满了无声的哀号。

每一根触须都在颤抖，紫色的液体从断口流出来，悬浮着，凝成完美的球形。触须收紧，想缠住莫洛斯基，但他受过无重力格斗训练，灵活如鱼，从容地在触须孔隙间穿梭。刀光不时亮起，每亮一次，就有数十根触须被斩断，无力地耷拉下来。

“我要阻止他！”南宫璇咬破嘴唇，清醒过来。她迅速套好防护服，正要出去，却被李川拉住了。

“没用的，他是专业杀手，你挡不住的。”

“不行！他会让整个人类文明都被染成黑色，我们无法面对子孙后代。即使是为了生存，也不应如此疯狂，否则，即使我们活下去，又有什么意义呢？”南宫璇满脸通红，大声说，“要给岁月以文明！”

“而不是给文明以岁月……”李川如被当头一棒，喃喃地念着这脍炙人口的名句。他下意识地伸手去摸脖子上的吊坠，但想到了什么，又停下了。

趁他失神，南宫璇打开舱门，向莫洛斯基跳去。周围都是在剧烈抖动的触须，她笨拙地靠拉扯触须来调整方向，到莫洛斯基身后时，她一把抱紧他。

但她小看了莫洛斯基。

他轻轻一挣就脱身了，同时抓住南宫璇的防护服，往地球的圆柱形脑干掷去。他还不放心，拉过来几根触须，把她牢牢困在脑干上。

“现在，我要你看着我是怎么一刀刀杀死地球的。”即使知道真空不传播声音，莫洛斯基依然狞笑着说。他转过身，长刀一旋，又有数十根触须绵软地垂下来。

地球的脑干在颤抖，那是忍受着剧痛的反应。这种颤抖传到南宫璇背上，一种莫大的悲伤和绝望弥漫了她全身。她拼命喊叫，泪流满面，但莫洛斯基听不到，他的刀划出一道道死亡的轨迹。

触须纠连缠绕，组成了一排汉字。

莫洛斯基想都没想，狩猎刀自上而下地劈去，“害”字被劈成两半。

一刀横斩，七个字全部裂开。

整整一个小时，莫洛斯基都在不停地劈砍。整个球形空间的触须都断裂了，最后，脑干爆发出一阵剧烈的抖动，尔后归于安寂。困住南宫璇的触须也萎缩断开，她挣脱出来，抚摸着枯萎的脑干。

她痛哭失声。

见证了宇宙兴衰的宏伟行星，存在了46亿年的漫长生命，就这样，被渺小的、文明进程不过两万年的人类，谋杀了。

六

莫洛斯基提着南宫璇，进到穿梭器里，脱下头罩：“真爽！好久没有这么痛快地杀戮了！”

“嗯，该回去了。”李川解下吊坠，握在手里，扭头看着莫洛斯基，“但你不能跟我们一起。”

“你想干什么？”

“无论谈判是否顺利，你都不能活着回去的。这是一项不能让公众知道的任务。我以为你会有这个觉悟的。”

“哼，凭你一个书呆子，能挡得了我吗？”

“我不能，但你体内的纳米毒能。”

莫洛斯基脸色一变，突然想起在“空军一号”上，自己曾被注射了纳米毒。他猛地提刀砍来，但李川更快，把吊坠捏碎。

开关藏在吊坠内，无数纳米机器立刻启动，在莫洛斯基的血管里游动。它们汇聚到他心脏旁，张开利嘴，以疯狂的频率啃噬着。

莫洛斯基只来得及惨叫了一声，便倒在地上，抽搐了两下，不再动弹了。就在几分钟前，他杀死了比他大亿万倍的地球，而现在，他被比他小亿万倍的纳米毒杀死。或许，地球的遗言成真，他遭到了报应。

“你看到了吗？”李川走到南宫璇身前，摇了摇她，“你不用再伤心了，我已经替地球报了仇。”

但南宫璇只是冷冷地看着他，说：“当初在联合国，你不阻止他们的计划；刚才，你明明能用纳米毒制服莫洛斯基的，但你无动于衷。从心底里，其实你赞成这个计划是不是？”

在她的目光下，李川沉默了，良久后才开口：“是的，人类不适合在宇宙中生存，留在地球上是更好的选择。所以我没有制止。”

“别碰我！”南宫璇挣脱开他的手，满脸鄙夷，“莫洛斯基是凶手，但你，是帮凶！”

李川无言，默默回到驾驶座上。整个回程路上，他们没有再说一句话。

SP 计划很顺利，地球同意让人类继续留在地表上。

听到这个消息，人们欢欣鼓舞，已经到达宇宙空间的飞船纷纷返航。劫后余生的喜悦在这颗星球上弥漫。

而作为拯救人类的英雄之一，南宫璇再也没有出现在公众视野里。所有的报告和庆功会，都只有李川一个人，他受到追捧，得到了荣誉和奖金，但他总不开心。据说，直到生命结束，他都没有笑过一次。

李川试图寻找南宫璇，但总是无果。经过两年的合作，他们本已对对方产生好感，但在目睹了人类史上最大的罪恶之后，爱情之花还未绽放便已凋零。

直到十几年后，他才在东南亚海域一带遇见了南宫璇。她坐在一条渔船上，在清理鱼的内脏，她脸上有了风霜留下的痕迹。

南宫璇也看到李川，笑了，邀请他上船。他这才得知，这些年来，南宫璇加入了巴瑶族。这是一个号称“水上吉卜赛”的民族，终身生活在海上，不踏足陆地。

“从那之后，我就害怕再走在地上。我们脚下，是母亲的尸体，我怎么也迈不开步子。”南宫璇解释说。

那天，他们像久别重逢的老朋友一样，坐在船边聊天。他们聊了很久，但说话很轻，一出口就被海风吹散了。或许只有渐沉的夕阳和高飞低翔的海鸟听清了他们的交谈。李川还留在船上吃了一顿饭。他留意到，船上不止南宫璇一个人，还有一个断了双腿的少年。

打那以后，李川再没有见过南宫璇。他开始拒绝演讲，不接受采访，过起了隐姓埋名的日子。他终身未娶，只有一个保姆照顾他的起居。

在他生命的最后时刻，他时常感到孤独。他长久地坐在院子里，看着夕阳一点点衰落，有时候看着看着他会跳起来，一边哭号一边奔跑；更多的时候，他会睡着，而且睡着的时间越来越长。

他是在卧室里去世的。临终前，只有保姆守在床前。他的意识陷入了一片混沌，嘴里在不停地念叨一句话，不知是说给保姆听，还是讲给自己听。保姆凑近，耳朵贴在他嘴边，才勉强听清那句话：

“我做的一切，都是为了人类的未来……”

尾声——人类的未来

“爸爸，我们什么时候才会停止流浪？”

每当彼得问这句话，爸爸就会抚摸他的头，望着舷窗外无尽的星空，告诉他：“很快了。只要我们找到合适的星球，就会定居下来，不用在宇宙中流浪了。”

“会有那样的星球吗？”

“肯定有，宇宙那么大。”

于是，彼得渴望着侦测部门传来的消息。他不断地刷新报告页面，等啊等，但看到的永远是“KYF003号星球，适宜等级3.1，弃”和“GTF182号星球，适宜等级2.5，弃”之类的消息。

彼得实在是太厌倦现在的生活了。

每天待在飞船里，从一个舱室到另一个舱室，所有的人都穿着防护服，窗外永远是单调的星空。在语文课上，他听老师说，很久以前，人类过的不是这种流浪生活。他们住在一颗名叫地球的行星上，一年有四季，每天太阳升起，每晚月光环绕，有森林和海洋……

“那我们为什么离开呢？”彼得举手问。

“因为生态恶化，地球没了磁场，极端气候不再适合人类生存。无奈之下，人类才告别家园，来到这无尽的宇宙。”老师解释完，又加上一句，“但我们会有新家园的，只要找到宜居行星！”

从那时起，彼得就立志要加入侦测部门。他很用功，成绩出类拔萃，22岁时，终于如愿得到了侦测部门的聘书。当他想回家告诉爸妈这个喜讯时，却先被告知了一个噩耗。

一颗指甲盖大小的陨石，击中了舰队西侧的一艘四级舰。核子引擎焚毁，氧气泄露，15 万人失去生命——其中包括彼得的父母。这种事很常见，陨石、辐射、黑洞……宇宙的每一寸空间都潜藏着危险。人类从地球起航时，有百亿人口，数万艘舰只，但不到 500 年，损失已超过大半。

彼得很伤心，把更多的精力放在了工作上。他驾驶小型飞船，去往舰队前方的行星侦察，但总是无果。他的同事们都很懒散，总是聚在一起打牌，只有他，还在专心分析一颗颗行星的参数。

那天，他的飞船到达了一颗命名为“PJI890 号”的星球上空。无人侦探球放出去后，传来的信息让他惊喜若狂：PJI890 号星球上的空气里，氮氧比为 3 ∶ 1，无有毒气体，更重要的是，上面有大量的液态水！

这简直是地球的孪生星球！

他把 PJI890 号的适宜等级定为 9.5，兴冲冲地向主任汇报。但主任看了报告，只哦了一声，就继续把自己接入虚拟交往游戏。彼得愣住了，扯掉线头，大声强调：“这可是目前为止最适合人类居住的星球啊！我们不用流浪了，不怕宇宙的危险了，我们可以安居下来了！”

主任无奈地点点头，说：“好，我会向舰队议会呈报这件事的。”

但彼得等了几天，毫无消息。他去找主任，却在主任的垃圾桶里发现了自己的报告。他顿时大怒，要去投诉，主任拉住了他，叹口气说：“唉，有些事，你还是不知道为好啊！”

“什么？”

“其实，我们这个部门，只是给公众做样子的。我们不可能找到让我们定居下来的星球。”

“难道 PJI890 号不是吗？”

“它确实适合，但它不会收留我们。每颗星球，都是有生命有意识的，我们的母亲地球也是。但很久以前，它要驱逐人类，当时的政府不愿意离开，派人到地心去跟地球谈判。但谈判不是主要目的，他们……”主任摇摇头，肥大的脸颊晃动着，“杀死了地球。”

“那是一场谋杀，毫无防备的地球被凌迟一样的手法杀死。其实它在死前可以用最后的意念，让全球爆发大灾难，和人类同归于尽。但它没有。它只是发出了一句诅咒。”

“什么诅咒？”

“它发出了信号，在宇宙中无衰减传播，让所有活着的星球警惕，拒绝人类投靠。航行这么多年，其实我们发现过四颗适宜等级在 6 以上的星球，可每次飞船降落后没多久，就有地震和飓风袭击。它们不欢迎人类——因为我们是连母亲都能杀掉的物种。”

彼得无法相信，浑身颤抖。

“人类被打上了罪恶的标记，宇宙中，再也不会有我们的家园。侦测部门唯一的作用，只是让公众有撑下去的希望。先人们种下恶，在我们身上结了果，真的是报应。人类啊，只能一代一代地在宇宙里流浪。只有人类灭绝了，这种流浪才会停止。”主任说完，又接上感应器，进入了虚拟空间。不然，他也没有办法打发这漫长而孤寂的一生。

从主任办公室出来以后，彼得就像是变了一个人。他真正融进了这个部门，每天跟同事打牌嬉闹，对侦探球发回来的数据毫不在意。

很多年后，彼得的儿子厌倦了舷窗外一成不变的景色，抱怨说：

“爸爸，我们什么时候才会真正地住下来啊？”

彼得的心微微一颤，想起了很久以前的往事。他叹了口气，摸着儿子的头，说：“不会很久了，只要找到合适的行星，我们就能停止流浪。”

深度撞击

谢云宁

那天，我们正式接受了外星人的邀请

一

易陨坐在平时爱坐的靠近窗户的位子上，双眼直呆呆地注视着窗外夜色中的C大校园。视野所及的景物，树木，草坪，教学楼，未竣工的足球场，都笼罩在一片深沉的黝黑之中。林荫小径上不时有稀拉的人影缓慢地移动着。此刻的校园显得出奇的冷清与空荡，静静的夜空中隐约地漂浮着某种旋律含混不清的音乐，似有似无……他想起来了，今天是星期五，离这不远的学生活动中心每个周末晚上都会举办一场舞会。又是一个周末呵，他不由转头扫了眼自习室，偌大的自习室里差不多坐满了人，即使几个零散空的位子上也摆放着用来占位的书本。他所在的这栋教学楼远离宿舍区，平时很少有课，来这上自习的人大多和他一样，都是考研的苦命人——他们一个个埋头专心于书本的样子让易陨感受到了一份沉甸甸的紧迫感。自己又在发呆中让时间流逝了多久？他在心里狠狠责备着自己。他揉了揉太阳穴，将目光移回到未完成的模拟试题上。

然而不知怎么回事，在之后很长的时间里，易陨的注意力始终无法再回到课本上。试卷上的题目枯燥乏味之极，旁边位子有两个女生正压低声音讨论问题，这更令他感到心烦意乱。也许是看了一天书太疲倦的缘故，他想，要不伏在桌面上休息一会儿？不，他一点也不感到困倦，他的大脑格外的清醒，只是心里空得发慌，时间在一分一秒地流逝，他依然无法静下心来，他多么想找个人说说话——无论是谁，只要随便和他聊聊就行。

易陨放弃了努力，收起书包，快步离开了自习室。灯光昏暗的楼道里空无一人，墙上随处可见各大考研补习班的海报，醒目招摇之极。拐弯处那个卖盗版资料的小贩在向他打招呼，他没有搭理，默不作声地走出了教学楼。

然而当易陨一走出教学楼大门，面对扑面袭来的寒风，他感到了迷惘。自己要去哪儿？现在才刚过八点，他不想这么早就回到校外自己所租的那个狭小房间里。要不找几个兄弟出来聚聚？可是这段日子大家都在各忙各的，他不想去打搅别人。给家里打个电话吧？他犹豫着，脑海里浮现出了父母终日操劳的身影。这次暑假回家，无意间，他发现父母比他记忆中的样子老去了不少，皱纹正在悄然爬上他们的面孔。这个发现让他很难受。父母也许永远不会知道，遥远城市中的自己是怎样地挥霍着大学时光，他感到了深深的羞愧，差不多就在那一刻，他原本朦胧的考研愿望变得强烈和坚定起来。

可是，今天不是他惯常打电话回家的时间，如果他贸然打回家，父母一定会担心他是否出了什么事的。不，不能让父母操心。

还是回寝室吧，他琢磨着，至少会有几个兄弟在吧？是啊，现在就回去，哪怕只是听听回荡在楼道里的 CS 激战声，也能让他此时低落的情绪自行消失得无影无踪。他打定主意，走进了夜色迷茫的校园。

道路上一片寂静。风很大，路两旁树木上所剩无几的枯叶瑟瑟颤抖着。现在已是初冬时节了吧？易陨恍然意识到，离那个命运攸关的一月还有不到两个月的时间了。明年这个时候他将生活在哪儿？也许如愿以偿地身处另一个校园，也许仍然留在这里暗无天日地再经受一次煎熬。当然，他也可能放弃考研转而工作，不过这个可能性似乎很小，他的英语四级没通过，无法拿到学位证，再说，他错过了绝大部分公司的校园招聘，恐怕很难找到一家公司。考研，或许是他唯一的选择……不，考虑这些毫无意义，他摇了摇头，试着不去想心烦的未来，于是他仰起头望了望夜空，整个天空雾蒙蒙的，月亮一点也不明亮，只能隐隐看到一两颗星星。这一点也不奇怪，他所在的这座城市像是永远漂浮在一片沉沉的浓雾之中，在这里，人们很难看得到明朗的星空，也很难看得到远方，一切事物原本分明的棱角都在这经久不散的雾气里逐渐消磨，融化……

长长的道路尽头是学校体育馆。黑夜的帷幕下，这个轮廓奇特的建筑物活像一只蹲伏着的蛤蟆，冷冷地注视着他。体育馆外的广场上，黑压压地挤满了人，熙攘的人群发出的声响就如同被放大的电视干扰信号，沙沙地响着。哦，这是周末 C 大学生自发聚集而成的英语角。形形色色的人，一张张晃动着的脸，在黯淡的街灯光亮的映照下，显得如此生动，如此意兴盎然。易陨既羡慕又嫉妒地望着他们，他们轻松自如用英语谈笑的样子刺痛了他。自己在英语上吃尽了苦头。看来人与人真是不一样啊！

过了体育馆没几步，易陨远远地望见了自己的宿舍，他不觉间放慢了脚步。他还记得大一时初次踏进 C 大校园，目睹宿舍大楼那一刻的感受：在一片林立的灰扑扑的楼房中，这栋十层高的庞大建筑显得很是特别，衬着蓝得发亮的夏日天空，显得出奇的高耸与巍峨。有关大学生活的种种未来呈现在他的面前，如此真实，令他神往。然而三年下来，此刻眼前的大楼在黑夜的重压之下，变得这般的陈旧破落，楼底一侧的台阶下堆满了生活垃圾……三年了，这里埋葬了他整整三年的大学时光。堂而皇之地逃课，在寝室之间无所事事地游荡，躺在那张硬邦邦的铁板床上随意地翻读小说，和寝室兄弟们通宵达旦地打牌、玩游戏……那些惬意而又百无聊赖的日子，此刻回想起来，却那么的遥远与陌生。

易陨不由在宿舍大楼下停下了脚步，他满怀希望地将目光投向了那一排排亮着灯的窗户，寻找着，目光最后落在了……他的心猛地一紧缩，没有任何光亮从那一排窗户里透出，它们仿佛是一连串黑窟窿，突嵌在大楼中央。他蓦地记起来了，今晚有个外企的校园招聘会，寝室剩下的兄弟们一定都去了。他颓然僵立在原地，一种强烈的空虚感重新降落在他的心头。现在，他又可以去哪儿?

最终，易陨步出校园，走入了学校南门外的一家网吧。这是一家位于一栋居民楼低层的网吧，规模很小，浑暗的灯光弥散在狭小的房间中，空气里有一种难闻的味道。易陨不自在地坐在位子上，他旁边一群人正玩着网络游戏，他们时而激动得开怀大笑，时而又喋喋不休地咒骂着，完全沉浸在自我的世界中。易陨没心情玩游戏，只是毫无目的地浏览着网页。经过链接，他飞快地从一个网站跳至另一个网站，大部分内容只是匆匆而过——这是他上网的习惯。一般来说，只要肯发掘，在阔大的网络中总能找到一丝半点自己感兴趣的新奇事物。

易陨大学所学的是最最实际的专业，但他的喜好还算驳杂，天文地理，人文历史，他都有所涉猎。然而今天，似乎无论什么都激不起他的兴趣。他随手点击进了一个天文网站，漫不经心地瞥了一眼，这儿属于那种访问量极小的专业网站。蓦地，网站首页几个鲜明的大字引起了他的注意：“将你的名字送上彗星”。他好奇地打开这个主题的页面，大致弄明白了相关内容：这是一次被称为“深度撞击”的太空计划，人类所发射的探测器将飞近一颗名叫“坦普尔一号”的彗星，并释放出撞击器，撞击器将在2005年7月4日撞向坦普尔一号，撞击会在彗星表面生成一个大凹坑，这样人类将有机会第一次窥探到彗星神秘的内核。易陨能想象到这一幕情景，就如好莱坞大片《彗星撞地球》那样，撞击将在外太空中引发一场震撼人心的绚美爆裂。

更让易陨感到激动的是，普通人也有机会参与到这次撞击中去。人们只消在指定网页输入自己的名字，就可以将名字镌刻于撞击器所携带的一盘微型CD上。易陨点击了网页上的链接，果然，一个满是英语的窗口呈现在他的面前。

他只要在窗口中的空白栏轻轻敲入自己的名字，他就将成为这个伟大空间探险的一部分，“易陨”这个名字将搭乘太空飞船，离开地球，历经数月的飞行，最终撞向彗星表面。这样，他的名字会永远地封存于这颗彗星内核，并跟随这个幽灵般的微小天体在太阳系中四处游弋。

易陨被自己的幻想深深打动了。可有那么一瞬，他又觉得自己很可笑。这是多少有些荒诞的一幕呵，一个被考研折磨得焦头烂额的大四学生，在一个理应待在自习室的夜晚，却蜷缩在了一个阴暗的网吧中，不着边际地幻想着一些虚无缥缈的事情。是的，他无法解释心中这种突如其来的激动，一股莫名的冲动仿佛在推动着他，他将光标移到了填写姓名的方框中，键入了自己名字。

他点击了确定，系统迅速确认了他的名字。这一刹，他触电似的一颤，一股清新的感觉仿佛透过电脑屏幕注入了他的心灵，他的心情畅快多了。他似乎看到了自己的名字从平淡无奇的生活中翩然抽离出来，星辰似的漂浮在宇宙中，闪闪发光，成了星际间某种永恒的存在。

这一夜，他将怀着甜美的梦想安然入睡。

二

这个太阳系的流浪儿正在一步步接近灼热的太阳，它表面所覆盖的挥发物质在太阳风的轻拂下蒸腾而出，形成了一条长长的呈放射状的美丽光尾。坦普尔一号，这是人类给予它的名字，数亿年来，它就像是个放荡不羁的浪子，以杂乱无章的轨迹在太阳系穿梭了千万次，然而如今，木星强大的引力驯服了它，将其轮回的轨道死死束缚在了火星与木星之间的太阳系内层空间，于是，它成了一颗周期仅为五年半的短周期彗星……

三

夜半时分，朴诚靖从沉睡中猛然醒来，他的脑子仍是一片昏沉，昨晚灌下的几杯酒现在还起着作用，但他没有忘记自己的使命。他艰难地起身，背上挎包，踉跄地出了门。他摇晃着，骑上摩托车，狠狠地一踩油门，摩托车咆哮着上了路。

在酒精的作用下，摩托车被朴诚靖飞快地加至最高速。转瞬之间，喧扰、灯火迷离的城市就被远远地抛在了身后，大地上的景物变得越来越稀少。此刻的他全然不似平日行事谨慎的个性，他绷直了身体，紧伏在摩托车上，他的心突突跳动着，疾风呼啸着掠过他的耳际。就这样，他进入了一种近乎疯狂的恍惚状态。但他能感受得到，在他的头顶上，无数熟悉的星星正默默注视着他，而周遭深沉的夜，就如同一片幽暗无际的海，仿佛洞悉着他内心深处的一切。在黑夜的包容之下，他尽情宣泄，释放着心中积压的情绪。

他的目的地是城市以东 60 千米外的一个村落，一个远离城市光污染的地方，他的“观星小屋”就搭建在那里。他是一名“彗星猎手”，无数个寂静的夜晚他都是在搜寻星空中度过。彗星猎手尽管如今鲜为人知，却拥有着很长的历史，当 1759 年梅西耶独立发现返回近日点的哈雷彗星，彗星猎手的声望达到了顶峰。几个世纪以来，彗星猎手们从未放弃过用肉眼捕捉未知新彗星的努力。如朴诚靖这样的彗星猎手散布于世界各地，他们作为一个个单独的个体，常年坚守着苛刻的作息，在每个黄昏或黎明时分，借助天文望远镜，依靠肉眼目视搜寻滑过天幕的新彗星。

转眼间，朴诚靖抵达了他的观星小屋。三年前他寻觅到了这座离附近村庄尚有一千米的旧房屋，过去这曾是一个通讯站，如今废弃已久。房屋建在一片斜坡之上，四周没有什么障碍物，视野开阔，极适合天文观察。于是他花了些钱租下了这，在还算宽敞的顶层搭建起了简易的工作室，从此结束了四处流浪的捕星生涯。

朴诚靖泊好摩托车，艰难地登上了房顶。酒精的作用差不多消退了，但大脑仍隐隐作痛，四肢有些发软。他无力地靠在小屋木门上，打开了灯。亮起的光线让他目眩，他愣愣地望着眼前这个狭小的房间，简陋，寒碜，不可思议的凌乱，空气中弥散着一种霉腐的气息——真是有些难以想象，这些年来自己就是蜷缩在这样的一个空间中，日复一日地搜索着彗星。

朴诚靖强迫自己振作起来，他缓缓地移动到房间的另一侧，开启了巨大的瞭望窗。透过窗口他看到了满天朦胧闪烁的星斗，远处的村落，更远处起伏的原野，都笼罩在一片深重的阴影中，而自己所置身的这间木屋仿佛是这片阴影之中唯一幸存的孤岛。

接着，他掀开了包裹在望远镜上的厚厚幕布，擦拭起镜片来——这个望远镜是由朴诚靖手工自制的，镜片是他用低价获取的一艘渔船上的旧镜子，磨砺镜片，花去了他几个月时间。自然，对于一名彗星猎手，镜片的洁净是至关重要的。通常，朴诚靖对于整个擦拭过程充满了一种宗教般的虔诚，无论他此前的心绪多么波动起伏，通过反复细致地擦拭，他总能很快进入到心情平和的状态。可今天，朴诚靖怎么也无法让自己情绪稳定下来，他的心仍然空空的，没有着落。他无奈地叹了口气，停止了擦拭，关上了灯，将望远镜移向了深空。

他的目光在一簇簇他所熟悉的深空天体中逡巡。从光学望远镜中看到的星空，远非人们惯常看到的天空图片那般的色彩斑斓。那些遥远的深空星云，就像是一个个细小的灰色光晕，在肉眼中呈现出异常朦胧冷峻的色泽。这是因为人的视网膜上的锥状细胞和杆状细胞只能感受到非常狭窄的电磁波波段。人类可怕的生理局限，朴诚靖轻叹了口气。十多年来他就这样一直守望着这一成不变的夜空，与永恒进行着某种执拗的抗争。他脑海里忽然异常清晰地回想起一幕画面，那是自己第一次举起天文望远镜的情景：在一个万籁俱寂的旷野中，他从那位可敬的物理老师手中接过了望远镜，颤颤地举起，那一刻，世界仿佛冻结住了，他被呈现在眼前的宇宙深深震撼了——一个充满了静穆庄严的美感的宇宙。那时的他还只是个懵懂无知的初二学生，在整个观测过程中他的身子一直抑制不住地颤抖着。是的，那就是他梦想的起点。

突然之间朴诚靖完全清醒了过来。在清冽的夜风中，无数往事挟裹着莫名的感触汹涌而至。二十八岁的生命历程在他脑海里一幕幕闪现，就像是一部情节并不复杂的电影。那次神奇的体验过后，他的人生方向变得简单而明晰：他差不多把所有空闲时间都花费在了他所痴迷的天文观测上面。他开始阅读大量天文著作，并试着自己手工磨制镜片。初中毕业的他放弃了就读高中进而进入大学的道路，他迫不及待地选择了一所技校，这样一来，他获得了充足的时间来进行他的爱好。念完技校后，他在家乡一家电子设备厂谋得了一份电焊工的工作。也就是这个时期，和众多业余天文观测者一样，朴诚靖将自己的观测目标锁定在了搜寻飞临地球的未知彗星上。同时他过起了一种近乎苦行僧般的生活：每周的四天里他会加班加点地完成整周的工作任务，而剩下的三天，他尽可以昼伏夜出，自由地前往城市郊野猎星。

接下来的日子里，他甚至极其幸运地发现过一颗新彗星，然而在一段时间的兴奋之后，他被告知这颗新彗星在他发现的十多个小时之前，已有别的“彗星猎手”率先观察到了，新彗星将以别人的名字命名。对此朴诚靖并没有大失所望，而是平静地接受了。他很坦然，幸运的话，有朝一日太阳系中会诞生一两颗以他的名字命名的彗星；当然，也有可能穷尽有限的一生他终是一事无成，生命大把的时间都抛在了这人迹罕至的荒郊。可这又有什么关系？能享受到发现新彗星那一刻难以言说的狂喜，能够按照自己选定的方式生活，这一切还不能让自己心满意足吗？没有什么可遗憾的，没有了，除了……除了金姬，朴诚靖突然痛楚地意识到。

呵，金姬。

金姬是他小时候的邻居，也是小学、初中时代的同学。他们的恋情是怎样开始的，他已无从追忆。他们在一起度过了一大段属于他们俩的快乐日子。在他记忆里，他们彼此总是充满了某种奇妙的默契。然而，应归咎于自己优柔寡断的性格，再加上后来他对天文观察的痴迷，他们始终保持着一种若即若离的关系，直至迥然不同的生活轨道将他们最终分开。金姬在读完高中后去汉城（今为首尔）念了大学，毕业后她返回了家乡。最初他们还时而往来一下，但渐渐地他们开始疏于联络，直至最终彻底失去了联系。在一年前，他偶然获知了金姬已经订婚的消息。在一段时间的消沉后，他默然接受了命运，继续着自己的生活，直到昨天，他波澜不惊的生活终被打破了。

他的心绪回到了昨日那个让人昏昏欲睡的午后。在工厂还未开工之前，朴诚靖习惯性地靠在车间门口的椅子上闭目养神。在迷迷糊糊中，他感觉到有个隐约的身影正在向他走来，这是一个年轻的女性，身材窈窕，像是在左右顾盼着什么。这个身影很是熟悉，像是金姬……不，就是金姬。他慌忙站了起身来，险些被脚下的椅子绊倒。

金姬的到来是如此的突然，他曾多次地设想过某一天与她的街头偶遇。是若无其事地上前与她攀谈，还是畏缩地远远避开，他实在拿不准。但现在，金姬竟找到了他工作的地方，活生生地站立在距他咫尺的地方。她的造访不会只是看望他这样一个失去联络的旧日朋友吧？“没有打搅到你的休息吧？”

“呜，当然没有……”他竟有些手足无措，他现在的样子一定邋遢得要命，身上陈旧的工作服上满是油垢。眼前的金姬穿着一件米白色的束腰风衣，站在午后耀眼的阳光中，静静地凝望着自己。他不由间竟有些恍惚了，脑海里浮现出了金姬少女时代的样子，与眼前的身影不可思议地叠映在了一起。事实上，她并没有多大的改变，依然如往昔般美丽，而岁月，只是将这种美丽雕琢得更加的成熟与端庄。

“我还真担心找不到你呢！”金姬略微有些抱怨地说，“上个星期我就来过一次。工厂的人告诉我你的作息时间并不固定。”

“是吗，真是抱歉……你知道，变化无常的天气是天文观察最大的敌人。”他有些发窘地说，“我只得根据天气的变化来安排我的时间。”

“还是没有放弃你的梦想？”金姬淡淡地微笑着，那一双格外明亮的眼睛定定地注视着他。

朴诚靖避开了她的目光。“呃，这几年我的兴趣转向了寻找彗星上面，那种未知的新彗星，我想我会寻找下去。”他竭力让自己微笑着说道。他知道自己笑得一定很难看。

“一直？”

朴诚靖犹豫着，仿佛接受生命最终的抉择，但最后他还是点了点头——这是确定无疑的呵。可他该如何开口告诉金姬，自己面对横贯天际的汹涌星潮，在其中自由寻觅遨游的那种奇妙体验，与他对金姬深切的爱一样，都是他此生难以割舍的眷恋。

“我明白，这是你的生活……”金姬轻轻说道，一副欲言又止的样子。这一刻，朴诚靖分明看到她的眸子深处的那道亮光黯淡了下来，就如同晨曦中消散的星辉。她低垂下了头，在踌躇片刻后，她还是开口说道：“朴诚靖，你也许自己没有意识到，其实你这个人很有魅力，你从小身上就有一股很能吸引人的地方。你为人正直，人也很聪明，做事专注认真，一旦认定了目标就不会轻易放弃……”

朴诚靖默默地听着，一股暖流涌荡在他的心头，然而这种幸福的感觉稍纵即逝，他猜想得出金姬接下来要说些什么，但他害怕那些话语从金姬口中说出。

“可是我弄不明白，你怎么会陷入现在这样的境遇呢？那些过去和你一起迷恋天文的伙伴都早已离开了吧？为什么你不能和他们一样，选择一种安定的普通人的生活呢？……那些一辈子都不曾特意抬头仰望夜空的人们，他们还不是好端端地生活着？”

朴诚靖没有说话，只是苦涩地笑着。时隔多年，巨大的分歧仍然横亘在他们之间，就如同一堵无形却充满斥力的墙。

“这么多年来，我一直在等待，等待有一天你从你所沉迷的那个缥缈的世界中抽身而退，解脱出来，至少，至少是保持一定的距离。但是你没有，没有……”金姬的声音突然变得嘶哑起来。

“我不能呵……”他喃喃地说，他只感到生命中的某种渴望终究还是熄灭了。

接下来是一阵令人难受的沉默。

“下个月我就要完婚了，新郎是名政府公务员，”金姬的声音在空中微微发颤，她的眼睛一直盯着远处的什么地方，“请祝福我们吧！”

就在这时，他们的四周响起一片机器的轰鸣声，工厂开工了。

“祝你们幸福……”在阵阵轰鸣声里朴诚靖听到自己愚蠢地说道。

“我想我该走了。”金姬侧头望了望，最后向他挥了挥手。

“可你不能……”话到了嗓子眼却凝固住了，朴诚靖僵立在原地，他丧失了挽留金姬的勇气。无论如何，他都没有这样做的理由。

金姬转过身去，快步穿过眼前的空地，消失了。那纤弱的背影在他眼中定格，恍若一颗匆匆交汇却最终远去的彗星。

这颗彗星将在他的有生之年不再返复。

朴诚靖深深叹了口气，从回忆中醒来，再度回到了现实，他身处的孤独的小木屋中。他呆呆地注视着四周混沌的黑暗，夜风彻骨的寒冷，一种难以名状的情绪淤积在他心中。这么多年来，面对莽莽星空他第一次感到了如此绝望般的孤独，自己日复一日的守望是否真的有意义？也许，也许他真的需要重新审视一下自己。

他已经没有心情再观察下去了，他放下望远镜，慢慢地打开了带来的笔记本电脑。等待。闪烁的网页慢腾腾地在他面前展开，如往常一样，他连上了一个有关彗星的专业网站。在这里，他下载了最新的电子星图。接着，他进入到网站的BBS区，这是圈内一个有名的讨论区，来自世界各地的彗星猎手们在此驻足，相互交流巡星的经验，分享着彼此的快乐。朴诚靖仔细地阅读每张帖子，时不时地飞快敲击键盘，认真地回复。这真是一种奇妙的感觉，他一生游历甚少，从未真正离开过全罗北道，但通过网络他得以在世界各处神游，与素未谋面的同行们敞开心扉交流。要知道，随着近十年来近地天体巡天计划（NEOS）的实施，仅用肉眼捕猎彗星的热潮早已在地球上褪去，还有这么多人在坚持，他感到他并非孤立无援。想到这，他感觉顿时好多了。

他又连上了http://www.nasa.gov/，美国宇航局的主页。这是他心中的神殿，现实与梦想交汇的地带。然而今天，望着信息量巨大的页面他心情多少有些复杂，屏幕上那些各式各样的航天器、几乎覆盖所有波段的大型望远镜不停闪耀着，像是在善意地提醒着自己，这已不再是如他这样的业余爱好者能够单枪匹马取得一番成就的时代了。他在心底苦涩一笑，他们是一群生活在科技时代的活化石，日益强大的科技将他们的生存空间压缩在了可怜的空间里。如今回想起来，自己年轻时代放弃大学的决定多少有些草率，兴许经过大学，他有机会成为一名真正的天文工作者。不过这种遗憾也仅是一闪而过，毕竟他自己心里很清楚，他不过是个平凡的普通人，并不具备过人的智慧和直觉，与别人相比仅是多了些持之以恒的毅力，高深的天文殿堂是不会有他位置的，那些天文机构无暇顾及的、零零碎碎的领域或许更加地适合自己吧！

他不停地点击一个个链接，浏览着。当然，彗星是他最为关心的主题。突然他顿住了，被一张图片所吸引。图片上，一个金属状物体迎面撞击上了一颗硕大的彗星，在彗星表面激起一圈汹涌的冲击波。图片旁边附有简明的相关介绍，使他了解了“深度撞击”计划。一次划时代的伟大撞击，他在心底由衷地感慨。那些遥不可及的彗星将不再只是他视网膜上游移不定的光点，也不再是一个个充满神秘感的符号，撞击将使彗星内核深层次的奥秘暴露无遗，他欣喜而又略微有些伤感地遐想着。同时，所要撞击的彗星引起了他的注意，坦普尔 1 号，他思忖着。一下子他记起来了，是的，彗星猎手坦普尔在法国马赛首次发现了它，时间是上个世纪中叶，这是一颗回归周期仅为五年半的短周期彗星，他甚至记得这颗彗星在被发现之后曾神秘失踪过一段时间，而在半个世纪前又重新如期出现在了人们视野中。这个发现让他兴奋不已，看来彗星猎手的工作并非毫无意义。

自然，在报道的最后他发现了“将你的名字送上彗星”活动的链接，他毫不犹豫地点击了它。他一点也不感到惊讶，这类活动算不上新颖，一年前他的名字就曾跟随“火星探路者”探测器登上了布满尘土的火星，这样做并不会对自己的生活，自己的未来产生一丝一毫的影响。可是，他这样做了，总还是有些区别的吧？他的心不禁微微一颤，仰头望了望已有些泛白的夜空，将鼠标移至了页面上的空白框，敲入了他的名字，接着按下回车键，屏幕上迅速弹出了一个窗口，这是此次活动的纪念证书。他的英语名字很是醒目地出现在了证书的中央，左侧是探测器撞向彗星表面的模拟图像。而证书的右下角印有“深度撞击”项目首席科学家的签名：唐 · 约曼斯。朴诚靖认得他，一名才华横溢的彗星专家，自己曾拜读过他的早期著作。接下来，他又将证书反复地读上了好几遍，最后，他保存了网页，关掉了电脑。

他直起身来，舒展了一下酸痛的身体。此时天色已逐渐明亮了起来，一颗颗星辰正在晨曦中逐一熄灭。被初升朝阳照亮的地平线隐约地呈现在远方。这正是捕获彗星的最佳时间呵——在此刻飞临地球的彗星将与太阳相距最近，彗星的亮度和体积都将因此变得最大。

继续寻找下去呵，朴诚靖在心中默念，将望远镜再度瞄向了东方。也许，奇迹就发生在不久的未来。

四

“发射应该推后一段时间。”唐 · 约曼斯激动地争辩道，眼前这间宽敞堂皇的办公室，打磨得透亮的阔大办公桌，以及大腹便便的范德勒主任都让他感到莫名的压抑。

在办公桌另一端，范德勒依然保持着职业性的微笑，他有着一副开关似的笑容："呃，你是清楚的，如果延迟发射计划，撞击就无法在 2005 年 7 月 4 日独立日那天如期上演。"

"可，可我们的探测器还需要一大段时间的改进。"约曼斯强压住心中的怒火。在他心中整个撞击计划理应更周详，更完美。

"约曼斯，你们的要求或许是合理的。但我想，你们之所以要求推迟发射无非是想对已有探测器进行一番修修补补。可与独立日献礼这样重大事件相比，这些统统可以忽略。"

让该死的独立日献礼见鬼去吧！约曼斯在心中愤愤地骂道，但他仍竭力用平和的语气说："主任，我并不反对科学探索与社会效应捆绑在一起。但，现在的问题是，外带的附加功能不能阻碍科学探索啊！你难道认为，撞击的本身比探测彗星内核更为重要吗？'深度撞击'是人类首次以'主动出击'方式去探索地球以外的天体。我们有理由再谨慎一些。"

约曼斯的话令范德勒皱起了眉头，但他仍慢条斯理地说道："约曼斯博士，作为一个科学工作者，有时候你必须在现实中作出某种意义上的妥协。你想想，独立日会赋予这次原本单纯的科学活动一层非凡的象征意味，同时，这将攫取到广泛的公众关注。独立日那天，地面上盛大的、灿烂的烟火表演，将与外太空中另一场更壮观的焰火相映生辉，这如此恰如其分地展现出了我们合众国的精神，合众国的历史……"

"不打扰你了。"约曼斯起身打断了范德勒的话。范德勒的夸夸其谈让他无法再忍受下去。他明白，事情至此已无法改变了。他转身离开了办公室。

约曼斯走出了教堂一般的国会大厦。他就像刚经历了一个长长的令人窒息的隧道，心中还滞留有一种腻腻的眩昏感。他步履沉重地沿着高高的台阶逐级而下，和煦的风轻拂着他，台阶下是一大片嫩绿的草坪，散落在上面的几只雪白的鸽子在明媚的阳光下悠闲地觅食。这让他想起了十多年前自己生活过的青葱的大学校园，那段自在无拘的生活令他多么怀恋。这些年来，实际上他早已远离了学术界，现在的他更像是个蹩脚的、卖弄噱头的马戏团经纪人，把大把大把的时间浪费在了诸如应付媒体记者，与政客们的讨价还价上面。他已经记不得自己是第几次这般失魂落魄地从身后的建筑物中走出。上次是因为 NASA 放弃罗赛塔彗核取样计划，还是为了面临夭折的冥王星探测计划？——“9 · 11”事件后布什政府裁减了多个原定的太空探测计划。不过，让约曼斯稍感欣慰的是，“深度撞击”项目尽管厄运不断，但最终还是艰难地维持了下来——尽管他有时候会怀疑，国会的那帮官僚们是否真是因为独立日的烟火才促成了这个项目。

五

2005 年 1 月 12 日，美国佛罗里达卡纳维拉尔角发射中心离发射还剩下最后的十几分钟，唐 · 约曼斯悄悄地离开了控制大厅。就像是一个急于躲藏起来独自品尝糖果的孩子，他渴望一个人安静地经历这个美妙时刻。

他快步登上了所在实验室大楼的顶层。空旷的发射场如此真实地呈现在他的视野中——在离他数千米的地方，一座庞大笔直的发射架上灯火通明，上面搭载的“德尔塔II”型火箭已进入到了最后的倒计时阶段。“深度撞击”彗星探测器就安放于火箭的顶部，约曼斯的心不由哆嗦了一下，脑海中立刻浮现出了探测器的模样。是的，他对它太熟悉了，他清楚地知晓着这个结构复杂的探测器内部每一个部件的功能——尽管它还不尽完美，如同一个天生就带有缺陷的婴儿。但毕竟他就将要降生了。

在几分钟之后，探测器就会被送上太空，如果一切顺利的话，它将在7月4日，也就是六个月后，在距离地面1.3亿千米的外太空径直撞向坦普尔一号彗星。

今天无疑是约曼斯人生的辉煌时刻。还是孩提时代，他就对天文学产生了浓厚的兴趣。最早是通过阿西莫夫和萨根的节目，他认识了太阳系内各形各色的天体。相比其他天体，约曼斯对彗星赋予了更多的幻想。这些幽灵般的微小天体，散布于太阳系各处，火星与木星之间广袤地带，海王星轨道以外的奥尔特带、柯伊伯带，都拥有着它们的势力范围。他也解释不清为什么，彗星对自己的这种吸引力仿佛与生俱来，令他痴迷，流连忘返，一直伴随他的一生……

猛地，一声雷鸣般的轰鸣声，将约曼斯从彗尾般四散的思维中拉回了现实。他仰起头，只见火箭已经腾空而起，拖着光亮的尾焰直蹿向天际，在晴朗的天空中划出一道弧线。发射成功了。此时从控制大厅传来了同事们兴奋的欢呼声，而约曼斯仍静静地站在原地，久久地凝望着湛蓝天际中微微闪光的亮点，直至亮点从他眼眸中完全消失。人类正在创造崭新的历史，他想。

六

2005年7月3日，探测器携带着56万个志愿者的名字穿过外太空，顺利地抵达了预定点，在六千米外的地方坦普尔一号拖曳着光尾，已经如期而至。探测器的速度放慢下来，将光学系统对准了咫尺之外的庞然大物，精确测算出撞击的位置。于是沉重的探测器如陀螺般地自旋起来，从飞越舱缓缓地释放出一个书橱大小的撞击器。这个满布刺钉的撞击器调整着姿态，同时打开了摄像机，它将在自动导航系统的引导下，在接下来的24小时里穿越坦普尔一号弯曲的彗尾、彗发，然后撞向彗核的朝阳面。而飞越舱将根据侦判程序，改变航路，绕行到一个安全的位置观测撞击过程。

撞击器与飞越舱所拍摄到的高分辨率照片被转换成34米的无线电波，以光速穿过1.3亿千米的距离，传向地球上的深空网地面站——此时一面巨大的抛面射电望远镜正锁定着彗星方向。地面站随即将讯号传递至最近的通信卫星，经过一系列微波中继站的分程接力，最终信号抵达喷气实验室的计算机中。明亮的控制大厅中，约曼斯和同事们正神色紧张地注视着屏幕上飞快变化的图像。

屏幕上，闪着金属光泽的撞击器，疾速穿行在一片虚无缥缈的由气体与尘埃构成的光雾中。那些微小的尘埃颗粒，反射着太阳光，闪烁着，像无数只飞驰急蹿的光亮的小虫。在撞击器的正前方，灰白色的彗核表面愈来愈清晰可见，这颗直径不过6千米的彗核并非如人们过去所认为的那样是覆盖了一层厚实肮脏的冰雪，相反，静穆光洁的岩石表面平滑，地形复杂多变，遍布着许多大大小小的沟壑洼地、高低起伏的峡谷与尖峰，同时约曼斯还注意到，大量的尘埃颗粒从那些低洼的地方旋转着喷发出来，在彗核表面形成了一股股的明亮光柱……面对这般奇境，约曼斯突然间又感受到了那种久违的儿时对于彗星梦幻般的感觉，让他滋生出一种幻想，眼前这颗彗星就像是一个被唤醒的生命，从她诞生的那天起，她就在等待着人类的造访。

七

2005年7月4日，撞击器以3.7万千米的时速撞向了坦普尔一号。

正如人们翘首期待的那样，撞击激起了一幕摄人心魄的景象：铜制撞击器犹如一枚微小而坚硬的子弹，从长条马铃薯状的彗核上的一点猛刺了进去，由于相比彗星撞击器质量微不足道，撞击并没能改变彗星的运行轨道，却造成了一场剧烈的爆裂。从撞击点迸发出的冲击波，白色波浪似的向四面涌去，转瞬之间，在彗核表面升腾起一团破碎岩石与冰块组成的浓云，在强烈太阳光的照耀下，缤纷绚美之极。作为7月4日美国独立纪念日的一个献礼活动，此次撞击早已向公众广为渲染。所以，地球上亿万人通过电视转播和互联网目睹了这场发生在外太空的盛大烟花表演，此时此刻正表现得如痴如狂。

然而，控制大厅里还是一片寂静，工作人员还在有条不紊地忙碌。在他们心中还有比撞击本身更令他们专注、更令他们着迷的事情——勘探彗星内部结构以及构成物质，这才是本次撞击行为真正的焦点。在一亿多千米外的撞击现场，位于安全位置的飞越舱正在对从彗核内部抛出的喷发物进行透彻的红外线光谱扫描。而更为关键的是，已进入彗核内部的撞击器所携带的光学成像系统经受住了颠簸，仍然没有停止工作，它还在艰难地向地球发送信息。

撞击器拍摄到的彗核内部的高速图像经过计算机的处理放慢，实时地呈现于大屏幕之上。此时的撞击器正在飞速深入，它已经穿越了并不厚的岩石表层……约曼斯紧张得屏住了呼吸。

“上帝啊——”不知是谁声音颤抖地叫道。

约曼斯就像钉子般被钉在了原地，这是一幕人类无论如何也不可能预先想到的景象：彗核的内部一片明亮，竟是一大片密密层层蜂巢似的网格，所有的格子整齐划一，晶莹透明，无数的蓝色光点在其中不断蹿动，跳跃，以极高的频率组合成一幅幅复杂抽象的图形。不！这不是他所熟悉那个的彗星，约曼斯感到茫然，不知所措，这更像是一个巨大无比的万花筒，它瞬息万变着，像在是嘲弄着人类贸然闯入的莽撞与无知……一股强烈的直觉像一把凿子猛地楔入约曼斯的大脑中：一个精妙的运算处理系统，是的，这些网格就如同神经网络一样，运行着某种他无法理解的功能。但现在，这个无比深奥的系统正在分崩离析，水晶般的网格是如此脆弱易碎，它们在撞击器以及从裂口涌进的气流的冲击下纷纷碎裂。可就在这时，屏幕上的图像凝固，信号中断了。

一时间，控制大厅里一片哑然，谁会想到冰封的彗星内部竟暗藏着这不可思议的网络？这神奇的造物究竟是什么？又是什么样的强大力量创造了它？

十分钟后，约曼斯带着一身的疲倦回到了自己的办公室，一下子瘫坐在椅子上。他太需要对混乱不堪的思维进行一番梳理了。他慢慢地闭上双眼，凝思起来，一个近乎荒诞的想法在他脑海中逐渐成形……正在此时，约曼斯感觉到有人如一阵风似地冲进了房间，他睁眼一看，是克梭，自己的搭档，一名航天工程师。

“又发生了什么？”约曼斯慌忙站起身来。

“真是太神奇了，”克梭气喘吁吁地说道，“就在撞击器信号中断的几秒针后，地球轨道上的钱德斯 X 射线望远镜接收到了一大串无法辨识的 X 射线，讯号来自坦普尔一号。”

“呃——”约曼斯僵住了，他清楚这意味着什么，显然，坦普尔一号在向什么地方发送其遭到撞击的信息。

“我想，我们无意间撞上了外星文明安插在太阳系内的侦察卫星。”在片刻的沉默后，约曼斯猛地抬眼望着克梭，他竭力使自己的声音听上去不那么发颤，“我们过去一直孜孜不倦搜寻的外星智慧生命，也许在亿万年前就曾光顾过太阳系，并留下了他们的监视器。”

“你是说坦普尔一号是外星人伪装起来的监视器？”克梭满脸不解地望着他，“但我无法理解为什么外星人会留下这些东西，太阳系以及人类有什么好供他们监视的？”

“按我的猜想，道理也许很简单。你是知道的，我们的太阳仅是浩瀚银河系中荒凉一隅的一颗普通恒星，而在碟状银河系中央还密集地簇拥着无数相比太阳更为成熟的恒星，在那里理应存在比人类更为成熟的文明。或许与人类一样，那些年迈的种族也渴望宇宙间不同文明的相互交流，当他们偶然发现地球产生了生命的萌芽时，兴许也感到万般欣喜，然而让他们感到懊恼的是，此时的地球文明还委实过于幼嫩，尚缺乏两个文明交流沟通应具备的最基本条件。于是，他们在太阳系中放置了监视器，远远地默默观察地球生命缓慢的进化，期待着有一天我们能足够成熟。”

“可你的说法似乎不能自圆其说，”克梭怀疑地说，“根据我们的经验，彗星的轨道并非一成不变，就如这颗坦普尔一号，它并不是一开始就是周期彗星，是由于木星的引力才使它渐渐沿着接近地球的轨道周期运行。”

“不，我倒认为将监视器伪装作彗星是一个处心积虑、令人叫绝的选择。我估计对于地球文明的监探任务由散布于太阳系的多颗彗星状监视器共同完成，而坦普尔一号只是其中之一。这些监视器表现出来的特性与天然彗星并无什么差别，它们能借助太阳系内天体的引力自动调整运行轨道，有的处于休眠状态，有的处于工作状态，工作状态的监视器如同一个个短周期的彗星，每隔数年或数十年，就会行至近地位置，对地球文明进行一次近距离观测。这样它们自然不会过早引起人类疑心，使得地球文明能够独自向前发展。”

“但是，约曼斯，你有没有想到，人类日趋深入的太空探索终有一天会使我们识破这些监视器的真面目……”

“是的，这是必然的。我在想，或许这样的事件本身就是监视系统判断地球文明的阈值指标之一，意味着我们的文明已经达到了他们所期许的层次。就像今天我们所看到的这样，遭受损坏的监视器迅即向母星发出了报警信号。”约曼斯急切地说着，但与此同时，似乎又有什么地方让他隐隐地感觉到不合乎逻辑。

“坦普尔一号辐射出的X射线究竟有多强？”约曼斯蓦地停顿了下来。

克梭耸了耸肩：“并不算强，它的辐射量甚至不及太阳一次普通电磁爆的千分之一。”

约曼斯能够理解克梭的弦外之意，他的大脑飞速地运转起来。如此能量级别的X射线讯号根本无力穿越星际间的距离，它将在传播中迅速衰减，变得异常微弱。当然了，除非对方拥有了在他智力层面上无法理解的天线接收技术。但还有更要命的，如果真如他所想的那样，X 射线真是作为信号的载波，那么信号将必然是以光速在太空中传播，千万亿光年外的那个顶级文明会愿意等上千万亿年吗？

“难道说 X 射线携带的信息并非是要传回母星？”约曼斯无比困惑地喃喃自语道。在长久的思索后，他突然像被一束光亮击中，恍然一惊，他终于意识到了自己先前的推论遗漏掉了极为重要的一环。“快，快让我们的望远镜立即搜索太阳系，特别是小行星带！”约曼斯一边大声叫道，一边像着了魔似地飞奔出了办公室。

然而他的顿悟已经太迟了。

八

从外观上看，这只是广袤的小行星带中数以万计的小行星中普普通通的一颗，然而就是这颗“小行星”在过往的数亿年中暗暗地承负着非凡的使命，作为监测系统的母舰，它统筹控制了整个系统的运行。每一艘飞近地球的监探子舰都会将探测到的信息送至这里进行数据处理，因此，这里存储下了有关地球文明庞大而详尽的信息。

而在此刻，这艘正悬浮于木星附近区域的母舰接收到了坦普尔一号发来的指令，它启动了体内的报警程序。

在墨黑太空背景的映衬下，以全功率运行起来的“小行星”逐渐通体明亮起来，就像是一颗漂浮在黑暗之海的炫目光球。在它的体内，一对质子与反质子在瞬间被加速至超高能级，接着在高度精密的操控下完成了对撞，巨大无匹的能量被精妙地压缩进了一个电子大小的微小尺度中，就这样，一个寿命仅为万分之一秒的微型黑洞产生了。

微型黑洞被立即释放，摇晃着滑向不远处的木星，在其还未完全蒸发消失的一瞬抵达了木星的表面。在黑洞可怖的吸引力下巨量的金属氢从木星内部涌出，被吞噬进了微型黑洞。微型黑洞如同一粒获得了充足养分的种子，在多维空间沿着初始状态所预定的引力线迅猛地生长，蔓延，准确地连接上了三维空间数十万光年外的某一点。这期间，从“小行星”发射出一束密集的激光，注入了黑洞视界。

就这样，这束激光负载着 56 万个人类名字的编码，跨过了星际之门。

光电火石间，黑洞完成了它的使命。紧接着，它高速地远离了木星，急遽蒸发，飞快地结束了其短暂的生命。

九

这是五个月后平常的一天。此前彗星撞击事件对于人类社会造成的冲击已逐渐褪去。毕竟，对于地球上的芸芸众生来说，太阳并未因此而熄灭，他们所能感知的世界也未发生丝毫改变，善忘的他们仍旧按部就班地生活着。

易陨依然一个人生活在 C 大校园中。事实上，这一年来他始终没有离开过这里，考研失败的他大学毕业后仍选择留在 C 大，继续准备来年的研究生入学考试。尽管此时，他的绝大部分朋友都早已经离开了这座城市。

当奇迹降临的那一刻，易陨正走在从食堂返回自习室的路上。他的心情早已因千篇一律的生活而变得麻木，他只是漠然地走着。夜已深了，他头顶上方被光雾覆罩的夜空仍是一如既往地昏暗不清。忽然，他感到四周一下子陡亮了起来，他不由抬起头，这一刻，他看到了一辈子都未看到过的满天繁星，如同无数粒闪烁的沙砾，密密层层地叠嵌在深黑的苍穹。由群星闪耀出的光芒倾泻在大地，整个世界恍若变得透明起来，天与地仿佛连为一体。

在易陨的身旁，所有人都惊恐地停下了脚步，就像是一尊尊沐浴在灿烂星光中的雕塑，充满敬畏地仰望着诡异的天空。更为奇异的是，这些燃烧的星辰似乎正颤颤地向着他们汹涌而来。是的，仿佛有一只无形的巨手在变换着焦距，整天幕的星辰疾速地分散开来，转瞬间，易陨头顶上的星辰数目愈来愈少，而形体却在急剧增大——他发现这些星辰已不再是一个个简单的闪亮的圆点，它们逐渐具有了某种细微的结构。最终，它们停止了变化，清晰地凝固在了空旷深邃的夜空中。

天啊，易陨惊奇地看到，闪闪浮现于夜空中的竟是一串串长短不一的英语字母！他注视着满天空的几十串字母，其中有一串字母似乎很是熟悉……天，那不是自己名字的拼音吗？这个发现让他一阵战栗，他痴痴望着自己的名字在夜空中熠熠生辉，先前的惊奇与恐惧感全然消失了，一种超然尘世的空灵感觉荡漾在他的心中。他回想起了一年前那个心情纷杂的夜晚，在一家昏暗的网吧中自己敲下了那几个字母……

这不是他梦想已久的时刻么？

与此同时，在朴诚靖生活的城市，夜幕中也梦幻般排列着几十串英文字母。正在加班的朴诚靖带着满身的疲惫走出了车间，抬眼望去，在夜幕的中央，他瞥见了自己的名字，这一刻，他很难分辨得出自己身处梦境还是现实，是的，这很像他过去做过的一个梦，在一个沉寂的深夜他终于如愿捕猎到一颗新彗星，于是乎，这颗将以他名字命名的彗星骤然演化成为他的名字，如一个忽闪跳跃在夜空的精灵……此刻的他已不想去弄清这究竟是否只是一个宏大虚幻的梦境，他只愿全身心地沉醉其中，静静体味此时涨满心中的各种滋味。奇迹，生命的狂喜与刺痛。

而在地球的另一端的美国，时值清晨，约曼斯正驾驶着他的轿车赶往实验室的路上。十点钟有个会议，会议的主题依旧是离奇的彗星撞击事件，时至今日，人类仍无法理解木星怎样在一瞬之间神秘地失去了其十分之一的质量，以及背后隐藏的深层次缘由。约曼斯打算在会议上提议进一步搜索小行星带。

他入神地思考着，直到陷入停顿的交通使他不得不停下车。他走出车子，呆住了，东方的太阳如一团水渍般隐去了，半透明的天空中密集地簇拥着一个个人类的名字，通体闪烁着纯净明亮的蓝光，给城市的水泥丛林染上了一层清澄迷幻的亮色。马路上到处都是惊慌失措的人们，他们恐慌万状地注视着天空，很多人打开了收音机，渴望收听到能让他们心安的消息。

“他们终于来了。”约曼斯在心中对自己说。他凝望着显影在天空中的浩繁人名，它们究竟承载着怎么样的寓意呢？他寻思着。忽然，他觉得自己似乎领悟到了对方的用意，他静立在原地，一种深深的宁静降落在他的身上。

在离他不远的车内，收音机正在沙沙地响着：“……深空网刚接收到了从停泊在冥王星轨道上的外星飞船发来的信息，外星文明正式地邀请人类加入银河系文明大家庭。对方正在对地球上 56 万个人类的思维进行扫描，此刻出现在世界各地天空的人名，正是所在地被选中的对象……测试的最终结果将评估出整个人类的种族特性，进而决定人类文明未来将要提升的方向……”

这一刻，纷繁忙碌的世界停止了运转，整个人类就如同一个懵懂的小孩子，站立在璀璨的星门外，忐忑不安地等候着一个答复。

风暴之心

索何夫

外星"人"的生命形态

他要找的东西就在那里。

它位于前方220千米外，从顶端到底部足有几百千米高，直径超过了20千米，斑驳的褐色、深灰色和暗红色条带在它不断变化的表面上忽隐忽现、游移不定，仿佛是在流动水面上漂浮的油脂。它的底部直插进覆盖着富含硫化物和深褐色雾霭的液态氢海洋中，顶端则连接着一大片脏棉絮般的、由灰白色的氨冰和透明的水冰混合形成的云雾，看上去就像是北欧神话中连接天地的宇宙大梣树。浓密的云团在它的周围沿着顺时针方向疾速旋转，不断被时速上千千米的强风撕扯、揉捏、挤压，变幻出千奇百怪的形状，如同一群群喜怒无常的风之精灵。

杰深吸了一口已经开始透出霉味的再生空气，努力抑制着打呵欠的冲动。在连续十四个小时的驾驶后，疲倦就像钻进树木的蛀虫一般蛀穿了他的每一根神经和每一块肌肉，但他不愿在若望·罗孚特面前有任何示弱的表现——这个唠叨、自以为是的生态学家总是试图抓住一切机会，想要掌握这艘小小飞船的主导权，对他发号施令，他可不想让这家伙认为现在有机可乘。

与所有的追风者一样，杰这辈子永远无法学会听命于人——追风者都是独行客，是只服从自己或自己所属的小团队的人。与 20 世纪的前辈一样，他们追逐危险，拥抱危险，在见证摄人心魄的自然伟力的同时，证明自己存在的价值。他们和老前辈唯一的区别是，几个世纪前的追风者在北美大平原上开车追逐转瞬即逝的龙卷风；而杰和他的同行们则驾驶着经过特别改造的穿梭机，出入于类木行星永远狂风呼啸的大气层。他们挑战与欣赏的对象，是那些庞大、壮丽、通常能够存在几十年乃至上百年的巨型气旋。

尽管有着一脉相承的冒险精神与勇气，但对于几百年前的那些前辈而言，像杰这样的新一代追风者所面临的风险远非他们所能想象：类木行星浓密的大气层是个不折不扣的恐怖地带，无数与壮丽并存的危险足以让但丁笔下的炼狱犹如底格里斯河畔的伊甸园一样宁静而美好。因为行星高速自转而产生的狂风永无休止地在冰冷的液氢海洋上方肆虐着；巨大的闪电就像泰坦巨人挥动的魔剑般不断劈开浓密的云层；即使在远离风暴的地方，阴险的大气湍流也随时有可能将疏忽大意或者仅仅是运气太差的人扯入死亡的无底深渊。就连他们的头顶也不一定安全——构成行星环带的固态硅酸盐和水冰碎块，每时每刻都有可能因为围绕行星运转的卫星系统的引力摄动而落入大气层顶端，形成陨石，而其中很大一部分陨石的质量足以对追风者驾驶的穿梭机构成致命的威胁。

不过，和追风者追逐的目标——那些直径动辄数十乃至数百千米的巨型气旋相比，上述这些危险顶多也只能算一些恼人的小麻烦而已。由于自转速度快，大气密度更高，类木行星上的气旋无论在强度还是持续时间上往往几百甚至上千倍于类地行星大气层中的同类。没错，像大红斑或者大黑斑那样的超级巨无霸只是屈指可数的少数，但即便是杰眼下正在接近的这种“轻量级选手”，也不是吃素的。只要一眨眼的工夫，它们就能把追风者渺小的穿梭机生吞活剥下去，连个嗝都不用打。每个能在这一行连续干上超过三个地球年的追风者都很清楚，勇敢与愚蠢之间只有一线之隔，而能否准确地拿捏这条线，则是一个杰出的追风者和一具坠入类木行星大气层的冰冻尸体之间的根本区别。

“我们不能再前进了，罗孚特教授。”在又一次检查了操纵杆右侧仪表板上的读数后，杰宣布道，“我现在必须马上收帆并启动引擎，120 千米已经快要接近安全距离的极限了。”

“120 千米？那还不够。”若望·罗孚特的声音从杰身后传来，强硬、简短、标准的命令式语气，“还记得前天投放的两枚浮标吗？当时我们追踪的气旋直径和电磁活动强度都要超过今天这个，但在 130 千米距离上投下的浮标甚至没有引发任何反应，我们这次无论如何都要再接近一些！”

“那就 100 千米，不能再多了。”杰叹了口气，下意识地捏了捏挂在挡风玻璃内侧的小莱蒂。这个纯手工制作、穿着波利尼西亚草裙的洋娃娃，是他前年在麦当劳五百年店庆的抽奖活动里得到的。一个大大的黄色“M”构成了洋娃娃的全部面部特征。尽管杰的朋友们一开始时都嘲笑这是个“小女孩的玩意儿”，但当小莱蒂陪伴着杰平安完成了十几次行动之后，当初嘲笑它的人又转而争先恐后地请求杰将它借给他们，希望能借此沾上一点儿好运——大多数追风者对运气都有着一种迷信般的崇拜，即便与那些在战场上出生入死的老兵们相比也不遑多让。

“50 千米！”若望·罗孚特说。

“70 千米，不能再近了。”杰摇了摇头，修长的黑色眉毛拧成一团，“教授，我必须提醒您，‘蔚蓝之灵’只是一艘二手拼装货，虽然它的性能在大多数情况下都还算令人满意，但我必须承认，它有时候可不像您想象得那么……结实。就算您已经租下了这艘穿梭机的使用权，我也必须为您的——以及我自己的——生命安全负责。”

说出这番话让杰感到很不自在。追风者们通常不会受人雇佣，也很少在冒险过程中带上乘客，但杰是个例外——这一切还得从四年前的一场小小的不愉快（尽管某些当事人或许不这么认为）说起。当时的杰还是个刚入行的毛头小子，与大多数二十岁出头的年轻人一样，更习惯于用荷尔蒙而非大脑来思考问题。而在火卫——航天中继站的酒吧里，正是这种思考方式给他惹上了麻烦——没错，把正在殴打自己女友的恶棍从孤立无援的小女生身边轰走确实是件见义勇为、利人利己的好事，但在撂倒那家伙后又朝他的裤裆补上一脚就不是什么明智之举了。更糟糕的是，那家伙的女友居然在法庭上站到了她那位负心男友一边，一起朝着他狮子大开口，结果杰不得不东挪西借，向那家伙支付了三十五万信用点的赔偿才勉强摆脱了蹲班房的厄运。

尽管在随后的几年里，杰尝试了一切办法来减轻自己的债务，但这笔钱仍然连本带利地滚到了五十万。他的债主开始失去耐心，银行更是威胁要拿“蔚蓝之灵”号来抵债。在债务的层层重压下，濒临绝境的杰甚至一度动起了自杀的念头——直到若望·罗孚特找上他为止。这位教授用五十万信用点的高价租下了“蔚蓝之灵”号六个月的使用权，并雇佣杰作为他的私人飞行员，随后，他们就乘着一艘租来的飞船来到了这颗代号 MG77581A3、甚至连个正式名称都还没有的类木行星轨道上，开始了教授那所谓的“调查活动”。

“60 千米！”若望·罗孚特的嗓门并不算高，但他的语气已经清楚地表明，他不会在这个问题上作出任何让步了。无论从哪个角度来看，头发灰白、身体硬朗、即将年满 63 岁的若望 · 罗孚特像军人的地方要远远超过像教授的地方。事实上，如果不是因为在 12 年前的一次舰艇碰撞事故中意外负伤瘫痪，这位教授的肩膀上应该已经缀上至少一枚将星了。不过，因伤致残并没有磨损他作为军人的内在气质。在大多数时候，这位前邦联太空军中校似乎都将“蔚蓝之灵”号当作了他过去指挥的那艘石弩级护航舰，而把杰当成了他手下的操舵士官。“注意控制速度，相对距离接近到 90 千米后收帆，到 75 千米时启动前部引擎。照我说的做，不准废话！听明白没有？”

“明白，‘长官’。”杰用尽可能讽刺的语气说出后一个词，但若望 · 罗孚特只是毫不在意地扬了扬花白的眉毛，同时以长官检查下属工作的挑剔态度看着杰逐一察看左下方的一连串仪表，为接下来的收帆工作进行准备——与那些被设计为在类地行星稀薄的大气层中飞行的穿梭机不同，追风者的穿梭机并不完全依赖化学能冲压式发动机提供飞行的能源。这些穿梭机的外形比一般穿梭机要扁平，翼展更宽，更适合滑翔。追风者在它们的机翼内安装了一系列由充气材料组成的、可以自由收放的减速伞状“风帆”，从而有效地利用类木行星大气层中永无休止的狂风作为飞行动力。一名技术娴熟的追风者可以利用这些帆顺着风向连续飞行十几个小时，而其间只需要让引擎短暂地开机几分钟。

不过，使用这些风帆所带来的潜在危险也与它所提供的便利不相上下：在收放充气风帆时，追风者的操作必须慎之又慎，任何微不足道的疏忽或者故障，都有可能让穿梭机因为丧失平衡而落入湍流，被席卷行星大气层的狂风撕得粉碎——或者更糟，直接栽进下方几百千米的液态氢海洋中。

值得庆幸的是，杰的这次收帆作业没有遇到任何麻烦：两块面积比“蔚蓝之灵”号的机翼还要大的充气风帆里填充的氦气很快就被排空，从当中裂成两半。几十根高强度合金缆绳在低沉的窸窣声中疾速收缩，在短短几秒钟里就将已经瘪下去的风帆收回了机翼下的舱室里。接着，杰以最快的速度调试了“蔚蓝之灵”号的六台冲压发动机，并启动了位于机首两侧的两台。伴着发动机运转的低沉嘶吼，两道高温气流尖啸着朝机首前方喷出，对抗着时速达到1200千米的可怕狂风。随着冲压发动机提供的推力变得越来越强，位于仪表板顶端液晶显示屏上的空速计示数也开始由最初的每小时1200千米直线下降，逐渐降到800千米、600千米、400千米、200千米……最后终于停在了每小时115千米——这正是那股风暴移动的速度。

“距离57千米，与目标的相对速度已经下降为零。”在念出这两个数字后，杰长长地呼出了一口气。在两年前的一次冒险中，他曾经在天王星表面接近到离一股气旋不足40千米的地方，并在那儿连续拍摄了十分钟，但那股气旋的直径还不到眼前这股的一半，它周围的风力也要小得多。现在，这股巨大的气旋已经占据了“蔚蓝之灵”号透明座舱超过一半的视野。气旋暗褐色的表面在黯淡的阳光下散发着恍如世界末日般的强烈压迫感，即便是杰这种经验老到的追风者也会为之感到片刻的震撼——这是一种被埋葬般的恐惧，因为自身渺小而受到的震撼，是潜藏在人类基因深处但早已为大多数人所遗忘的、对于不可抗的强大自然力的恐惧。“教授，我们……呃……我是说……”他吞了口唾沫，“那个……电磁浮标已经……呃……已经准备就绪。”

“很好，启动电子浮标的仪器舱，五秒钟后发射第一枚。”若望·罗孚特的声音中听不出丝毫的恐惧或者惊愕——即使他真的产生了这种情绪，也已经被他仔细地掩盖了起来。不过话说回来，杰并不认为罗孚特教授有可能对眼前的气旋感到恐惧。毕竟，对一个参与过海恩 γ 星残酷的反暴乱作战、指挥护航舰分队镇压过新埃利斯暴动（不过，当地那些揭竿而起的亚裔移民后代坚持认为这是一场“起义”）、见惯了血与火的老人来说，一道无生命的气旋多半并没有什么可怕之处。毕竟，当年被邦联维和部队炸毁的新埃利斯太空港的体积和这道气旋也差不多大，而那里面可是有两万条活生生的人命……

“小子，你怎么了？没听到我的话吗？”若望·罗孚特用强健有力的手臂重重地拍了拍杰的肩膀，这才让他猛然回到现实，“我要你发射一枚电磁浮标，马上！”

“呃，是！”杰连忙点头，同时伸手按下了位于左手边的一块小型控制面板上的几个开关。在接手这份倒霉的工作之前，杰一直为“蔚蓝之灵”号宽敞、简洁、充满个性化情调的舒适座舱而感到自豪，但若望·罗孚特毫不留情地将这一切统统剥夺了。在租下“蔚蓝之灵”号之后，他拆除了座舱里的智能饮料机、小型冰柜、音乐播放器、自动化按摩装置和其他个性化设置，然后又粗暴地往里面塞进了一大堆棱角分明、散发着冰冷的金属气息与恶心的机油味的仪表设备。这些该死的设备把座舱占了个满满当当，让“蔚蓝之灵”号的座舱变得比 20 世纪的阿波罗飞船内部还要狭小。“一号电磁浮标已经准备就绪。”杰说道。

“发射！”罗孚特点了点头，示意杰按下仪表板上的红色发射钮。片刻之后，一道暗橙色的火光从“蔚蓝之灵”号的机腹下方直蹿而出，以近乎与地面（假如类木行星的液氢表面可以被称为“地面”的话）平行的角度向前飞去。尽管若望·罗孚特教授管“蔚蓝之灵”号携带的这些东西叫作“浮标”，但它们的结构其实与20世纪的老式探空火箭相去无几。一旦被发射出去，它们就会按照预先设定的路线绕着被选定为目标的气旋来回盘旋，并持续向气旋内部发射电磁脉冲信号，直到它们的火箭发动机的固体燃料耗尽为止。

在过去的整整两个星期里，杰的全部工作就是在这颗冰冷的类木行星大气层中追踪一个又一个被他的雇主认定为“具有研究价值”的气旋，并向它们发射这些所谓的“浮标”。杰并不知道这么做是为了什么，而他发射出去的那些“浮标”又有什么样的功能，若望·罗孚特也从未向他提起过。但杰可以确定的是，无论他的雇主打算用这些浮标达到什么目的，雇主肯定都还没有成功——他注意到，随着时间的推移，若望·罗孚特教授正变得越来越暴躁易怒，也越来越缺乏耐心。而在这两天里，每当杰向气旋发射“浮标”时，这位生态学家都会在紧握双手的同时低声喃喃自语，似乎在祈祷着什么。

不过，无论若望·罗孚特在向哪个神祷告，他信奉的神灵多半都没有听到他的声音——还没等这枚电磁浮标接近目标，它就在空中撞上了一道仿佛凭空从阴影中浮出的小型气旋。在一片诡异的寂静中无声无息地炸成了一团渺小的火光。这团橘色火光只闪烁了短短一瞬，接着就被不断旋转的黑色云团吞噬了。

“该死的，是次生气旋。”杰朝雷达屏幕上看了一眼，紧张地深吸了一口气——在极少数情况下，大型气旋附近会出现一个或多个与其沿着相同轨迹行进的小型气旋，就像跟随在鲨鱼身边的食腐鱼类一样。由于活动区域贴近大型气旋，这些次生气旋很难在远距离上被雷达、肉眼或者其他手段探测到，这使得它们在某些时候甚至比那些威力强大的大型气旋还要危险。“直径2.5～3千米，与我们的距离不到20千米。就在一分钟前，我的雷达还没有发现它，这很有可能是刚刚形成的。”

“刚刚形成？”若望·罗孚特若有所思地说道，“有意思。”

“呃？”

“这或许不完全是个巧合……”生态学家继续说道，他的声音中既有疑惑与担忧，也有隐约的兴奋，就像是一个即将在全班同学面前听到自己的考试成绩被公布的优等生。“这很有可能是一个征兆——表明我们已经接近成功的征兆。我认为我们不应该放弃这次机会。继续前进！”

“什么？继续前进？”杰觉得自己的下巴都要掉下来了，“你疯了吗，教授？继续前进？我们现在的位置已经相当危险了，再往前就是死路一条，更何况这周围还有次生气旋出现！如果愿意的话，你就把那该死的租金收回去吧，我是绝不会……”

手枪子弹上膛的清脆咔嗒声从杰的脑后传来，杰下意识地转过头去，却发现一支银色的大口径手枪正抵在自己的太阳穴上。这支仿古柯尔特点四五手枪的套筒和握把上都镀着银，在枪身一侧镂刻着充满古典气息的跃马图案，这让它看上去更像是一件工艺品而非武器。但杰一点也不怀疑这东西的威力是否足够取人性命。“我们的合同里可没有这条……”他无力地抗议道。

“让那份愚蠢的合同见鬼去吧！小子，你马上就会成为人类科学史上又一个历史性时刻的见证人！”若望·罗孚特用半是激动半是不耐烦的语气命令道，“现在，前进！”

“你尽管开枪好了。”在说出这句话后，杰却感到了一种异样的平静，“现在就开枪啊，教授！你不会这么做的——也许你知道该怎么驾驶‘蔚蓝之灵’号，但没有我，你从这里逃出去的机会绝不会比赤身裸体地翻过喜马拉雅山的成功概率更大。来啊！”他大声地喊道，“如果你想要和你的奇迹来一次亲密接触，这可是个好机会！不是吗，教授？”

一秒钟后，杰听到了扣动扳机的声音。

我死了吗？

当淤泥般浓稠的黑暗从杰的大脑中渐渐退去后，他费力地睁开了仿佛有几十吨重的眼皮，伸手摸了摸后脑勺——他剃得干干净净的头皮在手掌下散发出一股微温的暖意，但却并没有像他预料中那样出现一个鲜血淋漓的大洞。

“我还活着。”杰自言自语了一句，似乎是要确认这一事实。他发现自己正坐在“蔚蓝之灵”号驾驶舱的后座上，左臂被自己的体重压得有些发麻，一阵阵刺痒的感觉从后颈处传来，就像被蚊虫叮了一口——不，不对，“蔚蓝之灵”号上不可能有蚊子。难道……

“醒过来了，小子？”坐在前座操纵席上的若望·罗孚特用轻松的语气问道，“感觉怎么样？”

“该死的，你刚才对我做了什么？”

“没什么，只是让你暂时休息几分钟而已。”生态学家耸了耸肩，“你该不会以为我手上的是把真家伙吧？这年头，要找到一把货真价实的柯尔特手枪，简直比把手伸进邦联最高委员会主席的裤裆里还难。”

“那你刚才……”

“贝克尔麻醉飞镖，小孩子的玩意儿。”若望·罗孚特漫不经心地把那支“手枪”隔着椅背丢给了杰。尽管外观极为逼真，但当杰的手掌碰到这件“武器”的一瞬间，他就意识到这的确不是一把真枪——它的重量和邦联军队的制式装备P–160爆能手枪差不多，甚至更轻，完全没有几百年前的老式火药武器的笨重感，套筒和握把都透着塑料手感而非金属质感。“我从一开始就估计到，你在关键时刻很可能会缺乏必要的勇气——当然，我不能在这一点上苛求你。毕竟，只有那些真正的科学家，那些将自己的全身心都投入到对自然的探索与理解，并愿意为了真理付出一切代价的人才能拥有这样的勇气，因此我不得不做一些……预防措施。”

“噢，好极了。”杰还想再说些什么，但麻药的效力似乎还没有完全散去，他的脑子仍然像一桶被搅拌过度的水泥一样一团混沌。他费力地揉着双眼，试图从座椅上站起来。但就在他抬起头的一瞬间，他的目光落在了座舱仪表板的雷达屏幕上。

“见鬼！”在看到雷达屏幕的一瞬间，杰像触电一样从座椅上跳了起来，险些一头撞上驾驶舱的顶部，“我……我……我们在……在……”

“哦，我知道。”生态学家用指节轻敲着雷达屏幕，发出了低沉而愉悦的笑声，“这让你感到相当惊讶吗，追风者？”

“没错。”杰下意识地咬紧了嘴唇——他原本以为自己在十岁之后就已经改掉了这个习惯。在雷达屏幕上，代表“蔚蓝之灵”号的冰蓝色菱形图案周围分布着一大四小总共五个不太规则的灰绿色圆形，就像是漂浮在开水里的荷包蛋。这些圆形图像全都与“蔚蓝之灵”号保持着一段不算太长的距离——大概五千米左右。

一共有五个气旋。一股寒意从杰的脚底一直蹿到了天灵盖。作为一名老资格追风者，他迅速判断出了这些气旋的大小和强度——位于“蔚蓝之灵”号左前方的那个最大的影像毫无疑问就是他们之前发现并接近的那个大型气旋，除此之外，在他们的正前方、左侧、左后和右后方也各有一个直径从 1 ~ 4 千米不等的小型气旋，这些气旋彼此之间靠得非常近，像一道围栏一样将“蔚蓝之灵”号围在了中间。当然，至少到目前为止，“蔚蓝之灵”号都还是安全的：所有气旋都保持着与这艘小小的穿梭机完全相同的移动速度与移动方向，从而维持着一种相对静止的状态。但只要有任何一个气旋的移动轨迹略微偏转几度……

“尽管放心吧，小子。”若望 · 罗孚特长满白色胡须的嘴角露出了一个得意的笑容，“你担心这些气旋会接近并毁掉我们？”他摇了摇头，突然将手中的操纵杆向左侧用力推去，雷达屏幕上的那个冰蓝色菱形图案立即掉转方向，一头冲向了最大的气旋。

“不——”恐惧将杰的惊叫声牢牢地冻在了他的喉咙里，但更加令人惊讶的一幕出现了：随着“蔚蓝之灵”号的接近，那道巨大的气旋也改变了移动轨迹，重新将双方间的距离拉开到了原先的宽度。接着，生态学家又操纵着“蔚蓝之灵”号依次转向其他气旋，结果完全一样：所有的气旋都在“蔚蓝之灵”号朝它们接近时自动躲开了，看上去就像是一群正在竭力躲避一只黄蜂的人。

“我成功了。看到了吗，小子？你知道这意味着什么吗？”若望 · 罗孚特缓缓拉动操纵杆，引导着“蔚蓝之灵”号回到了最初的航线上。杰颇有几分沮丧地发现，这位前太空军舰长操纵穿梭机的水平虽然还比不上他，但也差不了多少。“看到了吗？它们会自动躲开我们，因为它们能感觉到我们的存在，并且以为我们是它们中的一员，而它们会与自己的同类保持距离。”若望 · 罗孚特得意地说。

“它们能……能感觉到我们？这是个比喻还是……”

“比喻？不，我刚才说的都是大实话，”生态学家答道，“这些气旋并不仅仅是一些旋转的气体和冰晶。它们是一个有感知能力、有意识的整体！尽管无法确定，但我认为它们甚至有可能存在着某种程度上的智慧！”

“你的意思是，这些气旋是……是……是活的？”杰用难以置信的目光看着他的雇主，仿佛这个老人的脑袋上长出了角，腿上冒出了蹄子。这些气旋是有意识的？它们具有感知能力？“你在……开玩笑吧？”杰觉得匪夷所思。

“我是一名科学家，科学家在工作中不开玩笑。”若望·罗孚特用理所当然的陈述语气答道，“至于这些气旋是否有生命，那要看你对‘生命’这个词的理解与定义了：如果按照最狭隘的碳基生命的定义——由有机物和水构成的一个或多个细胞组成的一类具有稳定的物质和能量代谢现象，能回应刺激，进行自我复制的半开放物质系统——这些气旋并不能算是生命体，但这并不代表它们就不能拥有感知与思维的能力。”

杰摇了摇头，说：“我……不太明白。”

“我可没说这很容易弄明白。”若望·罗孚特说道，“你对人脑的运作机理了解多少，小子？你知道人类意识的本质是什么吗？”

“了解不是很多。”杰耸了耸肩，努力地回忆着自己在中学生物课上学过的那些知识，“嗯……意识是一种知觉、察觉或者感觉的状态，是一种理性的感知能力。从本质上来讲，人类的意识源自特定的、脑组织内通过化学反应所产生的生物电信号，但——”

“很好。”若望·罗孚特打断了他的话，“正如你所知道的，生物的感知能力在本质上是神经系统和脑组织内生物电信号作用的结果，但非生物电信号从理论上讲也能产生同样的效果——在两年前的一次调查活动中，我意外地发现某些类木行星上的气旋内部的带电粒子的分布状态，以及它们释放出的电磁辐射，会呈现出一种特别的……规律性。从某种意义上讲，这些带电粒子扮演着类似于脑细胞的角色，只不过它们不需要通过神经系统，而是依靠改变气旋局部区域的气体分子密度来实现对‘身体’的控制，并通过接收电磁辐射来感知外界事物并相互沟通。换句话说，只要你知道该在什么情况下发射哪一种电磁信号，就能与它们实现沟通。”

“所以你让我发射的那些电磁浮标……”

“它们装载的仪器舱会向这些气旋发射不同的信号，并记录它们的‘答复’。”若望·罗孚特接着说道，“通过对这些‘答复’的统计与分析，我就能逐步推导出气旋所使用的‘单词’和‘语法’，最终弄懂它们的‘语言’。”他猛地朝前伸出手臂，仿佛要与那道正在几千米外徘徊的气旋拥抱，“小子，你应该为我雇用了你而感到荣幸——我们是人类科学史上第一批成功与自然状态下的非生命智慧体实现互动的人。我们的成就将在史册上留下不可磨灭的……”

“当心！”杰突然喊道，“教授，快看！看雷达！”

“什么？”他的雇主连忙将目光转向了雷达屏幕，一秒钟后，他的面容因为惊讶而扭曲了——围绕着“蔚蓝之灵”号的五道气旋正在朝着屏幕的中心迅速移动，就像是正在合拢的五根巨大手指。

那是五根可以轻而易举地将他们碾成齑粉的手指！

“启动三到六号备用推进器！我们必须爬升！”杰声嘶力竭地吼道。但一切都已经太迟了。还没等他的雇主在仪表板上找出启动备用推进器的按钮，一道由高压气体构成的云墙已经铺天盖地地包裹住了他们。

在强大的气压下，保护着“蔚蓝之灵”号驾驶舱的Lt级钛合金外壳只坚持了短短的几秒，然后就像包裹糖果的锡纸一样被轻而易举地撕成了碎块。舱内的空气从破裂的机体内喷涌而出，发出一阵阵叹息般的尖啸……

世界变成了一片冰冷的黑暗。

那个可恶的东西终于被彻底摧毁了。

当那个物体的残片在行星引力的作用下脱离它致命的拥抱、纷纷扬扬地坠入下方冰冷的液氢海洋时，从该物体表面发出的电磁信号终于消失了，这让它感到如释重负——按照它的同胞们向它提供的信息，早在许多个日出之前，那个物体就开始骚扰它们了：这物体会接近它们，然后将一些体积更小的物体投射出去，用虚假的电磁信号来干扰它的同伴们对外界的感知，让它们感到不胜其扰。而现在，这个东西又找上了它，不但用同样的方式来骚扰它，甚至还明目张胆地试图伪装成它的一个同类……

不，用“试图”这个词汇描述这个东西的行为并不准确。它告诉自己。众所周知，在这个世界上，只有它和它的同类才是唯一具有意识、能够思考的存在，也只有它们才能有目的地去做某件事。尽管这个刚刚被它毁掉的东西似乎与它接触过的一切类似的固态物质——比如那些时不时从天空中落下的硅酸盐碎块和水冰——都不尽相同，但这东西显然也只是自然界无穷无尽的造物中的一种。它不知道这个物体为什么会接近它们，又是如何模拟出与它们相似的电磁信号的，但这一切都不重要，因为这东西只是一块无足轻重的、惹人厌烦的自然物质而已。否则还会是什么呢?

在摧毁那东西之后，它在原地停留了片刻，确认那个物体的残骸已经在行星表面强大的大气压力下被扭曲、压瘪，最终坠入黑暗冰冷的液氢海面，然后它心满意足地重新踏上了旅途。无论如何，在它的努力下，现在一切都已经恢复了正常。它确信，它的同胞们会为它的成功感到骄傲。

没错，它们肯定会的。

诗云

刘慈欣

当技术染上浪漫色彩

伊依一行三人乘一艘游艇在南太平洋上作吟诗航行，他们的目的地是南极，如果几天后能顺利到达那里，他们将钻出地壳去看诗云。

今天，天空和海水都很清澈，对于作诗来说，世界显得太透明了。抬头望去，平时难得一见的美洲大陆清晰地出现在天空中，在东半球构成的覆盖世界的巨大穹顶上，大陆好像是墙皮脱落的区域……

哦，现在人类生活在地球里面，更准确地说，人类生活在气球里面——地球已变成了气球。地球被掏空了，只剩下厚约一百千米的一层薄壳，但大陆和海洋还原封不动地存在着，只不过都跑到里面了——球壳的里面。大气层也还存在，也跑到球壳里面了，所以地球变成了气球，一个内壁贴着海洋和大陆的气球。空心地球仍在自转，但自转的意义已与以前大不相同——它产生重力。构成薄薄地壳的那点质量产生的引力是微不足道的，地球重力现在主要由自转的离心力来产生了。但这样的重力在世界各个区域是不均匀的：赤道上最强，约为 1.5 个原地球重力；随着纬度增高，重力也渐渐减小，两极地区的重力为零。现在吟诗游艇航行的纬度正好是原地球的标准重力，但很难令伊依找到已经消失的实心地球上旧世界的感觉。

空心地球的球心悬浮着一个小太阳，现在正以正午的阳光照耀着世界。这个太阳的光度在二十四小时内不停地变化，由最亮渐变至熄灭，给空心地球里面带来昼夜更替。在某些夜里，它还会发出月亮的冷光，但只是从一点发出，看不到圆月。

游艇上的三人中有两个不是人，其中一个是一头名叫大牙的恐龙。他高达十米的身躯一移动，游艇就跟着摇晃倾斜，这令站在船头的吟诗者很烦。吟诗者是一个干瘦老头儿，同样雪白的长发和胡须混在一起飘动。他身着唐朝的宽大古装，仙风道骨，仿佛是在海天之间挥洒写就的一个狂草字。

他就是新世界的创造者——伟大的——李白。

一　礼物

事情是从十年前开始的。当时，吞食帝国刚刚完成了对太阳系长达两个世纪的掠夺，来自远古的恐龙驾驶着那个直径五万千米的环形世界飞离太阳，航向天鹅座。吞食帝国还带走了被恐龙掠去当作小家禽饲养的十二亿人类。但就在接近土星轨道时，环形世界突然开始减速，最后竟沿原轨道返回，重新驶向太阳系内层空间。

在吞食帝国开始返程后的一个大环星期，使者大牙乘一艘如古老锅炉般的飞船飞离大环，衣袋中装着一个叫伊依的人。

“你是一件礼物！”大牙对伊依说，眼睛看着舷窗外黑暗的太空。它那粗嘎的嗓音震得衣袋中的伊依浑身发麻。

“送给谁？”伊依在衣袋中仰头大声问。他能从袋口看到恐龙的下颚，像是悬崖顶上一大块突出的岩石。

“送给神！神来到了太阳系，这就是帝国返回的原因。”

“是真的神吗？”

“它们掌握了不可思议的技术，已经纯能化，并且能在瞬间从银河系的一端跃迁到另一端，这不就是神了？如果我们能得到那些超级技术的百分之一，吞食帝国的前景就很光明了。我们正在完成一个伟大的使命，你要学会讨神喜欢！”

“什么选中了我？我的肉质是很次的。”伊依说。他三十多岁，与吞食帝国精心饲养的那些肌肤白嫩的人相比，他的外貌很有些沧桑。

“神不吃虫虫，只是收集，我听饲养员说你很特别，你好像还有很多学生？”

“我是一名诗人，在饲养场的家禽人中教授人类古典文学。”伊依很吃力地念出了“诗”“文学”这类在吞食语中相当生僻的词。

“无用又无聊的学问。你那里的饲养员之所以默许你授课，是因为其中的一些内容有助于改善虫虫们的肉质……我观察过，你自视清高、目空一切，对于一个被饲养的小家禽来说，这很有趣。”

“诗人都是这样！”伊依在衣袋中站直。虽然知道大牙看不见，但他还是骄傲地昂起头。

“你的先辈参加过地球保卫战吗？”

伊依摇摇头，“我在那个时代的先辈也是诗人。”

“一种最无用的虫虫。在当时的地球上就十分稀少了。”

“他生活在自己的内心世界里，对外部世界的变化并不在意。”

“没出息……呵，我们快到了。”

听到大牙的话，伊依把头从衣袋中伸出来，透过宽大的舷窗向外看。飞船前方有两个发出白光的物体，那是悬浮在太空中的一个正方形平面和一个球体，当飞船移动到与平面齐平时，平面在星空的背景上短暂地消失了一下，这说明它几乎没有厚度。那个完美的球体悬浮在平面正上方，两者都发出柔和的白光，表面均匀得看不出任何特征。它们仿佛是从计算机图库中取出的两个元素，是这纷乱宇宙中两个简明而抽象的概念。

“神呢？”伊依问。

“就是这两个几何体啊。神喜欢简洁。”

距离拉近，伊依发现平面有足球场大小，飞船正在向平面上降落。发动机喷出的炽焰首先接触到平面，仿佛只是接触到一个幻影，没有在上面留下任何痕迹。但伊依感到了重力和飞船接触平面时的震动，说明它不是幻影。大牙显然以前曾经来过这里，毫不犹豫地拉开舱门走了出去。伊依看到他同时打开了气密过渡舱的两道舱门，心一下抽紧了，但他并没有听到舱内空气涌出时的呼啸声。当大牙走出舱门后，衣袋中的伊依嗅到了清新的空气，伸到外面的脸上感到了习习的凉风……这是人和恐龙都无法理解的超级技术，却以温柔而漫不经心的方式呈现出来，这震撼了伊依。与人类第一次见到吞食者时相比，这震撼更加深入灵魂。他抬头望望，球体悬浮在他们上方，背后是灿烂的银河。

“使者，这次你又给我带来了什么小礼物？”神问。他说的是吞食语，声音不高，仿佛从无限远处的太空深渊中传来，让伊依第一次感觉到这种粗陋的恐龙语言听起来很悦耳。

大牙把一只爪子伸进衣袋，抓出伊依放到平面上。伊依的脚底感到了平面的弹性。大牙说："尊敬的神，得知您喜欢收集各个星系的小生物，我带来了这个很有趣的小东西：地球人。"

"我只喜欢完美的小生物，你把这么肮脏的虫子拿来干什么？"神说。球体和平面发出的白光微微地闪动了两下，可能是表示厌恶。

"您知道这种虫虫？"大牙惊奇地抬起头。

"只是听这个旋臂的一些航行者提到过，不是太了解。在这种虫子不算长的进化史中，航行者曾频繁造访地球。这种生物的思想之猥琐、行为之低劣、历史之混乱和肮脏，都让他们恶心，以至于直到地球世界毁灭之前，也没有一个航行者屑于同它们建立联系……快把它扔掉。"

大牙抓起伊依，转动着硕大的脑袋，看看可往哪儿扔，"垃圾焚化口在你后面。"神说。大牙一转身，看到身后的平面上突然出现了一个小圆口，里面闪着蓝幽幽的光……

"你不要这样说！人类建立了伟大的文明！"伊依用吞食语声嘶力竭地大喊。

球体和平面的白光又颤动了两次。神冷笑了两声："文明？使者，告诉这个虫子什么是文明。"

大牙把伊依举到眼前，伊依甚至听到了恐龙的两个大眼球转动时骨碌碌的声音："虫虫，在这个宇宙中，对一个种族文明程度的统一度量标准是这个种族所进入的空间的维度。只有进入六维以上空间的种族才具备加入文明大家庭的起码条件。我们尊敬的神的一族已能够进入十一维空间。吞食帝国已能在实验室中小规模地进入四维空间，只能算是银河系中一个未开化的原始群落。而你们，在神的眼里不过是杂草和青苔。"

“快扔了，脏死了！”神不耐烦催促道。

大牙举着伊依向垃圾焚化口走去。伊依拼命挣扎，从衣服中掉出了许多白色的纸片。那些纸片飘荡着下落，从球体中射出一条极细的光线，射到其中一张纸上时，纸片便在半空中悬住了，光线飞快地在上面扫描了一遍。

“唷，等等，这是什么东西？”

大牙把伊依悬在焚化口上方，扭头看着球体。

“那是……是我的学生们的作业！”伊依在恐龙的巨掌中吃力地挣扎着说。

“这种方形的符号很有趣，它们组成的小矩阵也很好玩儿。”神说，从球体中射出的光束又飞快地扫描了已落在平面上的另外几张纸。

“那是汉……汉字，这些是用汉字写的古诗！”

“诗？”神惊奇地问，收回了光束，“使者，你应该懂这种虫子的文字吧？”

“当然，尊敬的神，在吞食帝国吃掉地球前，我在它们的世界生活了很长时间。”大牙把伊依放到焚化口旁边的平面上，弯腰拾起一张纸，举到眼前吃力地辨认着上面的小字，“它的大意是……”

“算了吧，你会曲解它的！”伊依挥手制止大牙说下去。

“为什么？”神很感兴趣地问。

“因为这是一种只能用古汉语表达的艺术。即使翻译成人类的其他语言，也会失去大部分内涵和魅力，变成另一种东西了。”

“使者，你的计算机中有这种语言的数据库吗？我还要有关地球历史的一切知识。给我传过来吧，就用我们上次见面时建立的那个信道。”

大牙急忙返回飞船，在舱内的电脑上鼓捣了一阵儿，嘴里嘟囔着：“古汉语部分没有，还要从帝国的网络上传过来，可能有些时滞。”伊依从敞开的舱门中看到，恐龙的大眼球中反射着电脑屏幕上变幻的彩光。当大牙从飞船上走出来时，神已经能用标准的汉语读出一张纸上的中国古诗了：

“白日依山尽，黄河入海流。欲穷千里目，更上一层楼。”

“您学得真快！”伊依惊叹道。

神没有理他，只是沉默着。

大牙解释说：“它的意思是：恒星已在行星的山后面落下，一条叫黄河的河流向着大海的方向流去——哦，这河和海都是由那种由一个氧原子和两个氢原子构成的化合物组成——要想看得更远，就应该在建筑物上登得更高些。”

神仍然沉默着。

“尊敬的神，您不久前曾君临吞食帝国，那里的景色与写这首诗的虫虫的世界十分相似，有山有河也有海，所以……”

“所以我明白诗的意思。”神说。球体突然移动到大牙头顶上，伊依感觉它就像一只盯着大牙看的没有瞳仁的大眼睛，“但，你，没有感觉到些什么？”

大牙茫然地摇摇头。

“我是说，隐含在这个简洁的方块符号矩阵的表面含义之后的一些东西？”

大牙显得更茫然了，于是神又吟诵了一首古诗：

“前不见古人，后不见来者。念天地之悠悠，独怆然而涕下。”

大牙赶紧殷勤地解释道：“这首诗的意思是：向前看，看不到在遥远过去曾经在这颗行星上生活过的虫虫；向后看，看不到未来将要在这颗行星上生活的虫虫。于是感到时空的无限，于是哭了。”

神沉默。

“呵，哭是地球虫虫表达悲哀的一种方式，它们的视觉器官……”

“你仍没感觉到什么？”神打断了大牙的话。球体又向下降了一些，几乎贴到大牙的鼻子上。

大牙这次坚定地摇摇头：“尊敬的神，我想里面没有什么的。一首很简单的小诗罢了。”

接下来，神又连续吟诵了几首古诗，都很简短，且属于题材空灵超脱的一类，有李白的《下江陵》《静夜思》《黄鹤楼送孟浩然之广陵》、柳宗元的《江雪》、崔颢的《黄鹤楼》、孟浩然的《春晓》等。

大牙说：“在吞食帝国，有许多长达百万行的史诗。尊敬的神，我愿意把它们全部献给您！相比之下，人类虫虫的诗是这么短小简陋，就像他们的技术……”

球体忽地从大牙头顶飘开去，在半空中沿着随机的曲线飘行：“使者，我知道你们最大的愿望就是希望我回答一个问题：吞食帝国已经存在了八千万年，为什么其技术仍徘徊在原子时代？我现在有答案了。”

大牙热切地望着球体说：“尊敬的神，这个答案对我们很重要！求您……”

“尊敬的神，”伊依举起一只手大声说，“我也有一个问题，不知能不能问？”

大牙恼怒地瞪着伊依，像要把他一口吃了似的，但神说：“我仍然讨厌地球虫子，但那些小矩阵为你赢得了这个权利。”

“艺术在宇宙中普遍存在吗？”

球体在空中微微颤动，似乎在点头：“是的，我就是一名宇宙艺术的收集和研究者。我穿行于星云间，接触过众多文明的各种艺术，它们大多是庞杂而晦涩的体系。用如此少的符号，在如此小巧的矩阵中包含如此丰富的感觉层次和含义分支，而且还要受到严酷得有些变态的诗律和音韵的约束——这，我确实是第一次见到……使者，现在可以把这虫子扔了。”

大牙再次把伊依抓在爪子里：“对，该扔了它，尊敬的神。吞食帝国中心网络中存储的人类文化资料是相当丰富的，现在您的记忆中已经拥有了所有资料，而这个虫虫，大概就记得那么几首小诗。”说着，它拿着伊依向焚化口走去。“把这些纸片也扔了。”神说。大牙又赶紧返身，用另一只爪子收拾纸片，这时伊依在大爪中高喊：

“神啊，把这些写着人类古诗的纸片留作纪念吧！您收集到了一种不可超越的艺术，向宇宙中传播它吧！”

“等等。”神再次制止了大牙。伊依已经悬到了焚化口上方，感到了下面蓝色火焰的热力。球体飘过来，悬停在距伊依的额头几厘米处。他同刚才的大牙一样，受到了那只没有瞳仁的巨眼的逼视。

“不可超越？”

“哈哈哈……”大牙举着伊依大笑起来，“这个可怜的虫虫居然在伟大的神面前说这样的话。滑稽！人类还剩下什么？你们失去了地球上的一切，科学知识也忘得差不多了。有一次在晚餐桌上，我在吃一个人之前问它：地球保卫战争中的人类的原子弹是用什么做的？他说是原子做的！”

“哈哈哈哈……”神也被大牙逗得大笑起来，球体颤动得成了椭圆，“不可能有比这更正确的回答了，哈哈哈……”

“尊敬的神，这些脏虫虫就剩下几首小诗了！哈哈哈……”

“但它们是不可超越的！”伊依在大爪中挺起胸膛庄严地说。

球体停止了颤动，用近似耳语的声音说：“技术能超越一切。”

“这与技术无关，这是人类心灵世界的精华，不可超越！”

“那是因为你不知道技术最终能具有什么样的力量，小虫子。小小的虫子，你不知道。”神的语气变得父亲般温柔，但潜藏在深处的阴冷杀气让伊依不寒而栗。“看着太阳。”

伊依按神的话做了。他们位于地球和火星轨道之间的太空，太阳的光芒使他眯起了双眼。

“你最喜欢的颜色是什么？”神问。

“绿色。”

话音刚落，太阳变成了绿色。那绿色妖艳无比，太阳仿佛是一只突然浮现在太空深渊中的猫眼，在它的凝视下，整个宇宙都变得诡异无比。

大牙爪子一颤，伊依掉在平面上。当理智稍稍恢复后，他们都意识到一个比太阳变绿更加令人震撼的事实：从这里到太阳，光需要行走十几分钟，但这一切都发生在一瞬间！

半分钟后，太阳恢复原状，又发出耀眼的白光。

“看到了吗？这就是技术，是这种力量使我们的种族从海底淤泥中的鼻涕虫变为神。其实技术本身才是真正的神，我们都真诚地崇拜它。”

伊依眨着昏花的双眼说：“但神并不能超越那样的艺术，我们也有神，想象中的神，我们崇拜它们，但并不认为它们能写出李白和杜甫那样的诗。”

神冷笑了两声，对伊依说：“真是一只无比固执的虫子，这使你更让人厌恶。不过，为了消遣，就让我来超越一下你们的矩阵艺术吧！”

伊依也冷笑了两声：“不可能的，首先你不是人，不可能有人的心灵感受，人类艺术在你那里只是石板上的花朵，技术并不能使你超越这个障碍。”

“技术超越这个障碍易如反掌，给我你的基因！”

伊依不知所措。“给神一根头发！”大牙提醒说。伊依伸手拔下一根头发，一股无形的吸力将头发吸向球体，然后从球体飘落到平面，神只是提取了发根上的一点皮屑。

球体中的白光涌动起来，渐渐变得透明，里面充满了清澈的液体，浮起串串水泡。接着，伊依在液体中看到了一个蛋黄大小的球，它在射入液球的阳光中呈淡红色，仿佛自己会发光。小球很快长大，伊依认出那是一个蜷曲着的胎儿，他肿胀的双眼紧闭着，大大的脑袋上交错着红色的血管。胎儿继续成长，小身体终于伸展开来，像青蛙似的在液球中游动。液体渐渐变得浑浊，透过液球的阳光只映出一个模糊的影子。看得出那个影子仍在飞速成长，最后变成了一个游动着的成人的身影。这时，液球又恢复成原来那样完全不透明的白色光球，一个赤裸的人从球中掉出来，落到平面上。伊依的克隆体摇摇晃晃地站了起来，阳光在他湿漉漉的身体上闪亮。他的头发和胡子老长，但看得出来只有三四十岁的样子。除了一样的精瘦外，一点也不像伊依本人。克隆体僵立着，呆滞的目光看着无限的远方，似乎对这个刚刚进入的宇宙浑然不知。在他的上方，球体的白光暗下来，最后完全熄灭，球体本身也像蒸发似的消失了。但这时，伊依感觉什么东西又亮了起来，很快发现那是克隆体的眼睛，它们由呆滞突然变得充满了智慧的灵光。后来伊依知道，神的记忆这时已全部转移到克隆体中了。

“冷，这就是冷？”一阵轻风吹来，克隆体双手抱住湿漉漉的双肩，浑身打战，但声音里充满了惊喜，“这就是冷。这就是痛苦，精致的、完美的痛苦。我在星际间苦苦寻觅的感觉，尖锐如洞穿时空的十维弦，晶莹如类星体中心的纯能钻石，啊——”他伸开皮包骨头的双臂，仰望银河，“前不见古人，后不见来者，念宇宙之……”克隆体冷得牙齿咯咯作响，赶紧停止了出生演说，跑到焚化口边烤火。

克隆体把两手放到焚化口的蓝火焰上，哆哆嗦嗦地对伊依说：“其实，我现在进行的是一项很普通的操作。当我研究和收集一种文明的艺术时，总是将自己的记忆借宿于该文明的一个个体中，这样才能保证对该艺术的完全理解。”

焚化口中的火焰亮度剧增，周围的平面上也涌动着各色的光晕，伊依感觉这里仿佛成了一块漂浮在火海上的毛玻璃。

大牙低声对伊依说：“焚化口已转换为制造口了，神正在进行‘能—质’转换。”看到伊依不太明白，他又解释说，“傻瓜，就是用纯能制造物品——上帝的活计！”

制造口突然喷出一团白色的东西，在空中展开并落了下来，原来是一件衣服。克隆体接住衣服穿了起来。伊依看到那竟是一件宽大的唐朝古装，用雪白的丝绸做成，有宽大的黑色镶边。刚才还一副可怜相的克隆体穿上它后立刻就显得像神仙下凡。伊依实在想象不出它是如何从蓝火焰中被制造出来的。

又有物品被制造出来——从制造口飞出一块黑色的东西，像石头一样咚地砸在平面上。伊依跑过去拾起来。他几乎不敢相信自己的眼睛——手中拿着的，分明是一方沉重的石砚，而且还是冰凉的。接着又有什么啪地掉下来，伊依拾起那个黑色的条状物。他没猜错，这是一块墨！接着被制造出来的是几支毛笔、一副笔架、一张雪白的宣纸——从火里飞出的纸！还有几件古色古香的案头小饰品，最后制造出来的也是最大的一件东西：一张样式古老的书案！伊依和大牙忙着把书案扶正，把那些小东西在案头摆放好。

“转化这些东西的能量，足以把一颗行星炸成碎末。”大牙对伊依耳语，声音有些发颤。

克隆体走到书案旁，看着上面的摆设，满意地点点头，一手理着刚刚干了的胡子，说：“我，李白。”

伊依审视着克隆体问：“你是说想成为李白呢，还是真把自己当成了李白？”

“我就是李白，超越李白的李白！”

伊依笑着摇摇头。

“怎么，到现在你还怀疑吗？”

伊依点点头说：“不错，你们的技术远远超过了我的理解力，已与人类想象中的神力和魔法无异，即使是在诗歌艺术方面也有让我惊叹的东西——跨越如此巨大的文化和时空鸿沟，你竟能感觉到中国古诗的内涵……但理解李白是一回事，超越他又是另一回事，我仍然认为你面对的是不可超越的艺术。”

克隆体——李白的脸上浮现出高深莫测的笑容，但转瞬即逝。他手指书案，对伊依大喝一声：“研墨！”然后径自走去，在快要走到平面边缘时站住，理着胡须遥望星河沉思起来。

伊依提起书案上的一只紫砂壶向砚上倒了一点清水，拿过那条墨研了起来。他是第一次干这个，笨拙地斜着墨条磨边角。看着砚台中渐渐浓起来的墨汁，伊依想到自己正身处距太阳 1.5 个天文单位的茫茫太空中，这个无限薄的平面（即使在刚才由纯能制造物品时，从远处看它仍没有厚度）仿佛是漂浮在宇宙深渊中的舞台，在它上面，一头恐龙、一个被恐龙当作肉食家禽饲养的人、一个穿着唐朝古装、准备超越李白的技术之神，正在上演一场怪诞到极点的活剧，伊依不禁摇头苦笑起来。

墨研得差不多了，伊依站起来，同大牙一起等待着。这时，平面上的轻风已经停止，太阳和星河静静地发着光，仿佛整个宇宙都在期待。李白静立在平面边缘。由于平面上的空气层几乎没有散射，他在阳光中的明暗部分极其分明，除了理胡须的手不时动一下外，简直就是一尊石像。伊依和大牙等啊等，时间在静静地流逝，书案上蘸满了墨的毛笔渐渐有些发干。不知不觉，太阳的位置已移动了很多，把他们和书案、飞船的影子长长地投在平面上，书案上平铺的白纸仿佛变成了平面的一部分。终于，李白转过身来，慢步走到书案前。伊依赶紧把毛笔重新蘸了墨，双手递了过去，但李白抬起一只手回绝了，只是看着书案上的白纸继续沉思，目光中有了些新的东西。

伊依得意地看出，那是困惑和不安。

“我还要制造一些东西，那都是……易碎品，你们去小心接着。”李白指了指制造口说。那里面本来已暗淡下去的蓝焰又明亮起来。伊依和大牙刚刚跑过去，就有一条蓝色的火舌把一个球形物推出来。大牙眼疾手快地接住了，细看是一个大坛子。接着又从蓝焰中飞出了三只大碗，伊依接住了其中的两只，有一只摔碎了。大牙把坛子抱到书案上，小心地打开封盖，一股浓烈的酒味溢了出来，他和伊依惊奇地对视了一眼。

“在我从吞食帝国接收到的地球信息中，有关人类酿造业的资料不多，所以这东西造得不一定准确。”李白说，同时指着酒坛示意伊依尝尝。

伊依拿碗从中舀了一点儿，抿了一口，一股火辣感从嗓子眼儿流到肚子里，他点点头：“是酒，但是与我们为改善肉质喝的那些相比太烈了。”

“满上。”李白指着书案上的另一只空碗说。待大牙倒满烈酒后，李白端起来咕咚咚一饮而尽，然后转身再次向远处走去，不时踉跄两下。到达平面边缘后，他又站在那里对着星海深思。但与上次不同的是，他的身体有节奏地左右摆动，像在和着某首听不见的曲子。这次李白沉思不久就走回到书案前，回来的一路上近乎在跳舞。面对伊依递过来的笔，他一把抓过扔到远处。

“满上。”李白眼睛直勾勾地盯着空碗说。

……

一小时后，大牙用两只大爪小心翼翼地把烂醉如泥的李白放到已清空的书案上，但他一翻身又骨碌下来，嘴里嘀咕着恐龙和人都听不懂的语言。他已经红红绿绿地吐了一大摊——真不知是什么时候吃进的这些食物——宽大的古服上也污了一片。那一摊呕吐物被平面发出的白光透过，形成了一幅抽象图形。李白的嘴上黑乎乎的全是墨，这是因为在喝光第四碗后，他曾试图在纸上写什么，但只是把蘸饱墨的毛笔重重地戳到桌面上，接着，李白就像初学书法的小孩子那样，试图用嘴把笔毛理顺……

"尊敬的神？"大牙俯下身来小心翼翼地问。

"哇咦卡啊……卡啊咦唉哇。"李白大着舌头说。

大牙站起身，摇摇头叹了一口气，对伊依说："我们走吧！"

二 另一条路

伊依所在的饲养场位于吞食者的赤道上。当吞食帝国处于太阳系内层空间时，这里曾是一片夹在两条大河之间的美丽草原。吞食帝国航出木星轨道后，严冬降临了，草原消失，大河封冻，被饲养的人类都转到地下城中。当吞食帝国受到神的召唤而返回后，随着太阳的临近，大地回春，两条大河很快解冻了，草原也开始变绿。

气候好的时候，伊依总是独自住在河边自己搭的一间简陋草棚中，种地过日子。对于一般人来说，这是不被允许的，但由于伊依在饲养场中讲授的古典文学课程有陶冶情操的功能，他的学生的肉有一种很特别的风味，所以恐龙饲养员也就不干涉他了。

这是伊依与李白初次见面两个月后的一个黄昏，太阳刚刚从吞食帝国平直的地平线上落下，两条映着晚霞的大河在天边交汇。在河边的草棚外，微风把远处草原上欢舞的歌声隐隐送来。伊依和自己下着围棋，抬头看到李白和大牙沿着河岸向这里走来。这时的李白已有了很大的变化——他头发蓬乱，胡子老长，脸晒得很黑，左肩挎着一只粗布包，右手提着一个大葫芦，身上那件古装已破烂不堪，脚上穿着一双磨得不像样子的草鞋。伊依觉得这时的他倒更像一个“人”了。

李白走到围棋桌前，像前几次来一样，不看伊依一眼就把葫芦重重地向桌上一放，说：“碗！”待伊依拿来两只木碗后，李白打开葫芦盖，往两只碗里倒满酒，然后又从布包中拿出一个纸包，打开来，伊依发现里面竟放着切好的熟肉，香味扑鼻，不由得拿起一块嚼了起来。

大牙只是站在两三米远处静静地看着他们。有前几次的经验，他知道他们俩又要谈诗了。对这种谈话，他既无兴趣，也没资格参与。

“好吃，”伊依赞许地点点头，“这牛肉也是纯能转化的？”

“不，我早就回归自然了。你可能没听说过，在距这里很遥远的一个牧场，饲养着来自地球的牛群。这牛肉是我亲自做的，用山西平遥牛肉的做法，诀窍是在炖的时候放——”李白凑到伊依耳边神秘地说，“尿碱。”

伊依迷惑不解地看着他。

“哦，就是人类的小便蒸干以后析出的那种白色的东西，能使炖好的肉外观红润，肉质鲜嫩，肥而不腻，瘦而不柴。”

“这尿碱……也不是纯能做出来的？”伊依惊恐地问。

“我说过自己已经回归自然了！尿碱是我费了好大劲儿从几个人类饲养场收集来的。这是很正宗的民间烹饪技艺，在地球毁灭前就早已失传。”

伊依已经把嘴里的牛肉咽下去了。为了抑制呕吐，他端起了酒碗。

李白指指葫芦说："在我的指导下，吞食帝国已经建起了几个酒厂，能够生产大部分的地球名酒。这是它们酿制的正宗竹叶青，用汾酒浸泡竹叶而成。"

伊依这才发现碗里的酒与前几次李白带来的不同，呈翠绿色，入口后有甜甜的药草味。

"看来，你对人类文化已了如指掌了。"伊依感慨道。

"不仅如此，我还花了大量的时间亲身体验。你知道，吞食帝国很多地区的风景与李白所在的地球极为相似。这两个月来，我浪迹山水之间，饱览美景，月下饮酒，山巅吟诗，还在遍布各地的人类饲养场中有过几次艳遇……"

"那么，现在总能让我看看你的诗作了吧？"

李白呼地放下酒碗，站起身，不安地踱起步来："是作了一些诗，而且肯定是些让你吃惊的诗，你会看到，我已经是一个很出色的诗人了，甚至比你和你的祖爷爷都出色。但我不想让你看，因为我同样肯定你会认为那些诗没有超越李白，而我……"他抬起头遥望天边落日的余晖，目光中充满了迷离和痛苦，"也这么认为。"

远处的草原上，舞会已经结束，快乐的人们开始享用丰盛的晚餐。一群少女向河边跑来，在岸边的浅水中嬉戏。她们头戴花环，身上披着薄雾一样的轻纱，在暮色中构成一幅醉人的画面。伊依指着距草棚较近的一个少女问李白："她美吗？"

"当然。"李白不解地看着伊依说。

"想象一下，用一把利刃把她切开，取出她的每一个脏器，剜出她的眼球，挖出她的大脑，剔出每一根骨头，把肌肉和脂肪按不同部位和功能分割开来，再把所有的血管和神经分别理成两束，最后在这里铺上一大块白布，把这些东西按解剖学原理分门别类地放好，你还觉得美吗？”

“你怎么在喝酒的时候想到这些？恶心。”李白皱起眉头说。

“怎么会恶心呢？这不正是你所崇拜的技术吗？”

“你到底想说什么？”

“李白眼中的大自然就是你现在看到的河边少女；而同样的大自然在技术的眼中呢，就是那张白布上井然有序但血淋淋的部件。所以，技术是反诗意的。”

“你好像对我有什么建议？”李白理着胡子若有所思地说。

“我仍然不认为你有超越李白的可能，但可以尝试为你指出一个正确的方向：技术的迷雾蒙住了你的双眼，使你看不到自然之美，所以，你首先要做的是把那些超级技术全部忘掉。你既然能够把自己的全部记忆移植到你现在的大脑中，当然也可以删除其中的一部分。”

李白抬头和大牙对视了一眼，两者都哈哈大笑起来。大牙对李白说：“尊敬的神，我早就告诉过您，虫虫是多么的狡诈，您稍不留心就会跌入他们设下的陷阱。”

“哈哈哈哈，是狡诈，但也有趣。”李白对大牙说，然后转向伊依，冷笑着说，“你真的认为我是来认输的？”

“你没能超越人类诗词艺术的巅峰，这是事实。”

李白突然抬起一只手，指着大河，问：“到河边去有几种走法？”

伊依不解地看了李白几秒钟：“好像……只有一种。”

“不，有两种。我还可以向这个方向走，”李白指着与河相反的方向说，“这样一直走，绕吞食帝国的大环一周，再从对岸过河，也能走到这个岸边。我甚至还可以绕银河系一周再回来。对于我们的技术来说，这也易如反掌。技术可以超越一切！我现在已经被逼得要走另一条路了！”

伊依努力想了好半天，终于困惑地摇摇头：“就算是你有神一般的技术，我还是想不出超越李白的另一条路在哪儿。”

李白站起来说：“很简单，超越李白的两条路是：一，把超越他的那些诗写出来；二，把所有的诗都写出来！”

伊依显得更糊涂了，但站在一旁的大牙似有所悟。

“我要写出所有的五言和七言诗，这是李白所擅长的；另外我还要写出常见词牌的所有的词！你怎么还不明白？我要在符合这些格律的诗词中，试遍所有汉字的所有组合！”

“啊，伟大！伟大的工程！”大牙忘形地欢呼起来。

“这很难吗？”伊依傻傻地问。

“当然难，难极了！如果用吞食帝国最大的计算机来进行这样的计算，可能到宇宙末日也完成不了！”

“没那么多吧？”伊依充满疑问地说。

“当然有那么多？”李白得意地点点头，“但使用你们还远未掌握的量子计算技术，就能在可以接受的时间内完成这样的计算。到那时，我就写出了所有的诗词，包括所有以前写过的和所有以后可能写的。特别注意，所有以后可能写的！超越李白的巅峰之作自然包括在内。事实上，我终结了诗词艺术。直到宇宙毁灭，所出现的任何一个诗人，不管他达到了怎样的高度，都不过是个抄袭者，他的作品肯定能在我那巨大的存储器中检索出来。”

大牙突然发出一声低沉的惊叫，看着李白的目光由兴奋变为震惊，“巨大的……存储器？尊敬的神，您该不是说，要把量子计算机写出的诗都……都存起来吧？”

“写出来就删除有什么意思呢？当然要存起来！这将是我的种族留在这个宇宙中的艺术丰碑之一！”

大牙的目光由震惊变为恐惧，他粗大的双爪前伸，两腿打弯，像要给李白跪下，声音也像要哭出来似的：“使不得，尊敬的神，这使不得啊！”

“是什么把你吓成这样？”伊依抬头惊奇地看着大牙问。

“你个白痴！你不是知道原子弹是原子做的吗？那存储器也是原子做的，它的存储精度最高只能达到原子级别！知道什么是原子级别的存储嘛？就是说一个针尖大小的地方，就能存下人类所有的书！不是你们现在那点儿书，是地球被吃掉前上面所有的书！”

“啊，这好像是有可能的，听说一杯水中的原子数比地球上海洋中水的杯数都多。这么说，他写完那些诗后带根针走就行了。”伊依指指李白说。

大牙恼怒已极，来回急走几步，总算挤出了一点儿耐性：“好，好，你说，按神说的那些五言七言诗，还有那些常见的词牌，各写一首，总共有多少字？”

“不多，也就两三千字吧，古典诗词是最精练的艺术。”

“那好，我就让你这个白痴虫虫看看它有多么精练！”大牙说着走到桌前，用爪指着上面的棋盘说，“你们管这种无聊的游戏叫什么？哦，围棋，这上面有多少个交叉点？”

“纵横各19行，共361个点。”

“很好，每个点上可以放黑子、白子或空着，共三种状态，这样，每一个棋局，就可以看作由三个汉字写成的一首19行361个字的诗。”

“这比喻很妙。”

“那么，穷尽这三个汉字在这种诗上的所有组合，总共能写出多少首诗呢？让我告诉你：3的361次方首，或者说，嗯，我想想，10的172次方首！”

“这……很多吗？”

“白痴！”大牙第三次骂出这个词，“宇宙中的全部原子只有……啊——”它气恼得说不下去了。

“有多少？”伊依仍是那副傻样。

“只有10的80次方个！你个白痴虫虫啊——”

直到这时，伊依才表现出了一点儿惊奇：“你是说，如果一个原子存储一首诗，用光宇宙中的所有原子，还存不完他的量子计算机写出的那些诗？”

“差得远呢！差10的92次方倍呢！再说，一个原子哪能存下一首诗？人类虫虫的存储器，存一首诗用的原子数可能比你们的人口都多。至于我们，用单个原子存储一位二进制还仅处于实验室阶段……唉。”

“使者，在这一点上是你目光短浅了。想象力不足，正是吞食帝国技术进步缓慢的原因之一。”李白笑着说，“使用基于量子多态迭加原理的量子存储器，只用很少量的物质就可以存下那些诗。当然，量子存储不太稳定，为了永久保存那些诗作，还需要与更传统的存储技术结合使用。即使这样，制造存储器需要的物质量也是很少的。”

“是多少？”大牙问，看那样子显然心已提到了嗓子眼儿。

“大约为 10 的 57 次方个原子。微不足道，微不足道。”

“这……这正好是整个太阳系的物质量！”

“是的，包括所有的太阳行星，当然也包括吞食帝国。”

李白最后这句话是轻描淡写地随口而出的，但在伊依听来却像晴天霹雳，不过大牙反倒显得平静下来。长时间受到灾难预感的折磨后，灾难真正来临时，他反而有一种解脱感。

“您不是能把纯能转换成物质吗？”大牙问。

“得到如此巨量的物质需要多少能量你不会不清楚，这对我们也是不可想象的，还是用现成的吧！”

“这么说，皇帝的忧虑不无道理。”大牙自语道。

“是的是的。”李白欢快地说，“我前天已向吞食皇帝说明，这个伟大的环形帝国将被用于一个更伟大的目的，所有的恐龙应该为此感到自豪。”

“尊敬的神，您会看到吞食帝国的感受的。”大牙阴沉地说，“还有一个问题：与太阳相比，吞食帝国的质量实在是微不足道；为了得到这九牛之一毛的物质，有必要毁灭一个进化了几千万年的文明吗？”

“你的这个疑问我完全理解。但要知道，熄灭、冷却和拆解太阳是需要很长时间的，在这之前对诗的量子计算就已经开始了，我们需要及时地把结果存起来，清空量子计算机的内存以继续计算。这样，可以立即用于制造存储器的行星和吞食帝国的物质就是必不可少的了。”

“明白了，尊敬的神。最后一个问题：有必要把所有的组合结果都存起来吗？为什么不能在输出端加一个判断程序，把那些不值得存储的诗作剔除掉？据我所知，中国古诗是要遵从严格的格律的。如果把不符合格律的诗去掉，那最后的总量将大为减少。”

“格律？哼，”李白不屑地摇摇头，“那不过是对灵感的束缚。中国南北朝以前的古体诗并不受格律的限制，即使是在唐代以后严格的近体诗中，也有许多古典诗词大师不遵从格律，写出了大量卓越的变体诗。所以，在这次终极吟诗中，我将不考虑格律。”

“那您总该考虑诗的内容吧？最后的计算结果中，肯定有百分之九十九的诗是毫无意义的，存下这些随机的汉字矩阵有什么用？”

“意义？”李白耸耸肩说，“使者，诗的意义并不取决于你的认可，也不取决于我或其他任何人——它取决于时间。许多在当时毫无意义的诗后来成了旷世杰作，而现今和以后的许多杰作在遥远的过去肯定也曾是毫无意义的。我要作出所有的诗，亿亿亿万年之后，谁知道伟大的时间会把其中的哪首选为巅峰之作呢？”

“这简直荒唐！”大牙大叫起来，它那粗嘎的嗓音惊起了远处草丛中的几只鸟，“如果按现有的人类虫虫的汉字字库，您的量子计算机写出的第一首诗应该是这样的：

啊啊啊啊啊

啊啊啊啊啊

啊啊啊啊啊

啊啊啊啊唉

“请问，伟大的时间会把这首选为杰作？”

一直不说话的伊依这时欢叫起来：“哇！还用什么伟大的时间来选？它现在就是一首巅峰之作耶！前三行和第四行的前四个字都是表达生命对宏伟宇宙的惊叹；最后一个字是诗眼，是诗人在领略了宇宙之浩渺后，对生命在无限时空中的渺小发出的一声无奈的叹息。”

“呵呵呵呵呵。”李白抚着胡须乐得合不上嘴，“好诗，伊依虫虫，真的是好诗。呵呵呵……”说着拿起葫芦给伊依倒酒。

大牙挥起巨爪，一巴掌把伊依打了老远：“混账虫虫！我知道你现在高兴了，可不要忘记，吞食帝国一旦毁灭，你们也活不了！”

伊依一直滚到河边，好半天才爬起来。他满脸沙土，咧大了嘴，不顾疼痛地大笑起来：“哈哈有趣，这个宇宙真不可思议！”他忘形地喊道。

“使者，还有问题吗？”看到大牙摇头，李白接着说，“那么，我明天就要离开。后天，量子计算机将启动作诗软件，终极吟诗将开始，同时，熄灭太阳，拆解行星和吞食帝国的工程也将启动。”

“尊敬的神，吞食帝国在今天夜里就能做好战斗准备！”大牙立正后庄严地说。

“好好，真是很好，往后的日子会很有趣的。但这一切发生之前，还是让我们喝完这一壶吧！”李白快乐地点点头说，同时拿起了酒葫芦。倒完酒，他看着已笼罩在夜幕中的大河，意犹未尽地回味着，“真是一首好诗。第一首，呵呵，第一首就是好诗。”

三　终极吟诗

吟诗软件其实十分简单，用人类的 C 语言表达可能不超过两千行代码，另外再加一个存储所有汉字字符的不大的数据库。当这个软件在位于海王星轨道上的那台量子计算机（一个漂浮在太空中的巨大透明锥体）上启动时，终极吟诗就开始了。

这时吞食帝国才知道，李白只是超级文明种族中的一个个体。这与以前预想的不同，当时恐龙们都认为，进化到这样技术级别的社会在意识上早就融为一个整体了，吞食帝国在过去一千万年中遇到的五个超级文明都是这种形态。但李白一族保持了个体的存在，这也部分解释了他们对艺术超常的理解力。当吟诗开始时，李白一族又有大量的个体从外太空的各个方位跃迁到太阳系，开始了制造存储器的工程。

吞食帝国上的人类看不到太空中的量子计算机，也看不到新来的神族。在他们看来，终极吟诗的过程，就是太空中太阳数目的增减过程。

在吟诗软件启动一个星期后，神族成功地熄灭了太阳。这时，太空中太阳的数目减到零，但太阳内部核聚变的停止使恒星的外壳失去了支撑，很快坍缩成一颗超新星，于是暗夜很快又被照亮，只是这颗太阳的亮度是以前的上百倍，使吞食帝国表面草木生烟。超新星又被熄灭了，但过一段时间后又爆发了，就这样亮了又灭，灭了又亮，仿佛太阳是一只九条命的猫，在没完没了地挣扎。但神族对于杀死恒星其实很熟练，他们从容不迫地一次次熄灭超新星，使它的物质最大比例地聚变为制造存储器所需的重元素。当第十一次超新星熄灭后，太阳才真正咽了气。这时，终极吟诗已经开始了三个地球月。早在此之前，在第三次超新星出现时，太空中就有其他的太阳出现，这些太阳在太空中的不同位置此起彼伏地亮起或熄灭，最多时，天空中出现过九个新太阳。这些太阳是神族在拆解行星时释放的能量，由于后来恒星太阳的闪烁已变得暗弱，人们就分不清这些太阳的真假了。

对吞食帝国的拆解是在吟诗开始后第五个星期进行的。这之前，李白曾向帝国提出了一个建议：由神族将所有恐龙跃迁到银河系另一端的一个世界。那里有一个文明，比神族落后许多，仍未纯能化，但比吞食文明要先进得多。恐龙们到那里后，将作为一种小家禽被饲养，过上衣食无忧的快乐生活。但恐龙们宁为玉碎不为瓦全，愤怒地拒绝了这个提议。

李白接着提出了另一个要求：让人类活下来，并返回他们的母亲星球。其实，地球也被拆解了，它的大部分用于制造存储器，但神族还是剩下了其中的一小部分物质为人类建造了一个空心地球。空心地球的大小与原地球差不多，但其质量仅为后者的百分之一。说地球被掏空了是不确切的，因为原地球表面那层脆弱的岩石根本不可能用来做球壳。球壳的材料可能取自地核，另外球壳上像经纬线般交错的、虽然很细但强度极高的加固圈，是用太阳坍缩时产生的简并态中子物质制造的。

令人感动的是，吞食帝国不但立即答应了李白的要求，允许所有人类离开大环世界，还把从地球掠夺来的海水和空气全部还给了人类，神族借此在空心地球内部恢复了原地球的大陆、海洋和大气层。

接着，惨烈的大环保卫战开始了。吞食帝国向太空中的神族目标发射大批核弹和伽马射线激光，但这些对敌人毫无作用。在神族发射的一个无形的强大力场推动下，吞食者大环越转越快，最后在超速自转产生的离心力下解体了。这时，伊依正在飞向空心地球的途中。他从一千二百万千米之外目睹了吞食帝国毁灭的全过程：

大环解体的过程很慢，如同梦幻。在漆黑太空的背景上，这个巨大的世界如同一团浮在咖啡上的奶沫一样散开。边缘的碎块渐渐隐没于黑暗之中，仿佛被太空溶解了，只有不时出现的爆炸的闪光才使它们重新现形。

这个充满阳刚之气的伟大文明就这样被毁灭了，伊依悲哀万分。只有一小部分恐龙活了下来，与人类一起回归地球，其中包括使者大牙。

在返回地球的途中，人类普遍都很沮丧，但原因与伊依不同——回到地球后是要开荒种地才有饭吃的，这对于已在长期被饲养的生活中变得四肢不勤、五谷不分的人类来说，简直像一场噩梦。

但伊依对地球世界的前途满怀信心，不管前面有多少磨难，人将重新成为人。

四　诗云

吟诗航行的游艇到达了南极海岸。

这里的重力已经很小，海浪的运行十分缓慢，像是一种描述梦幻的舞蹈。在低重力下，拍岸浪把水花儿送上十几米高处，飞上半空的海水由于表面张力而形成无数水球，大的像足球，小的如雨滴。这些水球下落缓慢，慢到可以用手在它们周围划圈。它们折射着小太阳的光芒，使上岸后的伊依、李白和大牙置身于一片晶莹灿烂之中。低重力下的雪也很奇特，呈蓬松的泡沫状，浅处齐腰深，深处能把大牙都淹没。但在被淹没后，他们竟能在雪沫中正常呼吸！整个南极大陆就覆盖在这雪沫之下，起伏不平，一片雪白。

伊依一行乘一辆雪地车前往南极点。雪地车像是一艘掠过雪沫表面的快艇，在两侧激起片片雪浪。

第二天，他们到达了南极点。极点的标志是一座高大的水晶金字塔，这是为纪念两个世纪前的地球保卫战而建造的纪念碑，上面没有任何文字和图形，只有晶莹的碑体在地球顶端的雪沫之上默默地折射着阳光。

从这里看去，整个地球世界尽收眼底。光芒四射的小太阳周围，围绕着大陆和海洋，使它看上去仿佛是从北冰洋中浮出来似的。

“这个小太阳真的能够永远亮着吗？”伊依问李白。

“至少能亮到新的地球文明进化到能制造新太阳之时。它是一个微型白洞。”

“白洞？是黑洞的反演吗？”大牙问。

“是的，它通过空间虫洞与二百万光年外的一个黑洞相连。那个黑洞围绕着一颗恒星运行，它吸入的恒星的光从这里被释放出来，可以把它看作一根超时空光纤的出口。”

纪念碑的塔尖是拉格朗日轴线的南起点，这是指连接空心地球南北两极的轴线，因战前地月之间的零重力拉格朗日点而得名，是一条长一万三千千米的零重力轴线。以后，人类肯定要在拉格朗日轴线上发射各种卫星。比起战前的地球来，这种发射易如反掌——只需把卫星运到南极点或北极点——愿意的话用驴车运都行——然后用脚把它向空中踹出去就行了。

就在他们观看纪念碑时，又有一辆较大的雪地车载来了一群年轻的旅行者。这些人下车后双腿一弹，径直跃向空中，沿拉格朗日轴线高高飞去，把自己变成了卫星。从这里看去，有许多小黑点在空中标出了轴线的位置，那都是在零重力轴线上飘浮的游客和各种车辆。本来从这里可以直接飞到北极，但小太阳位于拉格朗日轴线中部，最初有些沿轴线飞行的游客因随身携带的小型喷气推进器坏了，无法减速，只能朝太阳飞去。不过，在距小太阳很远的距离上，他们就被蒸发了。

在空心地球，进入太空也是一件很容易的事，只需要跳进赤道上的五口深井（名叫地门）中的一口，向下坠落一百千米，穿过地壳，就被空心地球自转的离心力抛进太空了。

现在，伊依一行为了看诗云也要穿过地壳，但他们走的是南极的地门，在这里，地球自转的离心力为零，所以不会被抛入太空，只能到达空心地球的外表面。他们在南极地门控制站穿好轻便太空服后，就进入了那条长一百千米的深井，由于没有重力，叫它隧道更合适一些。在失重状态下，他们借助太空服上的喷气推进器前进，这比在赤道的地门中坠落要慢得多，用了半个小时才来到外表面。

空心地球外表面十分荒凉，只有纵横的中子材料加固圈。这些加固圈把地球外表面按经纬线划分成许多个方格，南极点正是所有经线加固圈的交点。当伊依一行走出地门后，发现自己身处一个面积不大的高原上，地球加固圈像一道道漫长的山脉，以高原为中心呈放射状朝各个方向延伸。

抬头，他们看到了诗云。

诗云处于已消失的太阳系所在的位置，是一片直径为一百个天文单位的旋涡状星云，形状很像银河系。空心地球处于诗云边缘，与原来太阳在银河系中的位置也很相似。不同的是，地球的轨道与诗云不在同一平面，这就使得从地球上可以看到诗云的侧面，而不是像银河系那样只能看到截面。但地球离开诗云平面的距离还远不足以使这里的人们观察到诗云的完整形状——事实上，南半球的整个天空都被诗云所覆盖。

诗云发出银色的光芒，能在地上投下人影。据说诗云本身是不发光的，这银光是宇宙射线激发出来的。由于宇宙射线密度不均，诗云中常涌动着大团的光晕，那些色彩各异的光晕滚过长空，好像是潜行在诗云中的发光巨鲸。也有很少的时候，宇宙射线的强度急剧增加，在诗云中激发出粼粼的光斑。这时的诗云已完全不像云了，整个天空仿佛是在月夜从水下看到的海面。地球与诗云的运行并不是同步的，所以有时地球会处于旋臂间的空隙上，这时，透过空隙可以看到夜空和星星。最为激动人心的是，在旋臂的边缘还可以看到诗云的断面形状，它很像地球大气中的积雨云，变幻出各种宏伟的让人浮想联翩的形体。这些巨大的形体高高地升出诗云的旋转平面，发出幽幽的银光，仿佛是一个超级意识里没完没了的梦境。

伊依把目光从诗云收回，从地上拾起一块晶片。这种晶片散布在他们周围的地面上，像严冬的碎冰般闪闪发亮。伊依举起晶片，对着诗云密布的天空。晶片很薄，有半个手掌大小，正面看全透明，但把它稍斜一下，就会看到诗云的亮光在它表面映出的霓彩光晕。这就是量子存储器，人类历史上产生的全部文字信息，也只能占一块晶片存储量的几亿分之一。诗云就是由10的40次方片这样的存储器组成的，它们存储了终极吟诗的全部结果。这片诗云，是用原来构成太阳和它的九大行星的全部物质所制造，当然也包括吞食帝国。

“真是伟大的艺术品！”大牙由衷地赞叹道。

“是的，它的美在于其内涵——一片直径一百亿千米、包含着全部可能的诗词的星云——这太伟大了！”伊依仰望着星云激动地说，“我也开始崇拜技术了。”

一直情绪低落的李白长叹一声："唉，看来我们都在走向对方。我看到了技术在艺术上的极限，我……"他抽泣起来，"我是个失败者，呜呜……"

"你怎么能这样讲呢？"伊依指着上空的诗云说，"这里面包含了所有可能的诗，当然也包括那些超越李白的诗！"

"可我却得不到它们！"李白一跺脚，飞起了几米高，又在地壳那十分微小的重力下缓缓下落，"在终极吟诗开始时，我就着手编制诗词识别软件，但技术在艺术中再次遇到了不可逾越的障碍。到现在，具备古诗鉴赏力的软件还没能编出来。"他在半空中指指诗云，"不错，借助伟大的技术，我写出了诗词的巅峰之作，却不可能把它们从诗云中检索出来，唉……"

"智慧生命的精华和本质，真的是技术所无法触及的吗？"大牙仰头对着诗云大声问。经历过这一切，它变得越来越哲学了。

"既然诗云中包含了所有可能的诗，那其中自然有一部分诗，是描写我们全部的过去和所有可能与不可能的未来的。伊依虫虫肯定能找到一首诗，描述他在三十年前的一天晚上剪指甲时的感受，或十二年后的一顿午餐的菜谱；大牙使者也可以找到一首诗，描述它的腿上的一块鳞片在五年后的颜色……"说着，已重新落回地面的李白拿出了两块晶片，它们在诗云的照耀下闪闪发光，"这是我临走前送给二位的礼物——量子计算机以你们的名字为关键词，从诗云中检索出了几亿亿首与二位有关的诗。这些诗描述了你们在未来各种可能的生活，现在它们都在这里了，当然，在诗云中，这也只占描写你们的诗作的极小一部分。我只看过其中的几十首，最喜欢的是关于伊依虫虫的一首七律，描写他与一位美丽的村姑在江边相爱的情景……我走后，希望人类和剩下的恐龙好好相处，人类之间更要好好相处。要是空心地球的球壳被核弹炸个洞，可就麻烦了……”

“我和那位村姑后来怎样了？”伊依好奇地问。

在诗云的银光下，李白嘻嘻一笑：“你们幸福地生活在一起。”

版权专有　侵权必究

图书在版编目(CIP)数据

深度撞击 / 刘慈欣等著. -- 北京 : 北京理工大学出版社，2017.6（2024.4重印）
（虫·科幻中国）
ISBN 978-7-5682-3933-2

Ⅰ. ①深… Ⅱ. ①刘… Ⅲ. ①科学幻想小说-中国-当代 Ⅳ. ①I247.5

中国国家版本馆 CIP 数据核字（2017）第 076699 号

责任编辑：刘汉华　　**文案编辑**：刘汉华
责任校对：周瑞红　　**责任印制**：李志强

出版发行 / 北京理工大学出版社有限责任公司
社　　址 / 北京市丰台区四合庄路 6 号
邮　　编 / 100070
电　　话 /（010）68944451（大众售后服务热线）
（010）68912824（大众售后服务热线）
网　　址 / http://www.bitpress.com.cn

版 印 次 / 2024 年 4 月第 1 版第 8 次印刷
印　　刷 / 北京欣睿虹彩印刷有限公司
开　　本 / 880 mm × 1230 mm　1/32
印　　张 / 8.75
字　　数 / 198 千字
定　　价 / 39.80 元

图书出现印装质量问题，请拨打售后服务热线，负责调换